PROGANJANJA IZ PROŠLOSTI

SANELA RAMIĆ JURICH

Objavio Tate Publishing & Enterprises, LLC
127 E. Trade Center Terrace | Mustang, Oklahoma 73064 USA
1.888.361.9473 | www.tatepublishing.com

Objavljena u Sjedinjenim Američkim Državama.

1. Fikcija / Istorijska
2. Triler

ISBN: 1499501307
ISBN-13: 978-1499501308

ŠTA DRUGI GOVORE

"Uprkos mračnim pričama koje su sadržane unutar ovih stranica, Jurić je uspjela ostaviti čitaoce sa nadom da duboke rane ipak mogu zarasti. Vještina pisanja gospođe Jurić je izvanredna i ova knjiga je dobar meč njenoj prvoj noveli, Sjeti me se. Jurić ništa ne pridržava."

—Gregory S. Lamb
Autor od The People in Between

"Sanela Jurić nastavlja očaravati ljubitelje knjiga u ovom nastavku od Sjeti me se. Ona pokazuje čitaocima da ako imaju dovoljno hrabrosti da se suoče sa bolnom prošlošću, to im može donijeti nadu u neizvjesnoj budućnosti."

—Lisa Tortorello
Autor od My Hero, My Ding

Nezaboravno!

—Readers' Favorite

POSVETA

Ova knjiga je posvećena, s ljubavi, Toddu Juriću, Deniju Juriću i Devinu Juriću. Također je posvećena i sjećanju na one koji nikada ne smiju biti zaboravljeni – onima koji su je inspirisali, ali je nikada neće pročitati: Džaniju, Aganu Kadiriću, Samiru Kadiriću, Admiru Kadiriću, Mirzetu Arnautoviću, Ešefu Ejupoviću, Ziski Ejupović, Velidu Ališkoviću, Sadi Hegić, i mnogim, mnogim drugima.
Nek' im je vječni rahmet.

PRIZNANJA

Željela bih izraziti zahvalnost mnogima koji su me vidjeli kroz ovu knjigu; svim onima koji su mi dali podršku, razgovor, koji su čitali, pisali, komentarisali, dopustili da ih citiram i onima koji su mi pomogli u redigovanju, korekturi i dizajnu.

Hiljadu zahvala mojoj voditeljici projekta, Kaci Bilbrey i svim drugim članovima našeg tima za uređivanje.

Puno sam zahvalna grafičkim i unutarnjim dizajnerima.

Posebno hvala gospođi Noel Trasher, urednici koja je uvijek bila spremna i voljna da pomogne.

Zahvalna sam svom izdavaču, Tate Publishingu, koji me je primio u svoju familiju i pomogao da ostvarim čak i drugi san.

Svaka čast mojoj mentorici, Elaie Littau, za sve savjete koje je sa mnom podijelila. Mnogo joj hvala na tome što mi je baš ona dodijelila moj prvi intervju.

Hvala mojim odobrivačima, Gregu S. Lambu, autoru od The People in Between i Lisi Tortorello, autoru od My Hero, My Ding. Imam samo ogromno poštovanje i divljenje prema njima.

Bezbroj zahvala:

Mojim roditeljima, Ademu i Emsudi za njihovu bezuvjetnu ljubav i podršku koju mi daju svakog dana mog života.

Mom mužu, Toddu—s ljubavlju—za njegovu prisutnost, pomoć, podršku i ohrabrenje, za dvoje prekrasne djece. Hvala ti što si moj riječnik na nogama.

Mojoj djeci, Deniju i Devinu, za njihovu strpljivost i dobrotu. Hvala im što su pomagali svom tati sa kućnim poslovima i kuhanjem tako da bih se ja mogla skoncentrisati na posao. Najbolji su navijači na svijetu! Svima koji su pročitali moju knjigu i koji nestrpljivo iščekuju sljedeću; hvala vam za sve komentare, poštu, email-poruke i poruke na Facebooku. Ne mogu pronaći prave riječi da izrazim svoju ogromnu zahvalnost prema vama.

"Nije to bio logor smrti kao u Aušvicu. Nije bilo plinske komore u koju su zarobljenike marširali svaki dan. Ono što se dogodilo u Omarskoj je bilo prljavije, neurednije. Broj poginulih nije dostupio nacističke brojeve, ali je brutalnost bila uporediva, a u nekim slučajevima čak i gora. Nacisti su bili zainteresovani da pobiju što je bilo moguće više Židova i to su radili što su brže mogli. Srbi, međutim, su željeli mučiti svoje bošnjačke zarobljenike, iživljavati se sadistički nad njima, mučeći ih na najokrutnije od načina, a zatim ih pobiti sa bilo kojim oružjem koje im je bilo najpovoljnije: možda pištoljem, nožem, makazama, ili možda sa par jakih ruku omotanim oko mršavog vrata. Da su Nijemci koristili isti pristup, bila bi im potrebna desetljeća da pobiju oko 6 miliona Židova..."

—Peter Maas u Voli bližnjeg svoga

PREGOVOR

Najgore je noću kad sam sama...

Sklopim oči i u mislima se vratim u pakao. Tokom dana, puna sam razno-raznih aktivnosti, milion stvari koje moram obaviti: posao, kuća, familija. Sjećanja me tada ne pristižu, ali noći—kada ležim u krevetu i kada mi se misli i sjećanja počnu okretati u glavi kao beskrajan krug memorija zbog kojih gubim pamet—su druga priča.

Prvo vidim koncentracioni logor. Nakon toga bradatog čovjeka - srpskog vojnika. Onda vidim žičane ograde oko logora i tada mi se misli vrate na minsko polje u koje su nas srpski vojnici namamili.

Onda odjednom čujem srce-parajuću vrisku djece iz susjedne sobe gdje su srpski vojnici silovali i mučili maloljetne djevojčice kojima je bilo samo dvanaest ili trinaest godina. Poslije toga vidim lica starijih žena - majki, nena. Kakva užasna bol, kakve bezbrojne suze. Za to ne postoji lijek. Za takvu vrstu boli nema pomoći. Apsolutno ti ništa ne može olakšati bol.

I onda se sama trgnem i pokušam sve zaboraviti s tim što pođem razmišljati o svojoj čeljadi. To mi nekako daje snagu da guram dalje i da dočekam jutro.

I tako mi je svaku noć.

Svaki dan živim nesretan život. Samo jedan pogled na previše ozbiljno lice moje kćeri je dovoljan da me potrese i vrati muke kroz koje smo zajedno prošle. Jedan pogled na njeno lice je dovoljan da mi iznova slomi srce i ubije ovu moju mučenu dušu.

PROLOG

Kažu da vrijeme liječi sve rane.

Iako baš nisam uvjerena u to, ipak mislim da u tim riječima ima i puno istine. Nadam se da će rane koje sam zadobila svjedočeći masovnom genocidu dok sam živjela u Bosni 1992-ge godine, jednog dana biti davno, zaboravljeno sjećanje i da će te rane, napokon biti izliječene.

Kažu da život ide dalje i, iako se slažem da ustvari i ide dalje, ipak, razmišljajući o toj izreci, "život ide dalje," ne mogu biti, a da se ne zapitam: kako život ide dalje, možemo li i mi s njim krenuti dalje, ili se mi zaglavimo u nekom čudnom limbu gdje iznova preživljavamo—zauvijek ugraviranu u našim srcima—bol koju smo preživjeli. Da li nas ta bol oblikuje u osobe koje postajemo kako zrelimo i starimo? Fizički, mi izgledamo stariji. Trudimo se što više možemo da prebolimo i pređemo preko tjeskobe koja nas drži u određenom vremenskom okviru, ali emocionalno, možemo li ikada, doista krenuti dalje?

Sigurna sam da većina nas želi vjerovati da možemo. Nastojimo živjeti svoje živote, potiskujući bolne uspomene na najbolji i najteži način na koji možemo. Sami sebe uvjeravamo da smo sada u redu, da smo krenuli dalje i da smo napokon zadovoljni i sretni.

Ali šta je sa svim onim ne odgovorenim pitanjima koja uvijek vrebaju u pozadini naših umova? Pitanja poput: mogu li oni koji su nas povrijedili ikada pobjeći svojoj griješnoj savjesti? Ako mogu, treba li im onda ikada biti oprošteno? Šta ako bol koju su zadali drugima, vrijeđa njih više nego njihove žrtve?

Nemam odgovor na bilo koje od ovih pitanja, ali vam mogu ispričati priču zbog koje sam se zapitala:

Možemo li ikada oprostiti čudovištima koja su nas povrijedila van razuma, ili su neke stvari jednostavno neoprostive?

1

Uvijek sam vjerovala da je život svake osobe njegova knjiga; njegova osobna priča. I s tim uvjerenjem sam bila u stanju preći preko nekih bolnih iskustava preko kojih sam mislila da nikad ne bih mogla preći. Jednostavno sam htjela vidjeti šta će se sljedeće dogoditi; šta će naredno poglavlje mog života donijeti.

Nakon što sam dobila svoje "živjeli su sretno dovijeka," ponovo sam uspostavila vjeru u Boga. Vratio mi je ljubav mog života nakon što sam mislila da je Džani zauvijek bio izgubljen, i tako, da bih se zahvalila Bogu za Džanija i da bih uradila nešto u vezi sjećanja na one kojih više nema među nama, odlučila sam napisati knjigu i ispričati svoju priču u nadi da dam glas i počast onima koji su poginuli u Bosni. Nikada nisam bila ni pomislila da bi me novo poglavlje mog "živjeli su sretno dovijeka," vratilo nazad u pakao iz kojeg sam mislila da sam napokon pobjegla.

PRVO POGLAVLJE

Džani i ja smo se vjenčali te prelijepe zime 2005-te godine. Nije to bila baš neka velika i otmjena svadba, ali bila je naša. Zauvijek sam se vezala za Džanija, u dobru i u zlu, u bogatstvu ili siromaštvu, dok nas smrt ne rastavi, i to je bilo više nego što sam ikada mogla i poželjeti. Vjenčali smo se u gradskoj vjećnici u Čikagu, okruženi familijom i prijateljima. Moja mama je bila došla u posjetu i ostala preko zime, ostavljajući radove svoje kuće/restorana u sposobnim rukama onih kojima je vjerovala. Džanijeva majka je prešla preko straha od aviona, pa je ostala kod nas više od mjesec dana. Istinski je bila sretna što je njen sin sada imao vlastitu porodicu. Džanijeva kompanija je procvjetala nakon što je dobio građevinsku dozvolu u Ilinoisu, a moj sin Keni nije mogao biti sretniji nego što je bio što je napokon imao oca. Džani ga je legalno usvojio, dajući Keniju svoje prezime. I konačno—i što je bilo najvažnije—ja sam postala dospođa Džani Mazur. Stvarno sam vjerovala da sam tad postala naj sretnija osoba na svijetu.

Međutim, život—sa svim svojim misterijama, preprekama na putu i beskrajnim lekcijama—nije bio završio pišući moju, tako zvanu, životnu priču. Nisam imala pojma da ću uskoro preživjeti još jedan od ohih teških iskušenja koje život voli iznenada da baci prema nama tako da bi mogli naučiti kakvu god lekciju treba da naučimo da bi bili oblikovani u bolja ljudska bića.

Nekoliko mjeseci nakon što smo se Džani i ja vjenčali, primila sam poziv od Sani Han, tužiteljice koja je tražila moju pomoć da otjera u zatvor monstruma koji me je povrijedio i uzastopno silovao u 1992-oj godni. Vijesti koje mi je dala su me zaista gurnule sa litice. Da tada nisam imala Džanija u svom životu, vjerujem da bih taj dan uspjela uzeti vlastiti život. Čudovište koje me je zarobilo i neprestano silovalo, čovjek kojem su moji roditelji vjerovali i mislili da će pomoći, koji me je uzastopno mučio, osoba koja je silovala moju majku i koja je kriva za ubistva i mučenja bezbrojnih

3

ljudi, je bila presuđena kriva. Ali pošto je ovo bilo vrijeme rata, po njihovom, on nije mogao dobiti doživotnu ili smrtnu kaznu. Presuđen je na osam mjeseci zatvora.

Osam mjeseci što je potpuno uništio moj život. *Osam mjeseci* što je silovao djecu i što je brutalno masakrirao bezbrojne ljude u koncentracionim logorima.

Oh, kako se sad zasigurno smijao na moj račun. I nakon svega kroz što sam prošla, progutala sam vlastitu bol i ponos da bih se pojavila na sudu, srameći samu sebe pred tako mnogo naroda. Ponovo sam prošla kroz muke i tjeskobe koje mi je on zadao. Prožderala sam svoje samopoštovanje i iznova se suočila s njim u nadi da će ga zatvoriti zauvijek. I za šta?

Osam mjeseci u zatvoru koji nije ni ličio na zatvor. Gospođa Han mi je poslala slike njegove ćelije. Imao je krevet, televizor, tone knjiga i kompjuter. Imao je tri besplatna obroka na dan i svaki dan je mogao izaći u šetnju. A zato što je bio ratni kriminalac, bio je zaštićen od svih ostalih zatvorenika. Ovo se uopšte nije činilo kao zatvor. Bolje reći da je izgledalo više kao odmor u lijepom hotelu, šansa da pobjegne od sviju i svega na osam mjeseci i onda, novi početak - svjež start. Bit će u stanju staviti sve iza sebe i krenuti dalje. Vratit će se svojoj ženi i sinu i vjerovatno će mu biti dodijeljena neka medalja heroja i veteranska plata.

Bol koju sam osjetila nakon telefonskog poziva gospođe Han je bila isto jaka kao i bol koju sam osjećala dok sam bila mučena u koncentracionom logoru. Osjetila sam se tako iznevjereno od strane cijelog sistema. Iznevjerena i zaboravljena od strane cijelog svijeta. Pilule za depresiju koje sam bila prestala uzimati nakon vjenčanja, sada nisu bile dovoljno jake. Tablete za bolove, alkohol i cigarete, nisu bili dovoljni da utrnu tešku tugu koju sam sad osjećala.

Kao zadnja tačka moje muke, našla sam se u bolničkom krevetu, prebijena i drhtava, uništena i preplašena. Udarila sam dno. Radovan je, nakon svega, pobjeđivao. On će ipak živjeti svoj život nakon što je potpuno razbio i uništio moj. Nisam mogla razumjeti zašto se sve ovo dešavalo. Zašto on nije mogao biti kažnjen? Šta je bilo tako specijalno u vezi njega? Pa jel' moglo biti moguće da je on ustvari bio sami đavo?

Tako mi se mnogo pitanja vrtjelo po glavi. Bila sam iznenađena koliko suza sam još uvijek imala, nakon što sam ih toliko mnogo prolila. Jednostavno nisam mogla razumjeti logiku svega.

Ali nakon dvije sedmice skrivanja u toj tužnoj, bolničkoj sobi, shvatila sam da moja bol nije vrijeđala samo mene nego i one koje sam ja voljela. Ta bol je bila tako vidljiva u Džanijevim lijepim, plavim očima. Sretna iskra koju sam voljela viđati u njegovim očima je sada bila ugašena i zamjenjena strahom. Još nešto sam vidjela u njegovom pogledu, ali nisam bila baš sigurna šta. Mislila sam da je to bilo sažaljenje i to je bila jedna stvar koju nisam željela vidjeti u Džanijevim očima kad je gledao u mene.

Keni je, također, patio. On nikad nije puno govorio, ali način na koji me je gledao mi je sve kazivao. Vidjela sam koliko sam ga vrijeđala i to me je ošamarilo nazad u pamet i duševno zdravlje. Nikad više nisam htjela vidjeti tu bol u očima moga sina. Odlučila sam da mu nikada više ne pokažem koliko sam stvarno slaba i patetična. Bit ću jaka i izvući ću se zbog njega. I samo tako, moj sin je opet postao moj spasitelj.

Rutina je stvarno pomagala nabaciti fasadu koju sam pred svijetom stavljala na lice. Ustala bih rano u jutro i stala na pokretnu traku za trčanje. Ako bi vrijeme bilo dovoljno lijepo, išla bih vani na trčanje i brzo na zad da bih napravila doručak Keniju i sebi. Džani obično nije jeo doručak, on bi završio vježbe i isturširao se prije nego što bih se ja vratila i onda bi ispijao kafu dok bi Keni i ja jeli, zezali bi se i smijali. Svi bi napustili kuću u isto vrijeme. Keni bi vozio bicikl u školu, Džani bi vozio radni kombi, a ja bih se odvezla autom. S vana sam izgledala prelijepo i profesionalno—bez i jedne brige na svijetu—ali iznutra, vrištala sam.

Moj posao kao psihijatar mi je puno pomagao da pobjegnem od vlastitih problema i glavobolja. Dao mi je šansu da slušam tuđe brige i da im pokušam pomoći. Uvijek sam bila zadovoljna što nisam morala pričati o sebi.

Iako sam izvana funkcionisala prilično dobro, uvijek sam se osjećala tužno i izbezumljeno. Poredila sam se sa robotom; tokom dana sam radila sve što sam trebala raditi, ali tokom noći dok su svi drugi spavali, raspadala sam se.

Radovan je pobjeđivao.

Monstrum kojeg sam se toliko plašila je izlazio iz zatvora za samo osam kratkih mjeseci i tu nije bilo više ništa što bih ja mogla učiniti da bih ga tamo zadržala. Ja sam svoj dio uradila: Putovala sam preko okeana da bih otišla na sud i ispričala svoju priču torture i bola. Popela sam se na njihov štand i pred sudijom i porotom, priznala sam sve one bolne uspomene koje sam sa sobom nosila. I za šta?

Osam mjeseci.

Zar je moj život stvarno bio tako malo vrijedan? Zar nikog nije bilo briga za onim što mi je on učinio; ne samo meni nego i svim onim drugim ljudima? Zar nikog nije bilo briga ako on to opet uradi? Moja mama je sad živjela u Bosni. Šta kad bi on odlučio, ponovo je pronaći i opet joj učiniti neko zlo? Šta ako bih ja slučajno naletjela na njega kada bih išla u Prijedor u posjetu majci? Šta bih tad uradila? Osvetu? Nisam mislila da bih. Bez obzira koliko ja to htjela, ja nikada ne bih bila u stanju uraditi one monstruozne stvari koje je on učinio meni zato što ja nisam bila čudovište.

I dok sam ja tako iz dana u dan razmišljala o svim ovim pitanjima, desilo se nešto što ih je sve odgovorilo.

Osam mjeseci nakon tog groznog poziva od Sani Han—sedmicu dana prije Radovanovog izlaska iz zatvora—primila sam još jedan telefonski poziv od nje. Bilo je to da mi kaže da je Radovan dobio srčani udar i da je preminuo u svojoj pustoj ćeliji.

Oh, kako sam tad bila sretna. Bilo je to nevjerovatno. Moja vjera u Boga je još više ojačala. Ovaj naš sistem i ljudska rasa su me bili iznevjerili, ali *On* me nije htio opet iznevjeriti. Odazvao se na sve moje molitve i odgovorio je na sva moja pitanja. Loši čovjek više nikada neće živjeti u miru. Monstrum koji je učinio toliko zla i štete na ovom svijetu je napokon zauvijek otišao da odgovara za svoje grijehe i ja sam konačno sada bila slobodna.

DRUGO POGLAVLJE

Pet godina nakon što sam saznala da je čudovište pod imenom Radovan umrlo, mislila sam da sam imala sve. Od svoje trideset-četiri godine života, imala sam uspješnu karijeru, objavljen memoar, *Sjeti me se,* fenomenalnog muža koji je bio i ljubav mog života i zgodnog osamnaestogodišnjeg sina. Stvarno sam mislila da moj život nije mogao biti bolji nego što je bio i brinula sam da ako budem puno o tome razmišljala, nekako ću izazvati sudbinu koja će mi ponovo vratiti katastrofu koja me je pratila tokom života. Na žalost, bila sam u pravu zbog toga...

Parkirajući auto u garaži jednog dana poslije posla, začula sam glasno zvono kućnog telefona. *Kako čudno,* pomislih iznenađena. *Niko me nikad ne zove na taj telefon.* Požurila sam da se javim, znatiželjna da čujem ko je.

Neko iz Evrope?

Ali niko me otud nikad nije zvao. Džani i ja smo uvijek zvali naše majke nedjeljom, kad je bilo najjeftinije tako da one ne bi morale zvati i trošiti novac. Telefon je, kao i sve drugo, bio mnogo skuplji tamo.

"Halo?" Pažljivo sam se javila.

"Da, zdravo," odgovorio je tihi muški glas na bosanskom jeziku. "Mogu li razgovarati sa Selmom Mazur, molim?"

"Ovo je Selma Mazur," rekla sam, sada čak i više znatiželjna. "Mogu li znati ko zove?"

"Žao mi je što vam smetam, gospođo," rekao je kulturno, "ali sam se pitao, da li bi mogao uzeti minutu vašeg vremena. Prilično je hitno da razgovaramo."

"Naravno," rekla sam. "O čemu se radi?" Pitala sam se da možda nisu pronašli očeve ostatke u jednom od masovnih grobnica koje su još uvijek pronalazili svud po Bosni i da on, ovaj čovjek, jednostavno, možda nije znao kako da mi to kaže. Moj otac je ubijen u jednom od mnogih

7

koncentracionih logora koje su Srbi otvorili po Bosni 1992-ge godine.

Uvijek sam smatrala svog oca kao heroja zato što je spasio život devetogodišnjeg dječaka i njegovog oca kad je rekao srpskom vojniku da je on bio taj koji je dao dječaku komadić kruha kad je vojnik za to optužio dječakovog oca. Moj tata je onda bio samo malo stariji nego što sam ja bila sada i jedini razlog što su ga ubili je bio taj što je bio hrvatski katolik, oženjen sa muslimankom. Njegov jedini zločin je bio taj što nije bio Srbin.

"Moje ime je Pero Simović," rekao je čovjek pažljivo.

Srbin, brzo mi se otela pomisao. *Šta bi to Srbin htio od mene?*

"Imam za vas..." Pauzirao je, "jednu malu, poslovnu propoziciju."

"Hvala na pozivu," brzo sam ga prekinula, odjednom gubeći interes u šta god je pokušavao reći, "ali ja nisam zainteresovana."

"Čekajte!" Uzviknuo je. "Molim vas nemojte prekinuti vezu. Samo me saslušajte."

"Slušajte, stvarno nemam—"

"Molim vas," tiho me je prekinuo, "samo mi dajte minutu... molim vas."

"Dobro onda. Imate minutu," promrljala sam ne zainteresovano.

"Vi ste pisac," rekao je izlažući činjenice.

"Između ostalog," odgovorila sam hladno.

"Pa, ja... ah, mi smo vas videli na jednom od onih programa na televiziji kako govorite o knjizi koju ste izdali, pa smo se pitali da li biste bili zainteresovani da čujete našu priču i da napišete knjigu o njoj."

"A ko je to mi?"

"Ah... pa, ja sam advokat i jedan od mojih klijenata je zainteresovan da vam ispriča svoju priču," tiho je odgovorio.

"Nisam zainteresovana," rekla sam." Ja sam završila sa pisanjem."

"Molim vas, samo me saslušajte," inzistirao je.

"Gospodine Simoviću," odbrusila sam nestrpljivo, "već ste mi potrošili dovoljno vremena, i da budem potpuno iskrena, nisam zainteresovana ni za šta što vaš klijent ima da kaže. Nađite nekog drugog, jer ja niz taj put ponovo neću."

Postajala sam iznervirana jer, od kako je završio taj grozni rat u kojem su srpski vojnici sistematski ubijali ljude bez ikakvog razloga osim što nisu bili Srbi. Ubijali su i silovali, mučili i zlostavljali, otvorili koncentracione logore, itd. Čak i nakon svega toga, svaki put kad bih srela nekog od njih u Americi, svi bi isto govorili: "Svi smo mi žrtve *njihove* politike."

Pitala sam se, nakon svih ovih godina krpljenja mog života i pokušavanja da krenem dalje, jesam li stvarno opet morala ići kroz svu tu muku i patnju slušajući njihove laži?

Jednostavno nisam više imala ni volje ni vremena da gubim na njih. Oni su već uzeli sve što sam imala; nije mi više ništa bilo preostalo da im dam.

"Molim vas, gospođo Mazur," cvilio je. "On hoće sve da prizna. Pa već je u zatvoru za sve što je uradio. On čak misli da kazna koju je dobio nije bila dovoljna. On bi da prizna, ali jedina osoba s kojom hoće da razgovara ste vi."

"Zašto baš ja?" Odbrusila sam. "Pa i ne poznaje me. Ako hoće da prizna svoje grijehe i da mu se za njih oprosti, zar ne mislite da bi ga bilo bolje odvesti svećeniku?"

"On neće sveštenika, i neće da mi kaže zašto baš vi," odbrusio je nazad. "Slušajte, pročitao sam vašu knjigu i znam da ste prošli kroz svašta. Nemate razloga da mi verujete, ali molim vas da samo barem razmislite o tome. On će dugo biti u zatvoru za sve što je uradio i nije mu to krivo. Kaže da je dobio ono šta je zaslužio i da njegova kazna nije dovoljna. On oseća žalost zbog svega što se desilo i želi se ispovediti i moliti za oproštaj."

"Ali zašto meni?" Pomisao da bi mogao biti jedan od bezbrojnih koji su me silovali u onom strašnom logoru mi je pobjegla, ali sam je ljutito odbacila. Nisam se opet htjela suočiti ni s jednim od njih, a pogotovo ne sada, nakon što sam to sve bacila iza sebe i napokon se riješila noćnih mora i strahova.

"Iskreno rečeno, ne znam zašto vama," odgovorio je on. "Video vas je na televiziji i od tada me počeo preklinjati da vas nazovem i pokušam nagovoriti da dođete i porazgovarate s njim. Nije mi dao nikakva objašnjenja, samo je rekao da je spreman da se vama, i samo vama, ispovedi." Uzdahnuo je. "Možete li samo barem napisati moje ime i broj telefona? Razmislite, pa mi se javite. Znam da vam je sigurno teško da sa mnom razgovarate o jednom od vojnika koji je optužen za sve one ratne zločine na civilan način, ali molim vas nemojte o njemu misliti kao o nekom čudovištu, nego mislite o njemu kao o sledećoj temi za vašu novu knjigu."

"Okej," rekla sam raspuštajući ga pristojno. "Dajte mi svoj broj. Razmislit ću o tome, pa ću vas nazvati."

Dok sam užurbano zapisivala broj, čula sam da su se vrata otvorila, pa zatvorila. Džani je bio stigao kući s posla. Iako sam pokušala sakriti uplakane oči od njega, znao je da nešto nije bilo u redu i morala sam mu ispričati sve o čudnom telefonskom pozivu.

TREĆE POGLAVLJE

"Ne kažem da to uradiš," Džani je tvrdio nakon što sam mu rekla da mi, ni na kraj pameti, nije padalo da nazad pozovem tog advokata. "Samo kažem da barem razmisliš o tome. Zar nisi rekla da si napokon pronašla svoje zvanje nakon što si napisala prvu knjigu? Rekla si da voliš pisati i da si mislila, kad si pisala svoju knjigu, da si na taj način pomagala druge."

"Znam šta sam rekla, Džani," prošaptala sam pritišćući palčeve na svoje pulsirajuće sljepoočnice, "ali sam mislila da s tim što sam ispričala *svoju* priču, pomagala sam i ohrabrivala druge ljude da i oni ispričaju svoje. Nikad nisam ni pomislila da ću pisati za novac. Ja već imam uspješnu karijeru i nemam vremena ići nazad u Evropu i ganjati duhove. Zašto ne mogu ostaviti prošlost u prošlosti kao i svi drugi? Šta je bilo, bilo je. Vrijeme je da to sve već ostavim iza sebe i krenem dalje. Zar ne misliš tako?"

"Da, ali..." Uzdahnuo je Džani. "Zar nisi rekla da si htjela dati glas onima koji tamo nisu preživjeli? Selma, ti si tako talentovana, ti si pametna i obzirna prema drugima i kroz svoje pisanje, imaš šansu povisiti glas i ispričati svijetu o svim onim zaboravljenim ljudima koji su pobijeni u koncentracionim logorima i na vlastitim pragovima prije samo—manje od—dva desetljeća. Zar se nisi žalila o nekom čovjeku koji je već pokušao da prepravi istoriju? Rekla si, 'Što ne pričekaju da svi pomremo, pa da onda ispravljaju istoriju u svoju korist? Zašto nam moraju lagati u oči i zašto im mi to dozvoljavamo?' Bila si bijesna na sve ono sranje što je taj momak širio po internetu. A sad, kad imaš šansu da dokažeš da on nije u pravu, ti o tome nećeš ni razmisliti. Zašto ne napasti ga i zovnuti ga lažovom u lice? Zašto ne bi otišla i saslušala šta taj čovjek hoće da kaže? Pa pusti ga nek' pred cijelim svijetom prizna svoje grijehe."

"Zato, Džani, što mu ne želim pomoći da rastereti svoju lošu savjest!" Odbrusila sam. "Žao mi je," šapnula sam. "Nisam mislila povisiti glas na tebe. Ali samo..." uzdahnula sam i pogledala u drhtave ruke u mom krilu.

"Mislim da on ne zaslužuje ni trunić mog vremena, a pogotovo, mislim da ne zaslužuje oproštaj. Ako je išta kao Radovan..." Polako sam mahnula glavom, puštajući suze da mi se sliju niz lice dok me je u grlu nešto gušilo. "Žao mi je," plakala sam, "jednostavno ne mogu."

Otrčala sam u kupatilo zalupivši vratima. Dok sam se gušila u jecajima, prepustila sam se boli i drhtavici. Bez obzira koliko se trudila, vrijeme je za mene nekako stajalo mirno. Bila sam zaglavljena u 1992-oj, u šesnaestoj godini života i bačena u koncentracioni logor gdje sam svakoga dana bila bezosjećajno pretučena i uzastopno silovana.

Tamo sam izgubila svoju mučenu tečišnju Helenu. Tamo sam, po zadnji put, vidjela svog dajdžu Huseina i ono što su mu *oni* učinili. Ne, ne bih se mogla tamo vratiti. Bol je još uvijek bila previše svježa i bez obzira na to šta su mi svi govorili, opraštanje čudovištu me neće moći učiniti sretnijom niti zdravijom. Neke stvari ne mogu biti oproštene. Razmišljala sam o tome kako je Džani nacrtao sliku o meni. Rekao je, "zašto ne napasti ga i zovnuti ga lažovom u lice..."

On, od svih ljudi, bi trebao znati da ja nisam bila takva osoba. Nikad nisam bila neka svađalica. Uvijek sam bila stidljiva i tiha, nikad se nisam prepirala i svađala. Nisam ovo tražila. Nisam tražila da budem stavljena u taj položaj da ja nekog napadam i zovem lažovom. Onda opet, nisam tražila ni da budem silovana, mučena i protjerana od kuće nakon što sam izgubila sve one koje sam voljela. *Život je tako nepravedan*, razmišljala sam tužno.

Sljedećeg dana, otišla sam na ručak sa Beth, urednicom koja je radila na mom memoaru i koja je u procesu postala moja najbolja prijateljica.

Sjedile smo u bašti jednog restorana koji se nalazio u blizini mog ureda. Topli majski vjetar nam se igrao s kosama dok je zrak mirisao na proljetni behar.

"Oh, ne znam šta da ti kažem," Rekla je Beth nakon što sam joj ispričala o telefonskom pozivu iz pakla, kako sam ga nazivala. "Ako pitaš za moje profesionalno mišljenje, onda ti kažem, što da ne?! Vjerovatno bi to bila jako interesantna priča, plus, zamisli kako lako bi se tako nešto prodavalo. Zaradile bi na njoj tone novaca." Zakikotala se pokušavajući nasmijati me. Ali pošto mi je izraz lica ostao ozbiljan, nastavila je, posežući mi za rukom. "Ali ja znam šta bi te razgovor s tim čovjekom koštao, pa ako pitaš za mišljenje svoje najbolje prijateljice, onda ti kažem da to ne radiš. Ne mogu izdržati da vidim toliki očaj u tvojim očima i stvarno ne želim da opet padneš u onu groznu depresiju. Ipak, jedna stvar je sigurna." Nasmiješila se je tužno, "Bez obzira šta odlučiš, imat ćeš moju sto-postotnu podršku."

Nasmiješila sam se i klimnula.

"Nisam baš od neke pomoći, ha?"

Vidjela sam duboku brigu u njenim očima i teško sam progutala pokušavajući potisnuti suze.

"Žao mi je, Sel," nastavila je, "Željela bih da ti mogu reći šta da uradiš, ali znaš da ne mogu. Ta odluka mora biti tvoja. Ali ja stvarno mislim, za tvoje dobro, da to ne bi trebala učiniti. Još uvijek nisi rekla Džaniju za one poruke na internetu, zar ne?"

Odmahnula sam glavom.

"Ne, i neću mu ni reći. Neću da ga sad brinem samo zato što je nekom manijaku bilo dosadno, pa je morao na nekom iskaliti svoju frustraciju, a osim toga, poruke su prestale dolaziti."

"Znaš da su prestale samo zato što si ugasila svoju web-stranicu."

"Svejedno, prestale su i nemam namjeru sad uznemiravati Džanija u vezi njih."

Poruke su počele pristizati brzo nakon što sam izdala svoj memoar. Osoba koja ih je slala bi svaki put izmislila drugo ime i svoju e-mail adresu, tako da nisam imala ništa solidno što bih mogla pokazati policiji, ako sam to htjela. Međutim, cijelo to vrijeme, nisam mislila da mi je život bio u opasnosti; bila sam ubijeđena da je to radila neka mlada osoba koja je imala malo više vremena na svojim rukama i htjela je na nekom drugom iskaliti vlastitu huju. Čak ni poruke koje je slala nisu bile baš specifične; rekle bi nešto poput: "bum, šaka-laka, riješen problem." Ili "Samo sloga Srbe spašava," i tako dalje.

Nisam se baš puno brinula zbog tih poruka, ali su mi išle na živce i pokvarile bi mi raspoloženje svaki put kad bi stigle, a pristizale su svakih pet minuta i po cijeli dan. Na kraju sam, ipak, poništila tu web-stranicu nakon čega su poruke prestale dolaziti.

Opet sam klimnula, gledajući prema dole. Bolni, gorki čvor me je gušio dok sam pokušavala zaustaviti suze. Njene riječi su me dirnule. Znala sam de je u potpunosti razumjela moju bol, jer je i ona kao djevojčica bila žrtva siledžije. Činjenica da joj je to uradio vlastiti ujak, od mame brat, je tu situaciju činila još gorom.

Osjetila sam se sretnom što sam imala prijateljicu koja je u potpunosti razumjela moju bol i znala sam da sam uvijek mogla računati na njen iskren savjet i mišljenje.

Nisam se htjela opet vraćati u očaje svoje prošlosti, ali činjenica je bila ta da nisam mogla prestati misliti o tom lošem čovjeku koji se želio ispovijediti baš meni. Istinita priča o tome šta su Srbi uradili u Bosni, dolazeći od jednog od njih, bi zasigurno pomogla mnogo naroda. Pomogla bi omladini da razumije šta se to tamo desilo, onima koji su bili previše mladi da bi se sjećali, a koji sada uče pogrešnu verziju o tome svemu. Pričala sam Bethi kako, neki dan, dok sam na internetu tražila recept za jedno bosansko jelo, naletjela sam tamo na svađu. Neki momak po imenu Boris je govorio kako sve što se priča da se desilo u Bosni je bila samo muslimanska propaganda i da se srebrenički masakr u 1995-oj nikad nije ni dogodio.

Povrh svega, govorio je da su Muslimani bili ti koji su otvorili koncentracione logore u Prijedoru i okolini i da su tamo držali Srbe kao zarobljenike. Bila sam tako bijesna na sve što je on govorio. Plus, kad se prije nekoliko dana moj sin vratio iz škole, bio je veoma uzrujan. Jedan od njegovih profesora im je održavao lekciju o bosanskom ratu. I on je, takođe, tvrdio da su Muslimani bili ti koji su vršili genocid po Bosni i da su baš oni otvarali koncentracione logore. Kad je moj sin ustao i rekao mu da su informacije koje im je on davao bile ne pravilne, profesor se naljutio i jednostavno mu rekao:

"Hoćeš li ti danas održavati lekciju? Ako ti se ne sviđa ovo što govorim, slobodno iziđi."

To je bila još jena stvar na mojoj listi stvari koje sam morala uraditi: da odem u Kenijevu školu i očitam lekciju tom neupućenom nastavniku.

"Kako je nefer ovaj svijet u kojem živimo." Žalila sam se Bethi. "Zašto jednostavno ne priznaju istinu? Uvijek pokušavaju promijeniti istoriju da bi se oni pokazali kao heroji."

"Pa znaš šta kažu," rekla je Beth, "istorija je pisana riječima onih koji pobijede rat."

E, to neće moći! Barem ne ovaj put! Barem ne dok sam ja živa, mislila sam u sebi ljutito. *Nastavit ću pisati i pričati o tome šta su mi Srbi uradili do zadnjeg daha mog života.*

ČETVRTO POGLAVLJE

Kad sam se nakon ručka vratila u kancelariju, primijetila sam da moja sekretarica, Keri, razgovara s nekim čovjekom kojeg nikad prije tu nisam primjećivala. Dodala mi je hrpicu poruka koje je napisala dok sam ja bila odsutna i, dok sam se polako približavala vratima svog ureda, bez drugog pogleda prema tom čovjeku, Keri je uzviknula: "Selma, ovo je naš novi poštar, gospodin Krstić."

"Zdravo," rekla sam odsutno nastavljajuću hod prema uredu.

"Znači, Jugoslovenka ste," naveo je čovjek, zaustavljajući me u pokretu.

"Ne, gospodine Krstiću, Amerikanka sam."

"Pa," nastavio je on, "primijetio sam vaše prezime na vratima; zar nije Srpsko-Hrvatsko?"

"Moje prezime niti je srpsko, niti hrvatsko, gospodine Krstiću; bosansko je."

"Stvarno?" Odakle?" Upitao je uzbuđeno, prebacujući sa engleskog na bosanski.

"Rođena sam u Prijedoru," odgovorila sam nevoljno.

"Ja sam iz Kravice," rekao je čovjek. Kad je primijetio zbunjen pogled na mom licu, dodao je, "znate, blizu Srebrenice."

"Oh, koliko dugo ste već ovdje?" Upitala sam, sada malo srdačnije.

"Oko dvanaest godina," odgovorio je on.

"Oh, ovo je super!" Uskliknula je Keri. "Sad ste vas dvoje prijatelji, jupi!"

Pogledala sam je upozoravajuće, ali se ona i dalje samo smijala i pljeskala, sretna što mi je baš ona pronašla novog prijatelja. Nije imala pojma da sam ja upravo shvatila da je ovaj čovjek bio u Srebrenici 1995-te godine—godine najvećeg ljudskog masakra (osim za vrijeme naci-Njemačke) u evropskoj istoriji. Po njegovom prezimenu sam shvatila da je bio Srbin.

"Koliko ste vi već dugo ovde?" Nastavio je on, prebacujući sa ijekavskog na ekavsi i ignorišući isprani pogled na mom licu.

"Ja sam tu od devedeset-treće," polako sam odgovorila.

"Oh... i ja isto," brzo je dodao, crveneći se.

"Onda bi, gospodine Krstiću, bilo sedamnaest godina od kako ste se preselili ovamo, a ne dvanaest."

"Da, da," promrljao je, "tako nekako. Vrijeme tako brzo leti. Pa eto, moram ići. Drago mi je da smo se upoznali."

"Da, lijep vam dan," odgovorila sam gledajući kako se hrve sa vratima pokušavajući ih što brže otvoriti.

"Jupi," nastavila je Keri nevaspitano, "tako sam sretna što ste vas dvoje sad prijatelji."

Razmišljala sam o tome koliko je grimasa njenog lica u ovom trenutku ličila na krokodila, i zamišljala sam kako se plafon iznad njene glave lomi i pada joj na glavu. Brzo sam se mentalno napomenula da sam morala prestati gledati crtane filmove.

"Keri," počela sam polako, pokušavajući prigušiti vatreni bijes koji mi se prikupljao u dubini trbuha, "ja sam savršeno sposobna pronalaziti vlastite prijatelje."

"Oh, žao mi je, Selma," prekinula me je, "nisam mislila... samo sam mislila pošto ste iz iste zemlje..."

"Nisam završila ono što sam htjela reći i molim te pokušaj da me opet ne prekineš," odgovorila sam čvrsto. "Nije da se moram tebi razjašnjavati, ali hoću samo ovaj put. Ja sam tamo rođena. U tome nisam imala izbora. Ali sam se preselila ovamo u nadi za novim, boljim životom. Živim ovdje. Ovo je moj dom—moj izbor i ja se nazivam Amerikankom. Samo zato što imam naglasak, ne mora značiti da nisam Amerikanka isto koliko i ti, i samo zato što neko zna kako da priča bosanski, ne znači da automatski zaslužuje pravo da mi bude prijatelj. Nije svako ko o'tud dođe prijateljski nastrojen. Ako si već odlučila da ignorišeš osjećaje drugih, ili ako u nešto nisi dovoljno upućena, odi na Gugl. To je jako jednostavno. Sve što hoćeš da znaš ti je pod prstima. Obrazuj se prije nego što prekoreda progovoriš."

Lice joj je planulo u crveno. "Žao mi je Selma, nisam pokušavala biti nepristojna."

"I još jedna stvar," rekla sam, prekidajući je. "Nemoj me više zvati Selma. Za tebe, ja sam gospođa Mazur. Mi nismo prijateljice i da si se skoncentrisala na svoj posao, umjesto što si stavljala nos tamo gdje mu nije bilo mjesto, ne bi se sad nalazila u ovoj nezgodnoj situaciji."

"Da, gospođo."

Ušla sam u ured i zalupivši vratima za sobom, odlučila ne dati ovoj glupoj djevojci više ni pomisao. Pitala sam se zašto mi je Kravica zvučala tako poznato. Isprva sam mislila da sam možda taj naziv čula u pjesmi, ili možda sam nekad upoznala nekog iz nje. Ludjela sam što se nisam mogla

sjetiti gdje sam prije čula taj naziv, pa sam odlučila uzeti vlastiti savjet i otići na Gugl. I odmah nakon što sam to uradila, bilo je jasno gdje sam prije čula za Kravicu:
Na vijestima.
Tu je bila slika vrata nekog skladišta koji je bio prekriven rupama od metaka. Ispod slike, u članku je pisalo:

Fotografija: Više od 1,000 bošnjačkih muškaraca, djece i staraca je dovedeno u ovo skladište u Kravici i ubijeno od strane Srpske paravojske tokom genocida 1995-te. Tri godine ranije—u 1992-oj—najmanje 927 bošnjačkih Muslimana je ovdje poklano od strane Srba koji su dolazili iz teško militarizovanih susjednih srpskih sela oko Srebrenice.

I sa desne strane slike, sa velikim plavim slovima:

Genocid u Srebrenici nije stvar nečijeg mišljenja; to je sudska činjenica koja je priznata prvo od strane Međunarodnog krivičnog suda za bivšu Jugoslaviju, a potom od strane Međunarodnog suda pravde.
Ne zaboravite 11/7/1995.

Članak nastavlja:

'Srpskim snagama je bio cilj istrijebiti 40,000 bosanskih muslimana koji žive u Srebrenici.' Rekao je sudija Theodor Meron (poljsko-američki Jevrej).
'U julu 1995, Srbi su nasilno protjerali 25,000-30,000 Bošnjaka i sistematski ubili više od 8,000 muškaraca i dječaka).'

10 juli 2009

Tenzije rastu u selu "Kravica" kod Srebrenice

Baš kao što su to i prije učinili, lokalni Srbi ponovo pokušavaju da poremete godišnjicu genocida u Srebrenici prijeteći da će spriječiti preživjele i rodbinu žrtava od posjećivanja mjesta masakra bošnjačkih civila u selu Kravica. Srbi su "bijesni", jer su im Bošnjaci uzvratili napade sa obezbjeđenjem Kravice 1993-će godine. Međutim, od 1992-1995, Kravica je postala jako militarizovano srpsko selo iz kojeg su Srbi neprestalno napadali susjedna bošnjačka sela i grad Srebrenicu. Srbi se još nikada nisu demilitarizovali oko Srebrenice.

Prestala sam čitati kad mi je jedna pomisao pala na pamet: *Bio je tad tamo. Inače, što bi onda lagao o tome koliko je već dugo ovdje? Kaže da je tu već dvanaest godina, što znači da se o'tud preselio u 1998-oj godini, nakon masakra.* Postajala sam tako iznervirana da me bol koju sam počela osjećati u stomaku prisjetila na riječi moga doktora koje je izgovorio zadnji put kad sam ga vidjela. On je, također, bio Džanijev prijatelj tako da je sa mnom razgovarao kao sa poznankinjom, a ne samo kao pacijentkinjom.

"Selma, imaš pankreatitis," rekao je on nakon što sam se požalila na neizdrživu bol u gornjem dijelu trbuha. "Da bi to dobila," nastavio je on, "morala bi biti ili alkoholičarka, ili neko ko se puno sikira. Pošto ja, tako dobro, poznajem tebe i Džanija, znam da nisi alkoholičarka. Selma, moraš se prestati toliko sikirati i brinuti za sve. Ako ne prestaneš, možeš se ozbiljno razboljeti. Molim te, molim, prestani toliko razmišljati i sve analizirati. Moraš pustiti kraju svu tu kivnost koje se tako čvrsto držiš."

Lakše reći nego učiniti, mislila sam tada. Sad sam, međutim, shvatala da je doktor Vajt bio u pravu. Morala sam pronaći neki način da se smirim i izbacim gospodina Krstića i Keriinu glupavost iz glave.

PETO POGLAVLJE

Boreći se s vlastitim mislima i pokušavajući se skoncentrisati na roman koji sam htjela čitati u avionu, one su me uporno vraćale Džaniju kojeg sam ostavila za sobom. Nudio je da ide sa mnom ali ja sam odbila, praveći isprike da bih radije da on ostane kod kuće sa Kenijem da spriječi Kenija u dovođenju društva kući i praveći razno-razne zabave dok su mu roditelji odsutni. Ali istina je bila ta da sam se, sa svojim demonima, htjela suočiti sama. Nisam htjela utjehu i lijepe riječi. Htjela sam da mi poznata mržnja ponovo obuzme srce, tako da bi mi bilo teže osjetiti sažaljenje prema monstrumu s kojim sam se odlučila suočiti.

Nakon što sam izgubila mnoge dane i provela bezbrojne besane noći u razmišljanju o čudnom pozivu, došla sam do zaključka da je razlog zbog kojeg se taj čovjek htio sastati sa mnom i samo meni priznati sve što je radio, morao imati neke veze s mojim ocem. Činjenica je bila ta da mi još uvijek nismo znali gdje su ga oni ukopali i, mislila sam da ako je bilo i najmanje šanse da ga pronađemo, bila sam spremna ponovo proći kroz sve boli i patnje, samo kad bih mu mogla dati dostojnu sahranu i napokon ga pustiti da počiva u miru.

Nasmiješila sam se sjećajući se svojih riječi upućenim Keniju dok smo se rastajali. Približila sam usne blizu njegovog uha, praveći se da nisam htjela da me Džani čuje i rekla: "Keni, zadužujem te baš za sve dok mene nema. Molim te pobrini se za Džanija. Napomeni ga da uzme lijekove svako veče u sedam. Ponekad zaboravi, a voli ih uzimati u sedam, tako da bi počele djelovati prije nego što ode u krevet." Džani je počeo koristiti tablete za bolove leđa. Kad je u Bosni 1992-ge bio ranjen, metak mu je ušao kroz stomak, a izašao kroz leđa. Tada nismo znali da je metak izlazeći kroz njegova leđa, malo oštetio Džanijevu kičmu što se je polako pogoršavalo kako je on stario i postajao teži. Doktori su mu predlagali operaciju, ali je

Džani to stalno odbijao, zbog čega je sad morao redovno uzimati lijekove, dok i oni polako ne prestanu djelovati. Na kraju će ipak morati završiti na operacionom stolu svojih ljekara.

Keni je samo klimnuo glavom. Ozbiljan izraz njegovog lica mi je govorio da sam mogla računati na njega. Znala sam da ako sam se prema njemu ponašala kao prema odgovornoj, odrasloj osobi, on bi učinio sve u svojoj moći da me ne bi razočarao.

Pogledala sam u roman koji sam sad pokušavala čitati. *Obećavam ti sutra*, napisala Saranda Hillman. *Kako glup naslov knjige*, mislila sam. Kako ti iko može obećati sutra? Ono što sam ja naučila iz vlastitog iskustva je bilo to da ti "sutra" nije obećano i da se život koji poznajemo može promijenuti u tren oka. Brzinom groma, životi mogu biti izgubljeni i cijeli svijet može u trenu biti potresen do srži.

Ipak, nisam mogla biti, a da se ne prisjetim i dobrih stvari koje su mi se desile tokom mog problematičnog života; kao na primjer, način na koji sam se osjećala kad sam po prvi put vidjela Džanija, nakon što sam vjerovala da je bio mrtav. Nisam mogla vjerovati da je to stvarno bio on, a ne njegov duh. Bilo mi je tako teško raspravljati se sa vlastitim očima i onim što su one vidjele—a ono što su moje oči vidjele je bilo to kako ljuti vojnik udara Džanija po glavi sa pozadinom sjekire. Džani je tad pao u provaliju. Vojnici su onda počeli pucati u stotine drugih muškaraca koje su izveli iz konvoja koji nas je prevozio iz Prijedora za Travnik u lažnoj razmjeni. Ljude su bili postrojili pokraj litice planine Vlašić. Nakon što su ih pobili, u provaliju su počeli bacati bombe. Poslije toga, sišli su dole i nasumično pucali u njih da bi bili sigurni da su mrtvi. Kako bi ikom bilo moguće preživjeti tako nešto?

Ali Džani je preživio. Nekako, nekim čudom, moj Džani je preživio najgore. I kad sam ga ja nakon toliko godina muke i bola ponovo vidjela, mislila sam da sam napokon izgubila pamet. Srce mi je govorilo da je to zasigurno bio on, ali moj uznemireni um jednostavno nije mogao razumjeti kako bi to moglo biti moguće. Poslije sam, međutim, shvatila da je sve u životu bilo moguće samo ako sam vjerovala u Boga i tajanstveni način na koji On radi.

Nasmiješila sam se sjećajući se načina na koji me je Džani, prije pet godina, zaprosio. Pravila sam večeru povodom Dana Zahvalnosti i nakon što su svi drugi gosti otišli, Džani je ostao da mi pomogne čistiti. Kad je bio spreman da ide, ja sam ga zamolila da ostane. Iako sam se brinula da, kada budemo vodili ljubav, sve noćne more i sjećanja na silovanja koja su me godinama proganjala, bi opet izbila na površinu i ja bih tad trebala zauvijek napustiti Džanija, ipak sam morala pokušati i vidjeti da li je moć ljubavi bila jača od moći bola.

Naravno, čim me Džani strasno poljubio tu noć, sva moja pamet zajedno sa stvarnosti je potpuno nestala. Ništa drugo na svijetu nije postojalo osim nas dvoje. Znala sam da sam bila tačno tamo gdje sam i trebala biti—zauvijek skrivena u njegovom toplom naručju.

Bacio je kaput na pod, pokupio me u naručje i odnio uz stepenice, pa u spavaću sobu. To je bio prvi put da smo ikada vodili ljubav i shvatila sam tad da je moć ljubavi jača od svega na svijetu. Samo ljubav može razbiti barijere i otopiti sante leda.

"Selma, volim te," šapnuo je on dok sam se ja trudila da siđem sa sedmog neba na koje sam se popela nakon što smo vodili ljubav. "Dođi, moram ti nešto pokazati," rekao je uzimajući me za ruku i povlačeći s kreveta. Odveo me je niz stepenice prema pogužvanom kaputu koji je još uvijek ležao na podu. Dižući ga, zavukao je ruku u unutarnji džep vadeći malu kutijicu za nakit.

"Selma," šapnuo je, "nosim ovo sa sobom još od kako smo se vratili iz Bosne, čekajući taj perfektan momenat." Otvorio je kutijicu i pokazao mi set dijamantskog zaručnog prstena i burme.

Osjetila sam kako su mi oči počele suziti dok sam posezala za kutijicom. "Tako su prelijepi." Šmrcnula sam, ostajući bez riječi.

On je tad uzeo moju ruku u svoju i kleknuvši, rekao je: "Selma, hoćeš li se udati za mene?"

Nasmiješila sam se dok su mi se sretne suze kotrljale niz lice. Malo predosjećanje mi je zatreptalo u glavi o našim unucima kako me pitaju da im ispričam o tome kako je dido zaprosio: *Pa, moji dragi maleni, nakon vođenja ljubavi po treći put u jednoj noći, dok smo goli stajali u dnevnoj sobi...* trepnula sam i sretno se nasmijala.

"Da," rekla sam spuštajući se na koljena i grleći ga. "Udala bih se za tebe i milion puta!" Stavila sam mu ruke oko vrata i držala ga što sam čvršće mogla. Bila sam sretnija nego što sam ikad mislila da bih mogla biti. Njegove ruke su se pričvrstile oko mene dok je ljubio svaki cantimetar moga lica.

"Ahm!" Čula sam kako se neko nakašljava da bi me vratio nazad u sadašnjost.

"Šta ste me pitali?" Upitala sam, crveneći se. "Izvinjavam se, mora da sam malo drijemala."

Stjuardesa se nasmiješila u razumijevanju. "Piletinu ili govedinu?" Upitala je ona.

"Oh," rekla sam, "piletinu, molim. Hvala."

Dok je pred mene stavljala malu tacnu sa hranom, primakla se bliže i šapnula, "Izvinjavam se, da li bi vam smetalo da vas nešto upitam?"

"Ne bi mi smetalo," rekla sam iznenađeno. "Slobodno me pitajte."

"Da li se vi zovete Selma Mazur?" Upitala je ona.

"Da, tako se zovem," odgovorila sam zbunjeno. "Da li se poznajemo? Izvinjavam se ako sam—"

"Ne." Nasmiješila se je. "Ne poznajete me. Pročitala sam vašu knjigu, *Sjeti me se,* i prepoznala sam vas sa slike na koricama. Htjela sam vas upitati, da li bih mogla dobiti vaš autogram?"

"Oh, naravno." Nasmiješila sam se, malo iznenađena da me neko prepoznao na takav način.

Dodala mi je olovku i mali notes. "Molim vas napišite da je za moju sestru Eminu. Ona je vaša velika obožavateljka. Ona je, kao i vi, proživjela mnoge horore onog rata. I ja sam bila s njom, ali sam bila previše mlada da bih se sjećala. Mojoj sestri je tad bilo devet godina. Vidjela je kako su nam srpski vojnici zaklali oca i zboli mater na smrt. Nas dvije su odveli u Trnopolje koncentracioni logor gdje smo našle našu nenu. S njom smo preselile u Ameriku gdje nas je ona odgojila kao vlastite kćeri."

"Oh, razumijem. Veoma mi je žao." Nasmiješila sam se tužno, uzimajući ponuđeni notes. Pitala sam se zašto je mislila da je bilo u redu podijeliti nešto tako osobno sa potpunim strancem. Ali kako sam počela zapisivati srdačni natpis na malom blokiću, shvatila sam da ja nisam bila stranac ni njoj, a ni bilo kome drugom ko je pročitao moj memoar. Oni su se svi osjećali bliski prema meni znajući da sam prošla kroz istu bol kao i oni. Učinilo me je sretnom to što sam saznala da sam uspjela pomoći drugima da shvate da nisu bili sami u svojim mukama. Neko drugi je, također, prolazio kroz potpuno istu, ako ne i goru, bol kao i oni, čak i u isto vrijeme.

"Znači njeno ime je Emina, a vaše?" Upitala sam.

"Fatima," šapnula je.

Izgledala je tako lijepo i samopouzdano. Njena svijetlo smeđa kosa je bila zalizana u rep, a velike, plave oči su joj potpuno preuzimale glatko, srcoliko lice. U njenom prisustvu mi je bilo toplo oko srca samo zato što je i ona preživjela rat u Bosni. Bilo mi je drago što se nije sjećala svih strahota kroz koje su ona i njena sestra prošle i osjećala sam ponos vidjevši da njen život ipak ide dobro.

"Hvala!" Rekla je kad sam joj vratila potpisani notes. "Stvarno to cijenim i moja sestra će biti tako oduševljena kad joj kažem da sam vas upoznala."

Oči su mi se napunile suzama dok se ona polako udaljavala, gurajući kolica sa hranom ispred sebe.

ŠESTO POGLAVLJE

Devet sati kasnije, čula sam glas pilota koji nam je saopštavao da smo stigli u Minhen u Njemačkoj.

Ustala sam da odem u wc da bih se malo osvježila, razmišljajući o kratkom razgovoru koji sam imala sa gospodinom Perom Simovićem, advokatom koji me je kontaktirao u vezi intervjua sa njegovim klijentom. Zvučao je tako sretno kad sam rekla da ću se sastati sa njima dvoicom, zapravo, činio se malo previše sretnim. Nakon kratkog razgovora s njim, otišla sam na internet i rezervisala sobu u Holiday Inn Expressu, koji se nalazio u neposrednoj blizini aerodroma. Odlučila sam, kad sam stigla, rentati auto, da bih se mogla odvezti do gornje Bavarske gdje je zatvorenik odsluživao svoju kaznu. Gospodin Simović je obećao biti na aerodromu kad stignem da bi mogli izvršiti kratki sastanak kako bi mi dao tačnu adresu zatvora u kojem je njegov klijent sad bio. On je, također, obećao ugovoriti miting sa gospodinom Popovićem i srediti sve neophodne papire.

Izlazeći, primijetila sam čovjeka kako drži veliki natpis sa mojim imenom. *To je sigurno on,* mislila sam prilazeći mršavom čovjeku.

"Gospodine Simoviću?" Rekla sam, smiješeći se učtivo.

"Da, zdravo Selma. Kako si?"

Činjenica što me je nazvao imenom, a ne prezimenom mi je smetala, ali sam odlučila raspustiti je. Za sad.

"Imam rezervacije za ručak," nastavio je, smijući se široko, "u jednom restoranu u blizini, gde možemo lepo sesti i na miru održati sastanak." Pauzirao je. "Nadam se da si gladna."

Klimnula sam da bih mu dala do znanja da je bilo u redu to što je napravio rezervacije u restoranu. Pomisao da ću morati biti sama s njim u njegovom autu mi se nametala. Napomenula sam samu sebe da sam tu bila poslovno i da sam morala biti civilizovana. Prošla sam prstima preko

22

desnog džepa jakne gdje sam ranije stavila ključeve na kojima je umjesto privjeska visila mala flašica paprenog spreja u slučaju da bi mi zatrebao u samoodbrani. Osjećala sam se, barem malo, sigurnije znajući da je bila tu. Polako smo išli prema njegovom auto ne razgovarajući. Nekoliko puta sam primijetila da je pogledavao prema meni. Izgledao je mlađe nego što sam očekivala—negdje sredinom tridesetih godina. Bio je visok i mršav sa tamnom kosom i očima. Imao je malu bradicu koja me je podsjećala na trnjište. Bila je veoma tanka i raštrkana, ali je izgledala uredno i čisto. Moglo se reći da je izgledao atraktivno, na štreberski način.

"Evo nas," rekao je otvarajući vrata svog blistavog, crvenog Audija.

"Hvala," rekla sam kulturno, ulazeći u čisto auto koje je mirisalo na svjež Jasmin.

Nakon nekoliko trenutaka neprijatne tišine, on reče, "Lepša si uživo nego na televiziji."

"Molim?" Odbrusila sam, zaustavljajući samu sebe odsječno. *Budi kulturna*, vrisnu mali glas u mojoj glavi. *On samo pokušava da probije led.*

"Am, hvala," rekla sam brzo, okrećući se od njega da zurim kroz prozor. Bila sam sigurna da je pogled koji sam mu dala, govorio upravo ono o čemu sam razmišljala. Ovdje sam bila samo poslovno i tu nije bilo mjesta za socijalizovanje.

Oko petnaestak minuta kasnije, izašli smo iz aerodromskog prometa i sada smo jurili prema restoranu koji je on ranije spomenuo. Bilo je to malo, ali lijepo mjesto, udobno i primamljivo.

Atraktivna, plavokosa domaćica nas je pozdravila na njemačkom jeziku, rezervišući poseban osmijeh za gospodina Simovića. Tečno je govorio njemački, pitajući je da li bismo mogli dobiti stol negdje u ćošku zbog privatnosti. Kasnije mi je objasnio da je bio rođen i odgajan u Njemačkoj. Samo dva-tri puta godišnje bi išao u bivšu Jugoslaviju da bi posjetio familiju. Namignuo je konobarici, čemu se ona slatko zakikotala. Moje lice je ostalo ozbiljno. Nisam znala zašto, ali nešto—neki obrambeni mehanizam—mi je rekao da im ne dajem do znanja da sam razumjela njemački. *Ipak se isplatilo to što sam ga, sve one godine, učila u školi*, mislila sam, i to mi je bilo drago.

"Pa," počeo je on nakon što nas je konobarica ostavila s našim pićima, "doneo sam ti kartoteku koja će ti možda biti od koristi. Pregledaj je pre nego što odeš na sastanak sa mojim klijentom. U njoj ćeš naći sve informacije u vezi njegove optužnice."

Klimnula sam, uzimajući ponuđeni fascikl.

"Kako se zove?" Upitala sam pažljivo.

"Milan Pavlović."

Ime mi nije zvučalo poznato.

"Je li vam rekao zašto je htio sa mnom razgovarati?" Upitala sam, strepeći njegov odgovor. Iako sam bila sigurna da mi je htio reći gdje su počivali posmrtni ostaci moga oca, u pozadini uma mi se pojavio mali glas koji me je upozoravao da bi on mogao biti jedan od onih koji su me silovali u logoru. Nisam im čak znala ni imena. Bilo ih je tako mnogo da su se, nakon nekog vremena, svi stapali u jedno. Jedino ime koje jesam znala je bilo od mog komšije Radovana, koji je sad bio mrtav.

"Nije," rekao je on, probojavajući očima moje lice u potrazi za odgovorima, "mislio sam da bi ti morala znati odgovor na to pitanje."

"Ne znam." Progutala sam teško, krijući oči.

"Pa, odakle je?" Nastavila sam tiho.

"Iz Prijedora," odgovorio je on. "Živeo je nedaleko od Celuloze, fabrike papira. Znaš li gde je to?"

Klimnula sam i on je nastavio. "Kao što sam pre rekao, on te video na jednom od onih šoa na tv-u i, odjednom, kao da je nešto u njemu puklo. Pre toga je uvek bio mnogo tih. Ništa nisam mogao izvući iz njega. Bilo mi je tako teško pripremiti njegovu odbranu zato što nije progovarao, ali kad je video tebe, postao je kao druga osoba. Insistirao je da te nazovem i zamolim da dođeš i razgovaraš sa njim. Kaže da ima puno toga što želi reći, ali neće da razgovara ni s kim, nego samo s tobom."

"Pa, za šta je optužen?" Upitala sam uzimajući gutljaj kole.

Uzdahnuo je. "Gde da počnem?" Zastao je, spuštajući pogled. Izgledao je kao da ga je bilo stid onog što mi je planirao reći. "Proglašen je krivim za jedanaest tačaka za zločine protiv čovečanstva: ubistvo, progon i druga nečovečna dela."

"A silovanje?" Upitala sam tiho.

"Ne, nije za silovanje," odgovorio je on. Glas mu je bio tih i drhtav baš kao i moj.

Izdahnula sam u olakšanju. Iako još nisam imala odgovor tome zašto je htio da se ispovijedi baš meni, osjećala sam se bolje znajući da on nije bio jedan od monstruma koji su me silovali. Stvarno sam se plašila ikad se ponovo suočiti bilo s kim od njih. Bojala sam se sjećanja koje bi takav sastanak probudio.

Nakon ručka, gospodin Simović je vozio u tišini. Holiday Inn Express je bio samo pet minuta udaljen od restorana u kojem smo bili.

"Ima još samo jedna stvar," rekao je on dok smo stajali pokraj njegovog auta, opraštajući se. "On neće hteti govoriti ako sam ja prisutan. Kaže da moraš ići sama."

"Šta? Zašto?" Upitala sam, prestravljena.

Slegnuo je ramenima. "Ne znam."

Razdraženo sam pružila ruku, uzdišući. "Dajte mi adresu."

"U fajlu je," rekao je okrećući se da ide, a onda je odjednom zastao. "Hoćeš li biti okej?"

"Da, valjda." Pokušala sam se nasmiješiti iz pristojnosti, ali sam bila sigurna da je moj osmijeh izgledao više kao kriva linija. Velika tuga je obuzela moje cijelo biće, što sam, po svaku cijenu, pokušala sakriti.

"Dobro. Ako ti nešto zatreba, moja vizit kartica, zajedno sa osobnim brojem telefona su, takođe, unutar koverta. Molim te reci mi ako ima išta što bih mogao učiniti da pomognem i ... hvala. Znam da ti je sigurno teško."

Progutala sam. "Hvala. Cijenim to. Drago mi je da smo se upoznali."

"Takođe," rekao je i otišao.

SEDMO POGLAVLJE

Soba u kojoj sam odstajala je bila tiha i tamna. Otišla sam do balkonskih vrata da razmaknem teške paravane i upustim svjetlost u sobu. Balkon je gledao na, cvijećem prekriven, vrt. Jazom sam otvorila balkonska vrata da bih unutra upustila zrak koji je bio ispunjen mirisom behara i raznog proljetnog cvijeća. Bilo je jako teško skoncentrisati se na ljepotu svega što me je okruživalo, znajući zašto sam bila ovdje i s kim sam se planirala sresti sljedećeg dana. Došla sam na samo pet dana. Tri od tih dana sam rezervisala za gospodina Pavlovića i njegova priznanja.

Razgledajući sobu, primijetila sam crvene brojeve na digitalnom satu koji je počivao na noćnom ormariću. Tri četrdeset-pet po podne. *Oh, ne!* Uspaničila sam u sebi. Zaboravila sam da nazovem kući i javim Džaniju da sam bila bezbjedno stigla. Posežući za torbicom da bih iz nje iskopala mobitel, sjetila sam se razlike u vremenu. Sedam sati. Bilo je skoro jedanaest u Čikagu, ali sam bila sigurna da je Džani još uvijek bio budan, čekajući moj poziv. Odlučila sam, kad ga dobijem na telefon, reći mu da ode na ćat na internetu. Bila sam zahvalna što je hotel nudio besplatan Wi-Fi zato što sam donijela laptop. Bilo je to mnogo jeftinije nego zvanje Čikaga iz Njemačke sa mobitela.

Baš kad sam pošla pritisnuti broj, zazvonio mi je telefon. U malom prozoriću je pisalo "van područja."

"Halo?" Javila sam se brzo, nadajući se da je to bio on.

"Selma, dušice moja," čula sam majčin glas na drugoj strani telefona, "kako si mi? Jesi li dobro putovala?"

"Da, Majko." Nasmiješila sam se. "Izvini što nisam prije nazvala da se javim. Imala sam sastanak sa gospodinom Simovićem odmah nakon što sam sletjela. Tek sam sad ušla u sobu."

Odlučila sam upaliti kompjuter, u nadi da bi Džani već bio na ćatu, tako

26

da bih mu mogla reći da sam bila dobro.

"Kako ti je protekao let? Jesi li umorna?" Nastavila je mama sa pitanjima.

"Ne, nisam umorna. Let je, zapravo, bio vrlo ugodan. Jedna od stjuardesa je bila bosanka i ona me prepoznala sa slike na pozadini moje knjige," rekla sam.

"Oh, baš fino. Znači da nisi bila potpuno sama."

"Ja nikad nisam potpuno sama, Mama. Ti, Džani i Keni ste uvijek sa mnom, čak i kad niste," šalila sam se.

Super! Tu je! Pomislila sam kad mi je oživio internet. *Ćao, ljubavi,* tipkala sam, *žao mi je što nisam ranije nazvala, ali ne brini, dobro sam. Možeš li pričekati samo minutu? Na telefonu sam s mamom.* Čekala sam na njegovo "da" slušajući majčine molidbe da odem u Bosnu i posjetim je.

"Ali Mama," rekla sam, "već sam ti objasnila da sam tu samo poslovno. Ostajem samo pet dana, što nije dovoljno da se odvezem u Bosnu, pa nazad sve uz pokušaje da se sastanem sa ovim čovjekom."

"Zar ne možeš ostati malo duže?" Pritiskala je, "Nikad ne dolaziš u posjetu, i ubija me to što znam da si tako blizu, a nećeš ni da navratiš u posjetu vlastitoj materi." Pokušala je put krivnje.

"Znaš da bih, Mama, ali stvarno ne mogu. Moram se vratiti Keniju i svom poslu. Nemam baš puno slobodnih dana."

Čula sam uzdah na njenoj strani telefona i umalo sam joj popustila. Ipak sam se čvrsto držala svojih riječi. Nisam htjela ići u Prijedor da je vidim. Radije sam je viđala u Čikagu svake zime kad je ona posjećivala nas.

"Mama, mogu li te nazvati malo kasnije?" Upitala sam, pokušavajući promijeniti temu. "Moram nazvati kući da im kažem da je sve u redu. Tamo je već prošlo jedanaest i htjela bih ih uhvatiti prije nego što odu u krevet."

"Dobro dušo," rekla je tužno. "Nazovi me poslije i molim te razmisli o tome što sam ti rekla. Osim toga, ako ti je lakše, ne moraš doći autom. Možeš i avionom. Ja ću ću te pokupiti sa aerodroma u Zagrebu. Prenoći, pa se vrati sljedećeg dana."

"Dobro, razmislit ću," rekla sam da bih je smirila, znajući da neću.

Nakon kratkog razgovora sa Džanijem, odlučila sam se istuširati da bih se pokušala otresti umora koji sam osjećala zbog razlike u vremenu. Zaspivala sam iza pisaćeg stola, a morala sam ostati budna kako bih imala vremena pripremiti bilješke za sljedeći dan.

Tuširala sam se mlakom vodom dok je aparat za kafu glasno piskao.

Oblačeći mekani, hotelski mantil poslije tuširanja, izašla sam iz kupatila u potrazi za kovertom koju mi je pripremio gospodin Simović.

Polako sam je otvorila, vadeći tanki fajl. Prva stvar koja mi je uhvatila pogled je bila mala fotografija veličine slike pasoša. Odjednom sam se suočila s parom očiju, čokoladno-smeđe boje. Njegova kosa je, također, bila smeđa i kratko ošišana. Nije izgledao ništa poput bradatog, svirepog čudovišta duge kose koje sam očekivala vidjeti. Oči su mu bile pogođene bolom. Njegove male usne su bile pritisnute u tanku liniju. Izgledao je kao nečiji učitelj ili mentor, neko vjerodostojan. Bio je obučen u sako i kravatu.

Pored slike, njegovo ime—Milan Pavlović—je bilo napisano sa plavim slovima. Ispod, štivo je pisalo: "Osuđen na 25 godina zatvora i poslan u Njemačku da odsluži kaznu; optužen za ratne zločine u Čajniču, vođa S.D.S.-a (grad Prijedor) i pripadnik paravojnih snaga koje podržavaju napade prijedorskog područja."

Na sljedećoj stranici je bila kopija štiva iz novina. Pisalo je:

"*Hag, Holandija*—Međunarodni tužioci su pohvalili ponedjeljsku kaznu ratnog zločinca bosanskog Srbina, Milana Pavlovića, kao miljokazom, rekavši da je dokazano da se i ratni zločinci mogu smatrati odgovornima po nalozima međunarodnog suda. Međutim, srpski lideri su rekli da se ta presuda pokazala antisrpskom od strane suda. Sud ujedinjenih naroda za ratne zločine u Hagu, proglasio je Pavlovića krivim za jedanaest tačaka zločina protiv čovječanstva. Najduža kazna zatvora je dvadeset godina i naređeno je da se i druge kazne moraju istodobno pokrenuti. Sudija je kazao da bi Pavlović trebao odslužiti najmanje deset godina. Međutim, planovi za žalbu su već u toku i krajnji ishod Pavlovićevog slučaja se neće znati još ni za godinu dana... "

Prestala sam čitati osjećajući mučninu prisjećujući se dana kad sam ja stajala u sudnici, svjedočeći protiv čudovišta koje me je uzastopno mučilo i silovalo. On je za svoje zločine bio osuđen na samo osam mjeseci. Ovog čovjeka su osudili na dvedeset-pet godina, pa su to onda spustili na dvadeset i sad ga pokušavaju osloboditi nakon samo deset. Nisam mogla razumjeti zašto cijeli svijet nije mario za ono što se dogodilo nama. *Zašto ne kaznite kopilad za ono što su uradili?!* Vrištala sam u sebi.

OSMO POGLAVLJE

Udahnula sam svjež, jutarnji zrak kroz otvoreni prozor svog iznajmljenog Ford Taurusa. Jedini kompanjon koji mi je pravio društvo je bio glas mog GPS-a koji mi je saopštavao uputstvo gdje da idem. Bila sam spremna za dug put od Minhena do gornje Bavarske, naoružana sa mapama i svojim droidom. Odlučila sam obući šivane, crne hlače sa jednostavnom bluzom bež boje. Ubacila sam u auto i tanki, krojeni sako koji sam planirala obući prije ulaska u zatvor. Pokušala sam provesti vožnju diveći se okolini. Povremeno, teren između Minhena i gornje Bavaske je bio zadivljujući—stjenovite visoravni i bujna, zelena brdašca.

Sjetila sam se načina na koji je gornja Bavarska u Njemačkoj bila opisana na internetu kad sam je, prijašnje noći, guglovala: "najjužnija regija Njemačke koja se prostire između rijeka Lać i Salzach u dolini Altmuha i Bavarskih Alpi. Ona ima niz planinskih lanaca od stjenovite—"

"Skrenite desno," kompjuterovani glas mog GPS-a je rekao, podsjećajući me da tu nisam bila na godišnjem odmoru.

Moj um je uporno plovio nazad na kovertu koja je sad počivala na sjedalu pokraj mene. Prisjećala sam se štiva koje je bilo uključeno u fasciklu, a koje sam sinoć pročitala. Potreslo me je do srži i prisililo da prestanem čitati:

"Predsjedavajući sudija Samuel Pit Mekdouel je rekao da je bivši vlasnik restorana, Pavlović, namjerno izvršavao krivična djela i to sa sadističkom brutalnosti, koristeći noževe, bičeve, željezne šipke, drškom pištolja, palicama i sa ... stezanjem omče oko vrata jednog čovjeka sve dok taj nije izgubio svijest. Sudija se obratio gospodinu Pavloviću sa sljedećim riječima: 'Sve ste ovo obavljali sa ekstremnom brutalnosti. Također se identifikujete sa ekstremnim principima srpskog nacionalizma. Sada morate prihvatiti kaznu za svoja krivična djela.' Međutim, Pavlovićev odvjetnik je rekao da je internacionalni sud pretjerao."

Pitala sam se da li sam napravila grešku sa tim što sam pristala na ovaj sastanak. Ovaj čovjek je, očigledno, bio zao van razuma i razmišljala sam o tome kako ću sama stati protiv njega ako riječi koje on izgovori budu previše teške za podnijeti. Spekulisala sam zašto nije htio da mu advokat bude prisutan kad bude razgovarao sa mnom. Mali glas razuma u mojoj glavi je plakao, moleći me da se vratim i zaboravim na Milana Pavlovića i njegove ispovijede, ali se sićušni dio mene nadao da je on poznavao mog oca i da je možda znao gdje je njegovo tijelo bilo ukopano. Morala sam saznati gdje su ga bacili, tako da bih ga napokon pravilno sahranila i pustila da počiva u miru.

"Stigli ste na svoje odredište. Vaše odredište je na desnoj strani," glas na mojoj šoveršajbi je rekao hladno dok sam se ja borila da smirim anksiozne živce. Nakon parkiranja auta, nekoliko tranutaka sam samo sjedila stiskajući volan objema rukama. Teško sam disala i osjetila sam male bobice znoja kako mi se formiraju na čelu. Napokon, polako kao puž, krenula sam prema ogradi. Uvlačeći ruke kroz rukave crnog sakoa, ušla sam u, policijom ispunjenu, zgradu.

Ulazeći, predstavila sam se stražaru. Pokazala sam mu ličnu kartu objašnjavajući zašto sam došla. Rekao je da su me očekivali i srdačno mi je pokazao kud da idem. Koračao je ubrzano ispred mene. Zastao je pokraj teških vrata tamno sive boje.

"Evo ovdje, Gospođice," rekao je on na svom, polomljenom engleskom jeziku.

Euzubilahi minašejtani radžim; u ime Boga najmilostivijeg, najveličanstvenijeg, promrljala sam ulazeći. *Mama bi bila ponosna.* Umalo sam se nasmiješila toj pomisli.

Ušla sam u malu, zagušljivu sobu. Osim bijelog stola u sred sobe i dvije stolice koje su se nalazile jedna nasuprot druge, prostorija je bila prazna. Tu nije bilo prozora. Nije bilo ni dugog ogledala koje sam uvijek viđala na onim tv-šoima o policiji i nisam baš ni bila sigurna zašto sam sad očekivala da ga vidim. Primijetila sam, međutim, dvije male, crne kamerice visoko, skoro dosežući plafon u ćoškovima jedna naspram druge. Zbog njih sam se osjećala malo bolje, kao da ipak nisam bila potpuno sama.

Gledajući naokolo sobice, osjetila sam se klostorfobično. Bilo je to poput sjedenja u ormaru, čekajući na čudovište da uđe i da počne dijeliti tvoj zrak. Odjednom sam osjetila očajnu potrebu da operem ruke. Htjela sam ih trljati sapunom sve dok nebi počele krvariti i ta me pomisao prestravila. Nisam znala zašto, iz vedra neba, sam se počela osjećati tako kaljavo. I onda me je odjednom udarilo—sjećanje na prljavi dušek na prašnjavom podu, gdje su me oni silovali i uzastopno tukli. Osjetila sam paniku kad je jedno od memorija izbilo na površinu.

U oku moga uma, vidjela sam šesnaestogodišnju sebe i dva naoružana srpska vojnika kako me vuku:

Ubaciše me unutar jedne male sobe u Omarskoj koncentracionom logoru. Jedan od njih me baca na prljavi dušek, licem prema dole. Uzastopno mi podiže glavu, držeći je za kosu udarajući me po licu i pljujući razno-razne vulgarnosti prema meni, dok me drugi siluje zvjerski, također izgovarajući nešto uvredljivo i vulgarno. Gubim svijest. Budim se u u sobi deset. Hlače su mi bačene preko glave, dok moje ranjeno, krvavo tijelo leži na hladnom podu. Okružena sam ženama koje su kao i ja, silom odvedene od kuće, silovane i mučene na bezbrojne načine.

One sobe su bile male kao i ova. Zrak je postao teži i počela sam se obimno znojiti. Dok sam se borila sa nagonom da vrištim i lupam na vrata sve dok ih neko ne otvori, ona su se jazom otvorila i onaj isti stražar koji me je tu doveo, provirio je unutra.

"Još samo jedna minuta, gospođice. Treba li vam šta dok čekate; šoljica kafe, možda?"

"Mogu li dobiti malo vode, molim vas?" moj hrapavi glas je prošaptao dok sam se borila da kontrolišem paniku koja je brzo nadolazila.

"Da, naravno," rekao je on, odlazeći brzo. Istog trenutka se vratio sa bocom vode. Čekao je dok sam se borila sa rajsferšlusom na torbici da bih izvadila flašicu Prozaka. To je bila moja zaliha koju sam uvijek čuvala u torbi u slučaju iznenadnog napada panike ili ekstremnog straha i zabrinutosti. Bilo je prošlo već puno godina od kako mi je trebala moja zaliha i osjećala sam se kao da sam padala s vagona—kao oporavljajući alkoholičar koji poseže za pivom.

"Hvala puno," rekla sam, mahnito stavljajući dvije pilule u usta.

"Nema problema," ljubazni čovjek je odgovorio, vjerovatno se pitajući zašto sam odjednom postala tako blijeda i bolesna.

"Jeste li u redu?" upitao je prije nego što je nerado otišao. "Mogu li vam donijeti išta drugo?"

"Ne, hvala." Prisilila sam osmijeh na lice. "Sad ću biti dobro. Bit ću okej." Riječi dodatne sigurnosti su bile upućene više meni nego njemu.

Klimnuo je glavom i nevoljno otišao, ostavljajući otškrinuta vrata.

DEVETO POGLAVLJE

Ušao je polako, nesiguran šta da kaže. Koračao je tromo i izgledao je umorno. Mali osmijeh se pojavio na njegovim tankim usnama dok mi se tiho zahvaljivao što sam došla. Ja nisam progovarala dok nije sjeo na stolicu nasuprot mene.

Do tad mi se već mali rekorder odmarao na stolu, zajedno sa sveskom i olovkom. Tu je, također, bila i koverta sa fajlom koju mi je gospodin Simović pripremio.

Poredila sam način na koji je izgledao sada sa načinom na koji je izgledao na slici u fajlu. Njegova smeđa kosa je i sad bila kratko ošišana, ali je bila ispunjena sijedim vlasima. Tamni, napuhani krugovi ispod njegovih umornih očiju su naznačavali da nije dobro spavao. Lice mu je izgledalo nameružano i blijedo. Narandžasto odijelo u koje je bio obučen ga je činilo još bljeđim. Umalo sam osjetila sažaljenje prema njegovim tužnim očima. Bile su ispunjene bolom i pitala sam se da to možda nije bila neka vrsta glume. Da možda nije namjerno pokušavao da me prisili da mi se na njega sažali.

"Mislio sam da nećete doći," napokon je rekao obazrivo.

"A zašto ste htjeli da dođem, gospodine Pavloviću?" Upitala sam hladno. "Šta to, tačno, želite od mene?"

"Zar vam moj advokat nije objasnio šta hoću?" Tiho je upitao.

"Pa, da. Rekao je da biste se htjeli meni ispovijediti, ali ono što još ne razumijem je, zašto baš meni i kakve koristi vi imate od toga?"

"Kako to mislite, kakve koristi ja imam od toga?" Upitao je znatiželjno.

"Pa, niko ne daje nešto ovako veliko za džaba. Sigurno tu ima neka kvaka. Nešto što vi želite dobiti u razmjenu za svoja priznanja," rekla sam. "Vi znate da ja živim u Americi. Vidjeli ste me na taleviziji i mislite da imam novaca. Vjerovatno vas, negdje u Srbiji, čekaju žena i djeca i htjeli biste nešto za njih—pokroviteljstvo da se presele u Ameriku, novac, šta? Recite mi već, tako da to možemo skloniti s puta i krenuti dalje." Već sam postajala uzrujana, ali sam to, po svaku cijenu, pokušala prikriti.

Izgledao je zbunjen. "Vrijeđate me, gospođo Mazur," rekao je tiho. Njegove odlučne oči su probijale baš kroz mene, "Ništa neću od vas—ništa osim malo vašeg vremena." Zastao je spuštajući pogled, "supruga me je ostavila kad sam uhapšen i nismo imali djece. Jedina druga, voljena osoba u mom životu, bila je moja majka koja je umrla prije nekoliko mjeseci. Kažu, dobila srčani udar. Eto ... kao što vidite, nemam više nikog. Ništa ne tražim nego samo nekoliko sati vašeg dragocjenog vremena i ako mi date šansu da vam ispričam svoju priču, sve će vam tad biti objašnjeno." Podigao je pogled i pogledao me, šutke tražeći odgovor.

"Dobro," rekla sam, postiđena svog ponašanja. "Da li vam smeta ako snimam naš razgovor?"

Odmahnuo je glavom, pa sam pritisnula dugme na mašinici za snimanje.

"Možete li početi sa tim što ćete mi reći vaše ime, datum i mjesto rođenja, i tako dalje?" Upitala sam. Lice mi je izgledalo ozbiljno i profesionalno.

"Zovem se Milan Pavlović," kazao je. "Rođen sam prvog decembra, 1955-te godine u Prijedoru. U drugom svjetskom ratu, moj otac je bio proglašen herojem i tako da sam ja kad sam se pridružio SDS-u mislio da sam slijedio očeve stope. Tridesetog aprila, 1992-ge godine, preuzeli smo vlast nad Prijedorom i Kozarcem. Napad na Kozarac je trajao dva dana i uzrokovao je smrću od—više od—hiljadu ljudi. Ostali su prevezeni u koncentracione logore—Omarsku, Keraterm, Trnopolje, itd. —"

"Gospodine Pavloviću," prekinula sam naglo, "ja sam već upoznata sa svim tim činjenicama, a sve i da nisam, lako bih ih mogla pronaći u bibliotekama. Molim vas nemojte mi reći da sam proputovala ovako daleko, samo da bih čula dokumentarnu priču o tome koliko je ljudi poginulo. Mislila sam da ste htjeli pričati o onom što ste vi lično radili."

"Izvinjavam se," rekao je on. "Malo sam nervozan. Nikad prije o tome nisam pričao i, pravo da vam kažem, puno ste prijaznije izgledali na televiziji." Neznatno se nasmiješio kao da je htio da me malo omekša.

"Pa, ja sam se to samo pretvarala pred kamerama. Ustvari sam prava vještica." Zastala sam osmjehnuvši se polako. "Ali, ako biste vi htjeli da se opet malo pretvaram, pa valjda bih mogla." Zakikotala sam se tiho, malko spuštajući stražu i praveći se pristupačnijom. Nadala sam se da nije mogao vidjeti kroz moj jadni pokušaj šale.

"Gledajte," nastavila sam, sada malo prijateljskije, "kad me je gospodin Simović prvi put nazvao, rekla sam mu—a i samoj sebi—da nisam bila zainteresovana. Nije bilo nikakve šanse da bih se ja upustila u ovaj pakao. Ali činjenica je, gospodine Pavloviću, ta da nisam mogla prestati misliti o tom pozivu od njega i, iskreno rečeno, stvarno sam zainteresovana čuti vašu priču. Znate kako kažu da u svakoj priči imaju dvije strane? Pa znate, ja sam bila jedna od žrtava i to je jedina strana priče koju ja znam. Već godinama sretno krivim i mrzim Srbe za sve što se dogodilo lično meni, ali sada... radoznalost me ubija. Voljela bih čuti i drugu stranu priče. Stvarno ne razumijem šta je to, koja je to stvar što može natjerati osobu da tako mnogo mrzi drugo ljudsko stvorenje. Šta je bilo to što je vas natjeralo da uradite stvari koje ste uradili, gospodine Pavloviću? Baš sam znatiželjna, jer stvari za koje ste vi optuženi su meni neshvatljive. Ja znam da ja, lično, nikad ne bih mogla uraditi ono što ste vi uradili drugim ljudima, bez obzira koliko ih mrzila. Bez obzira na njihov izbor vjere." Zastala sam primjećujući zbunjen pogled na njegovom licu. Izgledao je kao da se pitao da li je napravio grešku s tim što me je pozvao da dođem.

"Ali neću vas osuđivati," dodala sam brzo, ne dajući mu šansu da pobjegne. "Obećavam da ću pokušati da vas ne osuđujem, bez obzira na sve što kažete. Fino ću vas saslušati i postavljati vam pitanja, ali ću vlastite osjećaje i mišljenja ostaviti iza onih vrata prije nego što uđem. Važi?"

Klimnuo je, gledajući prema dole. Izgledao je tako stidljivo i ponizno. Bilo je teško vjerovati da je on stvarno počinio sve one grozne stvari zbog kojih je sad bio ovdje.

"Vi znate da," počeo je, "kad se rodi dječak u našoj zemlji, mi to proslavimo pucanjem. Kao dječak u svojoj familiji, ti znaš kakve će ti dužnosti biti kad postaneš čovjek—ti si borac, vojnik i što je naj važnije, ti si zaštitnik, ne samo svoje familije, nego i svoje zemlje. I tako kad je zapucalo—ona druga vrsta pucnjave '92-ge godine, mi smo znali šta su naše dužnosti kao muškaraca bile. Od nas se je očekivalo da se obučemo u uniforme i idemo u odbranu naše zemlje. Barem je to bio razlog što sam se ja obukao u uniformu. Nikad nisam ni sanjao da bi se to sve moglo ovoliko oteti iz ruku. Nikad nisam ni pomislio da ću ja nekada klati nedužne ljude, vlastite komšije. Kao što vi, vjerovatno znate, u Bosni je običaj sjediti sa komšijom i ispijati kafu svakog—uboga—dana. Komšija ti je važniji nego rođak." Uzdahnuo je. Ruke su mu bile u krilu, ali sam ipak bila u stanju vidjeti da je nervozno trljao lijevi dlan.

"Bilo joj je četrnaest godina," rekao je tiho.

"Kome?"

"Mimici," odgovorio je prebijenim glasom. Bol mu je bila preuzela cijelo lice. Prestala sam disati.

"Ime joj je bilo Mirela, ali smo je svi zvali Mimi, ili Mimica," nastavio je. "Živjela je u mojoj ulici, samo nekoliko kuća udaljenosti od moje kuće gdje sam ja živio sa svojom majkom i suprugom. Otac mi je umro kad sam bio mlad, tako da smo majka i ja živjeli sami dok sam ja odrastao. Pošto je bila samohrana majka, nije joj bilo baš lako odhraniti me. Nije radila. Jedini novac koji smo dobivali je bila očeva veteranska penzija i ako bi ona šta od povrća prodala na pijaci.

"Mirelini su nam bili najdraže komšije. Često su nas pozivali na večere, a čak su nam ponekad pozajmljivali i pare. Mirelin otac, Eso, je bio samo nekoliko godina stariji od mene, tako da smo nas dvojica bili veoma bliski. Izdavali smo tajne jedan drugom i plakali smo na ramenima jedan drugog. Bio mi je kao brat kojeg sam uvijek želio, a nisam imao. Njegov otac je bio jako dobar prema meni kad sam bio mali. Uvijek mi je davao hrane i slatkiša. On je bio vlasnik male prodavnice koja se nalazila ispod njihove kuće. Kad je umro, osjetio sam se kao da sam ponovo izgubio oca.

"Kad je meni bilo oko dvadeset godina, Eso se oženio sa djevojkom pod imenom Elvira. Bili su dobar par, oboje tihi i stidljivi. Brzo nakon svadbe, dobili su djevojčicu—Mirelu—i svi smo je brzo prozvali Mimi, jer je bila tako sićušna, a ime Mirela je zvučalo tako odraslo. Nakon dvije godine, dobili su i sina, malog Enesa. Nisam mogao biti sretniji nego što sam bio kad su me zamolili da budem Enesov kum. Osjećao sam se kao član porodice. To što su bili Muslimani, nikad mi nije smetalo, a znao sam da ni njima nije smetalo to što sam ja Pravoslavac. Mi smo sve slavili, od Bajrama do Božića... samo nek' se pije i veseli.

"Eso i ja smo postali partneri u biznisu kad smo zajedno otvorili restoran. Bio je to većinom njegov novac kojeg smo uložili u restoran, ali mi je on uvijek govorio da se ne sikiram. Vratiću kad god budem mog'o, ali uvijek me kopkalo to što mu nisam mogao odmah uzvratiti.

"Oženio sam se 1990-te, iste godine kad sam se pridružio SDS-u. Većonom je to bio utjecaj mog punca da se pridružim. On je bio veoma pobožan i mrzio je Muslimane i Hrvate sa cijelim svojim bićem. 'Proklete Balije i Ustaše!' Nazivao ih je. Svaki put kad bi mu supruga i ja išli u posjetu, on bi nam prepovijedao istoriju. Pričao je o tome kako su nas, prije nekoliko vijekova, napali Turci i ubili kralja. Onda su sviju pokušali natjerati da pređu na Islam. Malo po malo, njegove riječi mržnje su počele imati smisla. Rekao je da, ako ne budemo pažljivi, balije će sve preuzeti i posunatiti nas. Često je govorio da bi volio potpuno očistiti sjever Bosnu od Muslimana i Hrvata. Kod njegove kuće, nije nam bilo dozvoljeno da gledamo bosansku televiziju, niti da slušamo normalne pjesme. Samo smo gledali srpsku televiziju i slušali četničke pjesme, pjesme koje nikad prije nisam bio ni čuo.

"Kad sam bio s njim, mrzio sam Muslimane iz nepoznatih razloga, ali kad sam bio uz Esu i njegovu familiju, nisam mogao biti sretniji. Elvira je često kuhala i pravila kolače, uvijek praveći malo više da bi bilo dovoljno i za nas troje. Za uzvrat, ja bih često kupovao slatkiše njenoj djeci. Nikad u njih nisam pogledao na neki drugi način, osim kao na vlastitu obitelj. Nisam siguran da li se vi sjećate—možda ste bili previše mladi da bi se sjećali." Zastao je da bi me pogledao. "Ali u avgustu 1990-te, paravojna jedinica, Vukovi s Vučjaka su preuzeli transmiter stanicu na Kozari. Televizija Sarajevo je bila blokirana. Zamijenile su je stanice iz Beograda i Banja Luke, koje su prenosile samo intervjue sa raznim radikalnim političarima i

SANELA RAMIĆ JURICH

prepjevima srpskih nacionalističkih pjesama koje su do tad bile zabranjene. Počeli su prenositi trač o našim komšijama, bošnjacima. Sjećate li se?" Odjednom je upitao kao da se htio uvjeriti da sam ga slušala.

Klimnula sam. "Da, sjećam se. Tad mi je bilo šesnaest godina. Pamćenje mi je oštro kao led."

"Hm, da ... dakle," nastavio je polako. "Sedmog januara, 1992-ge, bio sam na, još jednom od naših SDS sastanaka, ali ovaj put je bilo drugačije. Srpski članovi skupštine opštine Prijedor i predsjednici lokalnih opštinskih odbora srpske demokratske stranke Bosne i Hercegovine, proglasili su skupštinu srpskog naroda opštine Prijedor i izvršili su tajna uputstva organizacije i djelovanja organa srpskog naroda u Bosni i Hercegovini u najtežim okolnostima. Uputstva su, takođe, pružila plan preuzimanja opštine Prijedor. Ova uputstva su izdata prije jedanaestog decembra, 1991-ve godine. Tu su, takođe, bili uključeni i planovi za stvaranje križnog štaba, sa Milomirom Stakićem na čelu. Taj isti Milomir Stakić je kasnije uhapšen i odveden na suđenje u Hagu. Optužen je masovnin zločinima protiv čovječanstva nad bošnjačkim i hrvatskim civilima. Eh, on je bio izabran za predsjednika ove skupštine. Deset dana kasnije—sedamnaestog januara, 1992-ge—skupština je odobrila spajanje srpskih teritorija opštine Prijedor u cilju za ostvarenje odvojene srpske države na etničko srpskim teritorijama.

"Počeo sam vjerovati svoj onoj propagandi koju sam slušao na radiju i čitao u novinama. Kozarski vjesnik je počeo izdavati okrivljujuće navode protiv Muslimana i Hrvata. Masovni srpski mediji su propagirali ideju da se Srbi moraju naoružati. Nadimci poput Ustaša, Mudžahedin i Zelene beretke su naširoko korišteni u štampi kao sinonimi za nesrpsko stanovništvo. Gdje god da sam otišao, čuo sam strahovite priče o ratu i kako su Srbi ubijani po Hrvatskoj. Vidjevši kako se moji drugovi vraćaju o'tud u kovčezima je jako boljelo i htio sam kazniti one koji su bili krivi za to.

"23-eg aprila 1992, dobili smo naredbu da sve srpske jedinice odmah počnu raditi na preuzimanju opštine u koordinaciji sa Jugoslovenskom narodnom armijom, JNA. Do kraja aprila 1992, stvorili smo niz tajnih srpskih policijskih stanica u opštini i više od 1,500 nas je bilo spremno da učestvuje u preuzimanju. Sve više i više sam se udaljavao od svog druga Ese i njegove porodice.

"Izjava o preuzimanju—pripremljena od strane srpskih političara—pročitana je na radiu Prijedor dan poslije preuzimanja i ponavljana je tokom cijelog dana. U noći 29/30 aprila 1992, održano je preuzimanje vlasti. Zaposlenici stanice javne bezbjednosti i rezervnog sastava policije okupili su se u Čirkin polju, čemu sam i ja, naravno, prisustvovao. Dobili smo zadatak da preuzmemo vlast na opštini i naširoko smo bili podijeljeni u pet grupa. Svaka grupa od jedno dvadesetak ljudi, imala je vođu i svakom od njih je naređeno da preuzme kontrolu određenih objekata. Jedna grupa je bila odgovorna za zgradu skupštine, moja grupa je bila odgovorna za glavnu zgradu policije, jedna za sud, jedna za banku i zadnja za poštu. Bio je to ilegalni dogovor, koji je dugo unaprijed planiran i koordiniran s krajnjim ciljem stvaranja čiste srpske opštine.

"Ovi planovi nisu bili skriveni i implementirani su u koordiniranoj akciji srpske policije i vojske. Prilikom ovog napada, ubio sam dva policajca muslimanske vjeroispovijesti. To mi je bio prvi put u životu da sam podigao ruku na drugo ljudsko stvorenje. Ali tada mi se to nije činilo tako loše. Sam sam sebi govorio da smo u ratu i da je u pitanju moj život ili njegov. Takođe sam ponavljao riječi mog punca koji mi je često govorio: 'U ljubavi i ratu, nema pravila.' Osjećao sam se dobro što sam bio dio tako važne akcije i što sam sudjelovao u preuzimanju grada.

"Nakon toga, sve više i više propagande i trača sam čuo od mog vlastitog naroda. Optuživali su muslimanske i hrvatske doktore kako ubrizgavaju drogu u naše Srpkinje, da bi postale nesposobne da rađaju mušku djecu. Takođe su ih optuživali da su štrojili srpsku mušku djecu. Osim toga, u članku kojeg sam pročitao u Kozarskom vjesniku, Dr. Osman Mahmuljin je bio optužen za davanje lažne medicinske njege svom kolegi, Srbinu, doktoru Živku Dukiću, koji je imao srčani udar. Dr. Dukićev život je spašen samo zato što je doktorica Radojka Elenkov prekinula terapiju navodno iniciranu od doktora Mahmuljina. Te žalbe su emitovane svaki dan sa ciljem da potstaknu Srbe da linčuju ne-Srbe. Osim ovih, mnogo drugih falsifikovanih biografija od cijenjenih ne-Srba su emitovali na radiju..."

Odjednom mi se u glavi pojavilo jedno sjećanje na oca:

Sjedim na podu kod kuće u Prijedoru. Moja majka sjedi na kauču iza mene i plete moju dugu kosu u pletenicu. Priča mi jedan vic.

Ona se tako slatko smije da ja jedva razumijem ono što mi govori. Vic je u vezi neke djevojke koja pita svoga dečka da li on voli njenu kosu. On odgovara sa tim da ga podsjeća na neki talijanski specijalitet. Djevojka sretno odgovori, "Stvarno, na koga? Jel' na Sofiju Loren?"

A on joj kaže, "ne, na špagete."

Moja mama se smije tako glasno toj svojoj luckastoj šali da ni ja sama sebi ne mogu pomoći, nego da se zakikoćem.

"Šta to pokušavaš reći?" Upitah je, "Da te moja kosa podsjeća na špagete?"

"Da, pomalo," odgovori ona kroz prigušeni smijeh.

Dok se nas dvije kikoćemo, moj otac pojačava ton na radiju i ušutkuje nas da bi mogao čuti vijesti.

"Šššš," šapnu on. "Slušajte, opet govore o doktoru Mahmuljinu."

"Oh, Ivane!" Kaže mama, "Prestani slušati to smeće, dobit ćeš čir. Znaš da su to sve samo bljuvotine i laži."

"Ma znam ja," reče on, "ali čini mi se da im Srbi sve vjeruju. Vidim ja podrugljive osmijehe i poglede koje mi upućuju kad prođu pokraj mene na ulici. Neki mi čak neće ni da uzvrate kad im kažem dobar dan!"

Majka uzdahnu. "Ivane, ništa ne znači to što oni govore na radiju. Naši prijatelji i komšije nas dobro poznaju i oni nikad ne bi povjerovali tako glupim lažima. Kao što sam već rekla—smeće! Molim te ugasi to; zadaje mi glavobolju."

"...izdali su ultimatum." Glas gospodina Pavlovića me vratio u sadašnjost, tjerajući me da progutam sjećanja i suze. "Prozvali su sve ne-Srbe da predaju svoja oružja srpskoj vojsci, da proglase lojalnost Republici srpskoj i da odgovore na pozive mobilizacije. Ultimatum je takođe sadržavao prijetnju da će bilo koji otpor biti kažnjen. Svi su na to pristali, predajući svoje lovačke puške i pištolje na dozvolu sa povjerenjem da, ako predaju svoja oružja, bit će bezbjedni.

"Mi smo, onda, krenuli na pretraživanje oružja po kućama naših ne-srpskih komšija. Većina ne-srba je odmah otpuštena s posla. Sva državna preduzeća, zajedničke lager kompanije, državne institucije, javne komunalije, ministarstavo unutrašnjih poslova i vojske Republike srpske, moglo je biti držano samo osobljem srpske nacionalnosti.

"Najave na radiju su takođe zaduživale nesrbe da objese bijele krpe ispred svojih kuća da bi demonstrirali svoju odanost srpskim vlastima. Bošnjačke (bosansko-muslimanske) kuće su prepoznate po bijeloj zastavi na krovu kako bi ih mogli razlikovati od srpskih kuća.

"Kozarac smo napali 25-og maja 1992. Otvorili smo paljbu na kuće, stvorili kontrolne punktove, a u isto vrijeme, granate su bila ispaljivane sa brda. Nišanili smo ljude koji su bježali iz tod područja. Granatiranje je bilo žestoko i nemilosrdno. Bilo je tu više od 5,000 nas, srpskih vojnika i boraca koji smo učestvovali u napadu. Nakon granatiranja, pucali smo u ljude koji su još uvijek bili u svojim kućama, a oni koji su se predali su odvedeni na fudbalski stadion Kozarca, gdje su neki od njih nasumično pobijeni. Nakon što su ljudi pobijeni ili izbačeni iz svojih kuća, počeli smo paliti kuće. Kao rezultat tog napada, u Kozarcu je bilo ekstenzivno uništenje imovine. Kuće su ne samo uništene, nego i sravljene sa zemljom uz pomoć teške mašinerije. Medicinski centar u Kozarcu je takođe bio oštećen u napadu. Napad je trajao sve do 26-og maja 1992, kada je dogovoreno da svi ljudi treba da napuste teritoriju Kozarca. Veliki broj ljudi se tog dana predalo. Naše zapovjedništvo im je objasnilo da, svi oni koji žele da se predaju, moraju formirati konvoj i da će—u tom periodu—biti na snazi prekid vatre. To je bilo ono što smo mi rekli stanovnicima Kozarca. Međutim, nama je bilo naređeno da se odvoje žene i djeca od muškaraca onda kada konvoj stigne do puta Banja Luka - Prijedor i da žene i djeca budu prebačeni u Trnopolje, a muškarci u Omarsku i Keraterm koncentracione logore. Veliki broj žena i djece je stiglo u Prijedor dana napada, ali su nešto kasnije toga istog dana stigli autobusi i ženama i djeci je naređeno da se ukrcaju u autobuse za logor Trnopolje.

"Ja sam učestvovao u svim fazama napada na grad i bio sam jedan od vodećih službenika zaduženih za logor Omarska. Bio sam ljut na sve i svakog i krivio sam muslimane za sve što im se sad događalo."

"Zašto?" Upitala sam, ne mogavši se suzdržati.

"Gospođo Mazur." Izbezumljeno se zagledao u mene; glas mu je zvučao razdraženo. "Mi Srbi imamo jako dugo pamćenje i svi dobro znamo šta su nam prokleti Turci uradili i uvijek smo znali da ćemo im jednog dana sve to i vratiti."

Bila sam sigurna da je riječ bila o balkanskoj istoriji sa kojom smo svi morali biti dobro upoznati:

U četrnaestom stoljeću kad su Turci došli da vladaju po Balkanu, natjerali su većinu naroda da pređu na Islam. Ubili su kralja Jugoslavije, koja se tad zvala Kraljevina Srba, Hrvata i Slovena. Bilo je to u 1929-oj da je Jugoslavija napokon dobila svoje ime, nakon pada Austro-Ugarske. Svi ljudi na Balkanu su iste nacionalnosti: Slaveni, većinom sa plavim očima, blijedom kožom i svijetlom kosom, svi bijele rase.

Bosanski Muslimani nisu potomci Turaka ili Saudijaca. Prešli su na Islam u četrnaestom stoljeću da bi im, u to vrijeme, život bio bolji. U to vrijeme, ako pređeš na tu vjeru, automatski postaješ vlasnik zemlje i privilegovane klase. Kad je turska vlada napokon pala u devetnaestom stoljeću, Muslimani u Bosni su i dalje ostali kao privilegovana klasa. Srbi su od tada kivni na Turke i znali su da će i njihov dan jednom svanuti kad će napokon moći osvetiti kralja. U njihovim mislima, taj dan je osvanuo u 1992-oj godini. Valjda im nije bilo važno što ustvari nisu ratovali protiv Turaka, nego vlastitih zemljaka.

"I takođe," nastavio je on, mršteći se, "moja majka je bila zatvorenik u koncentracionom logoru, koji su Ustaše otvorili u drugom svjetskom ratu.

"Bio sam ljut na njih što su nas tjerali da sve ovo radimo, ali je to moralo biti urađeno." Uzdahnuo je.

"Mali dio koji sam ja pridonio svemu tome je ništa, ali je pomogao da se približimo većoj slici Velike Srbije. Činili smo svijetu veliku uslugu što smo ih otarasili Muslimana. Mi smo išli tome da jednog dana budemo pedeset-prva država Amerike." Zurio je u mene, dišući teško. Osjećala sam se veoma neugodno zbog njegovog pogleda, ali se nisam htjela kukavički okrenuti, pa sam i ja zurila u njega, tresući nogu ispod stola. Bila je to nervozna navika koja mi je sad bila dobrodošla kao distrakcija.

"Ovi kampovi su bili gori od ičeg što ste ikada vidjeli na televiziji," napokon je nastavio, malo smirenije. "Gdje god bih pogledao, vidio bih ljude pogođene očajem, modre i krvave. Toaleti su prestali raditi, tako da je smrad bio ne izdrživ. Pokušajte zamisliti vrući dan u julu, bez toaleta, stotine zatvorenika u tom malom mjestu. Nema hrane, nema vode, sve vrste krvavih rana proizvode gnjoj. Htio sam ih sve pobiti tako da ne bih više morao biti tu." Oči su mu bile široko otvorene, kao da se pitao zašto ja nisam razumijevala ono što je bilo tako očigledno. Teško je i brzo disao.

Ja nisam morala zamišljati kako je tamo bilo, zato što sam se toga jasno sjećala. Bila sam jedna od onih krvavih i moje mučeno tijelo je proizvodilo gnjoj zbog sveg bola koje su mi oni nanijeli u Omarskoj. Moja duga, nekad prelijepa, kosa je bila zaražena ušima. Izgledala sam kao kostur, prekrivena modricama.

Samo sam nastavila klimati glavom, kao da sam razumjevala njegovu frustraciju, zato što sam htjela da nastavi sa svojom pričom.

"Uskoro nakon što smo napali Kozarac,"nastavio je, "naučio sam kako se kolje s nožem. Jedan čovjek je bio ovlašten da nas uči. Pokazao nam je kako se to radi sa tim što bi klao svinje. Uzeo bi svinju za uši, bacio bi je na zemlju i onda bi uzeo nož i rascijepio joj vrat. Onda smo i mi svi to isto radili. Bacili bi svinju na zemlju, jednu malu, uzeli bi nož i rasjekli bi joj grlo."

"Kakvu vrstu noževa ste koristili?" Tiho sam upitala, gledajući prema dole.

"Velike noževe. Lokalni produkt."

"Možete li se sjetiti prve osobe koju ste zaklali?" Upitala sam polako, boreći se da mi glas zvuči bezosjećajno.

"Da. Kad je bio napad na hotel Prijedor, odmah nakon čišćenja Hambarina, uspjeli smo zarobiti nekoliko ljudi. Razoružali smo ih. Oduzeli smo im sve oružje."

"Znači uhvatili ste nekoliko zarobljenika." Koliko ih je bilo?"

"Šest. Naredili su mi da ih pobijem, pa sam uzeo svoj nož—"

"Jeste li poznavali te ljude?" Da vam možda nisu bili komšije?" Prekinula sam ga.

"Ne, nisam ih znao."

"I, šta je dalje bilo? Uzeli ste nož i..."

"Onda," nastavio je, "jedan od naših je bacio jednog od njih na zemlju. Udario ga je s puškom i rekao mi—"

"Sa kojim dijelom?"

"Sa automatskom puškom, sa pozadinom. Udario ga je u glavu i onda se okrenuo prema meni i rekao mi da uzmem nož i da ga ubijem. Uzeo sam nož, uhvatio ga za kosu, gurnuo mu glavu uz zemlju i razrezao mu grlo. I... tako još dvojicu. Drugi vojnici su pobili ostalu trojicu. Jedom smo otišli u Briševo, hrvatsko selo nedaleko od Ljubije, sa planom da opljačkamo ljude koji su tamo stanovali."

"Ko je tad bio s vama?"

"Moja dva rođaka, Jovo i Predrag. Došli smo do jedne kuće. Kad smo ušli unutra, našli smo jednog starca sa bijelom kapom. Mala, okrugla bijela kapa. Tražili smo od njega novac. Nije imao ništa novca, pa smo ga pretukli. Nije imao baš ništa da nam da, pa ga je Predrag, onaj što je bio sa mnom, zaklao nožem. U njega je bio drugačiji nož od mog."

"Jeste li ga prvo pretukli?"

"Jesmo, i rukama i nogama."

"Je li krvario?"

"Ne baš puno." Većinom smo ga udarali ovuda." Pokazao je na oblast stomaka.

"Jel' bio star?" Upitala sam tiho.

"Jeste. Pedeset ili šesdeset godina."

"Ko mu je rasjekao grlo?"

"Predrag. On, taj čovjek, sjedio je u stolici i Predrag ... on je samo naslonio nož i rasjekao."

"Kako?"

"Stao je ispred njega. Prišao mu i ovako mu gurnuo glavu—" Uhvatio je vlastitu bradu i gurnuo svoju glavu unazad—"i jednostavno mu je rasjekao vrat. Ja i ovaj drugi momak smo onda izašli vani. On nam se pridružio, očistio nož i onda smo pretražili cijelo imanje. Pronašli smo malo rakije. Otvorili smo flašu i počeli piti."

Bila mi je potrebna pauza. Glava mi je pucala i cijelo moje biće je vrištalo da odem odatle, ali prije nego što sam uspjela išta da kažem, on je nastavio.

"U avgustu 1992-ge," govorio je on, dižući glavu ponosno, "izabran sam za predsjednika lokalnog vijeća S.D.S.-a. Sve za što sam optužen da sam radio u onim kampovima," rekao je hladno, "je istina. Nisam osjećao grižu savjesti što sam radio ono što je bilo potrebno da bih zaštitio svoj narod. Ali, nakon nekog vremena, postao sam umoran. Konstantno sam bio ljut i morao sam kazniti bilo koga za sve što je išlo do vraga u mom vlastitom životu. Oni ljudi su jednostavno bili tu, na mom raspolaganju i tako sam počeo kažnjavati njih. Bilo je lakše vjerovati u sve one propagande, nego suočiti se sa istinom."

"Ali zašto?" Upitala sam tužno. "Zašto kazniti njih, ako vam oni nisu ništa uradili?"

Samo je slegnuo ramenima. "Jednostavno je tako bilo. Ubiješ jednog i onda više nije važno jesi li ubio jednog ili stotinu. Svakako ćeš u pakao, jel' tako?"

Zadrhtala sam. Bila sam spremna zgrabiti svoje stvari i izletjeti iz sobe, ali on je tad spustio pogled i glas i polako rekao.

"Počeo sam puno piti, što je pomoglo da malo pobjegnem od realnosti. Golim rukama sam zadavio jednog čovjeka, samo zato što me je prepoznao i zovnuo po imenu. Osjećao sam se dobro što sam imao svu tu kontrolu nad tuđim životom." Pauzirao je, progutao i spustio glas,

"I ja sam bio tamo..." Način na koji je izgovorio te riječi me je natjerao da prestanem pisati zabilješke u teku, da podignem pogled i pogledam ga. Jeza mi je preuzela cijelo tijelo kad sam vidjela osmijeh na njegovom licu.

"Gdje?"

"U konvoju koji ste spomenuli u vašoj knjizi."

Nije morao objasniti o kojem je konvoju bila riječ. Znala sam da je to bio onaj konvoj—onaj što me je prevezao iz Prijedora u Travnik u lažnoj razmjeni, onaj koji mi je uzeo Džanija, onaj konvoj koji je uzeo više od 150 nedužnih života. Nehotice sam zadrhtala.

"Recite mi," šapnula sam.

Blago je mahnuo glavom i činilo se kao da je uživao u napaćenom izgledu moga lica. Pokušala sam prikriti svoje emocije tako što sam probala misliti na nešto ne vezano sa njim ili konvojem, ali sve što mi je došlo na pamet je bilo to koliko je njegovo lice ličilo na lice Grinča.

"Učestvovao sam u pratnji konvoja od više od 1,200 civila iz Prijedora prema Travniku u cilju razmjene, ali kada smo stigli na Koričanske stijene, naređeno nam je da odvojimo 200 do 250 muškaraca iz grupe i pogubimo ih. Iskreno, nemam pojma od koga je to naređenje došlo. Međutim, po savjetu moga advokata, na sudu sam svjedočio protiv nekoliko ljudi da bi moja kazna bila smanjena."

"Pričajte mi o tom danu." Molila sam tiho.

Nakašljao se je.

"Događanja prije masakra su počela sa viđanjem od oko 1,500 zatočenih civila kako se vrzmaju okolo četrnaest ili petnaest autobusa, kamiona i drugih vozila. Okupili su se tu zbog prevoza za Travnik. Jedan od komandanata—čije ime radije ne bih spominjao—je svakome od nas dodijelio po jedno vozilo. Komandant je bio obučen u plavu maskirnu uniformu i dovezao se sa policijskim automobilom. Vožnja je bila jako neprijatna, jer su ljudi stenjali i plakali."

"Jeste li vi vozili?" Upitala sam ga.

"Ne, jedan drugi vojnik je vozio. Bio je jako mlad—sedamnaest, možda osamnaest godina. Ja sam sjedio odmah uz njega. Bio je s nama i treći vojnik. Taj je cijelo vrijeme hodao po autobusu i sviju je verbalno napadao i vrijeđao. Konvoj je prvo zastao u Kozarcu gdje su nam se pridružila još tri autobusa. Kad smo se drugi put zaustavili, onaj isti komandant što nam je dodijelio vozila, je ušao i rekao mi da idem od jedne do druge osobe i da im uzmem sve vrijednosti što su imali. Dao sam kesu nekom dječaku i naredio mu da mi donese sve što su imali. Onaj treći vojnik je galamio na zatvorenike, prijetio im da ćemo ih sve pobiti ako ne natrpaju kesu do vrha. Kad je kesa bila puna para, nakita, i drugih vrijednih stvarčica, ja sam je dodao komandantu. I tako je protekla cijela vožnja. U jednom trenutknu, nisu više ništa imali da stave u kesu, treći vojnik je zgrabio neko dijete i zaprijetio da će ga baciti sa litice planine. Dječakova majka je gorko plakala, ali nije imala ništa više da mu dâ."

Zastao je. Začudo, spustio je pogled i nakon nekoliko kratkih trenutaka, jednostavno je slegnuo ramenima, bez razjašnjenja da li je prijetnja bila izvršena, ili ne.

"Kad smo stigli na Koričanske Stijene," nastavio je, još uvijek gledajući prema dole, "izašao sam iz autobusa. Primijetio sam da su ona dva autobusa što su nam se pridružila u Kozarcu, bila puna ljudi pognutih glava, čije su ruke bile zavezane na leđima. Puno vojnika u unifrmama se šetalo naokolo.

Onda su počeli razdvajati muškarce od žena i djece. Komandant mi je prišao i naredio da ja i ona dvojica što su bila sa mnom u autobusu, čuvamo stražu da bi bili sigurni da neko ne bi naišao iz suprotnog smjera.

"Nas trojica smo samo zamakli iza okoline, kad smo začuli žestoku pucnjavu. Čula se vriska i plakanje. Znao sam šta se dešavalo, ali stvarno nisam to mogao vjerovati. Čak i ja sam bio šokiran u vezi toga. Počeo sam ići nazad. Mladi vojnik je slijedio za mnom. Izgledao je kao da će se onesvijestiti. Rekao je da je osjećao mučninu u stomaku. Zatvorenicima je prvo bilo naređeno da stanu jedan pored drugog na rubu litice. Oni u prvom redu su morali kleknuti. Bilo je to ne opisivo. Počeli su se gurati i onda je počelo pucanje koje nije baš dugo trajalo—desetak ili petnaestak minuta—zato što su neki od njih počeli skakati sa litice. Bile su male šanse da bi bilo ko ko je pao na takav način mogao preživjeti, ali oni su ipak skakali. Ja sam ispucao jedan šaržer. Ljudi su brzo nestajali. Nakon što je pucanje prestalo, neki vojnici su bacali bombe u provaliju. Kasnije smo, nekoliko nas, sišli i nasumično pucali u njih.

"Onda sam otišao u autobus i počeo voziti prema Travniku. Onaj mladi vojnik što je bio sa mnom je izgledao bolesno. Uporno je ponavljao, 'Šta smo to uradili? Nek' nam Bog bude u pomoći, svi ćemo u pakao. Šta smo to uradili?'

"Ja sam se osjećao kao utrnut. Ne mogu se sjetiti jesam li išta u tom trenutku osjećao ili razmišljao. Kad smo stigli na naše odredište, vratili smo se istim putem. Prva osoba koju sam sreo kad sam se vratio je bio komandant kojeg sam ranije spomenuo. Stajao je u neposrednoj blizini mjesta gdje su civili pobijeni. Rekao mi je da se moramo što prije riješiti leševa, jer će uskoro početi smrditi i mogli bi zaraziti vodu. Bila je to scena strave i užasa. Gomile ljudskih tijela su ležale jedno na drugom. Neki su visili sa litice i grana. Grozota. Ali, čak i nakon svega toga, dvanaestorica njih je nekako preživjela, tako bar kažu tužioci u Hagu."

Progutala sam knedlu. Džani je bio jedan od te dvanaestorice što su preživjeli.

"Ispričajte me na trenutak," šapnula sam i ustala sa stolice. Osjetila sam se ošamućeno. Otišla sam do vrata i zamolila jednog od stražara da mi donese bocu vode. Morala sam izaći iz te sobe. Gušila sam se. Ušla sam u w-c i pustila sve emocije da izađu na površinu. Plakala sam u sav glas. Nije me bilo briga hoće li iko čuti. Ovaj dio njegove priče me je osobno vrijeđao. Teško me je udarao. I ja sam tad bila tamo, natovarena na kamion kao životinja i prekrivena ceradom. Džani je bio jedan od onih ljudi. Bol je postala ne podnošljiva kad sam shvatila da smo ovaj čovjek i ja ipak bili povezani. Povezani sa konvojem smrti.

Nakon nekog vremena, prikupila sam što sam više mogla snage, popravila sam frizuru, aplicirala malo sjaja na usne i vratila se nazad da se opet suočim njime.

"Jeste li dobro?" Upitao je kad sam ušla.

"Jesam." Nisam se čak ni pokušala osmijehnuti. "Izvinjavam se, uzela sam vašu priču malo više osobno, ali sad sam u redu. Molim vas, nastavite." Klimnuo je.

"Jednog dana, odveo sam kući jednog pajdaša. To je bila najveća greška koju sam napravio u svom životu. Ime mu je bilo Sredo. Taj čovjek je bio neustrašiv. Još prije nego što će rat i početi, policija ga je tražila zbog raznih kriminalnih djela koje je počinio. Od beogradske policije se skrivao u Sloveniji. Kad je rat počeo, on je bio prvi koji se pridružio vojsci. Problem je bio u tome što se on nije bio pridružio normalnoj JNA, nego čovjeku po imenu Arkan i njegovoj jedinici zvanoj Srpska dobrovljna garda. Tu grupu su većinom činili fudbalski huligani i sitni lopovi.

"Kad smo stigli do moje kuće, Elvira je dotrčala. Mahnito je plakala i ubrzano mi govorila kako su četvorica srpskih vojnika došli njenoj kući i odveli Esu na ispitivanje u policijsku stanicu. Preklinjala me je da odem i da vidim šta se dešavalo s njenim mužem. Ja sam već znao šta je bilo s njim, jer sam ga vidio. Nisu ga ni vodili u policijsku stanicu, nego pravac u Omarsku gdje su ga tukli sa palicama i željeznim šipkama sve dok se nije prestao vrcati. Tu nije bilo stvarno ništa što sam ja mogao učiniti da bih mu pomogao. Znao sam da je bio gotov iste minute kad sam vidio kako ga uvlače unutra. Nisam joj to mogao reći. Sredo me posmatrao cijelo vrijeme čekajući da vidi moju reakciju.

"'Šta je to? Družiš se s Balijama?!' Nacerio se je.

"'Ma jok. Ne budali!' Nasmijao sam se, hvatajući Elviru za lakat i okrećući je prema njenoj kući, 'Marš kući!' Naredio sam. 'I nemoj više da te vidim kako se fucaš po putu!' Htio sam joj reći da ću joj kasnije sve objasniti, ali u isto vrijeme, nisam htio da Sredo primjeti da sam se družio sa Muslimanima. Stvar je bila ta, meni oni nisu bili samo neki tamo Muslimani; bili su familija. Bio sam kum njihovom sinu. Potpuno su mi vjerovali.

"Elvira je plakala. Nije shvatala šta sam joj pokušavao reći. Valjda nije bila ničeg svjesna zbog šoka i straha što su joj odveli muža. Molila me je da odem vidjeti šta se dešavalo sa Esom. Primijetio sam izgled Sredovog lica i znao sam šta je taj pogled u njegovim očima značio. Jednom prije sam imao priliku da vidim dubinu njegove duše i prestravio sam se kad sam primijetio taj kez na njegovom licu.

'Ma 'ajde ne sikiraj se,' rekao je mirno Elviri. 'Haj'mo otšetati do tvoje kuće, a ti mi sve ispričaj, pa ćemo videti kako ćemo pomoći.'

"Slijedio sam prekovoljno, pokušavajući da nađem neki način da odvučem Sredu od Elvire i njene djece. Znao sam šta je taj čovjek bio u stanju uraditi i koliko mržnje je nosio sa sobom. Njegova majka je bila zatočena u Jasenovcu, logoru koji su držali Hrvati, što je u njegovim očima odobravalo sve ono što je on radio nedužnim ljudima u Prijedoru. Slušao sam Elvirin plačni glas kad je objašnjavala kako su se neki vojnici samo pojavili pred njenom kućom i odveli joj muža. Pokušali su ga optužiti da je njihova kuća bila utočište muslimanskim ekstremima. Znao sam da su sve optužnice protiv njega bile laž—isprike da ga odvedu od kuće i ubiju kasnije u jednom od koncentracionih logora. Pravi razlog što su ga htjeli ubiti je bio taj što je bio biznismen. Polako se bogatio, a uklanjanje svih Bošnjaka i Hrvata koji su bili inteligentni—doktori, profesori, advokati, sudije, zajedno sa uspješnim biznismenima—je bilo prioritet.

"Kad smo stigli do Elvirine kuće, Mirela mi je dotrčala kao što je to uvijek prije radila, vjerujući u potpunosti da je neću povrijediti.

"'Milane, odveli su moga tatu,' reče ona i zaplaka. Ja sam je nježno potapšao po glavi.

"'U redu je, Mimi. Hajde u kuću i više ne izlazi bez obzira na sve. Jesi li čula?' Šapnuo sam, pogađajući šta će se dogoditi sa njenom majkom.

"Olakšalo mi je kad je poslušala i pobjegla nazad u kuću. Istog trenutka kad smo ušli u dvorište, Sredo udari Elviru šakom u lice, gurnuvši je na zemlju. Silovao ju je baš tu, u njenom—cvijećem prekrivenom—dvorištu ispred njene lijepe kuće, a ja nisam ništa učinio da to spriječim. Uporno sam gledao prema kući da budem siguran da su djeca bila unutra i da nisu gledala šta im se dešavalo s majkom. Sredo je pogrešno protumačio zašto sam gledao u tom pravcu.

"'Aha,' zacerekao se je, 'sad znam zašto nisi hteo ovu kurvetinu. Ti bi nešto mlađe.' I prije nego što sam mogao išta učiniti, on je brzo krenuo prema kući. Elvira je ležala na zemlji tresući se i plačući.

"'Zašto?' Upitala je, gledajući me.

"Samo sam slegnuo ramenima. 'Zato što si muslimanska kurva,' odgovorio sam hladno.

"Oko pet minuta kasnije, Sredo se vratio iz kuće, vučući Enesa za ruku. 'Koji od ovih noževa je naj oštriji?' Upitao je Elviru.

"'Neeee!' Zajaukala je. 'Molim te nemoj mi dirati u dijete; učinit ću sve što hoćeš. Milane, molim te nedaj mu da dira mog dječaka,' preklinjala je.

"'Koji?' Dreknuo je Sredo na nju. 'Koji?' Ponovio je nabijajući je nogom u glavu. Krv joj je linula iz nosa. 'Koji? Koji?' Uporno je pitao, derući se na nju i šutajući je po glavi.

"'Taj.' Napokon je uprla prstom u jedan od pet noževa koje je on držao. Bez i jedne druge riječi, moj drug Sredo joj je zaklao sina sa istim nožem za koji je ona rekla da je bio naj oštriji. Dječaku je bilo dvanaest godina. Bilo je to moje kumče."

Zrak je postao tako težak, dok sam se pokušavala sjetiti kako se diše. Bol u grudima mi nije dao da se pokrenem. Pritiskala sam ih s obje ruke. Ono što me je najviše prestravilo je bio način na koji je izgovarao te riječi. Njegov glas je bio hladan kao led, pravo iz zamrzivača.

"Prestani," zacvilila sam, ne persirajući ga. "Neću više ništa da čujem. Moram ići." Ugasila sam mali kasetofon i užurbano počela skupljati svoje stvari.

"Straža!" Vikala sam. "Straža! Pustite me da izađem! Pustite me da izađem!"

Cvileći, istrčala sam iz sobe. Na vani je bilo jako mračno, jer je padala kiša. Ljuta oluja je bjesnila, drmajući sve prozore mog rentanog automobila dok sam ja nemoćno sjedila i urlala od bola.

DESETO POGLAVLJE

Bilo je kasno uveče kad sam se napokon vratila u hotel. Ništa nisam jela cijeli dan, ali i sama pomisao na hranu mi je stvarala mučninu. Odlučila sam preskočiti večeru i piti dodatne količine kafe kako bih zabušala glad koju sam osjećala u stomaku.

Dječaku je bilo dvanaest godina, ponavljao je mali glas u mojoj glavi dok sam stajala ispod vrućeg tuša i plakala. *Bilo je to moje kumče*. Te riječi su bile izrečene na tako hladan način. Činilo se kao da nije raspravljao ni o čem važnijem nego samo o vremenu i to me je sleđivalo do kosti.

Znala sam da sam se morala smiriti tako da bih se sljedećeg dana mogla vratitit da ga vidim. Međutim, bila sam spremna sve ostaviti i otići kući. Nisam željela čuti više ništa što je taj čovjek htio reći. Imala sam loš osjećaj da je ono najgore tek dolazilo i brinula sam da sam se polako, ali sigurno, vraćala u pakao.

Nakon dugog tuširanja, posegnula sam za torbicom, pecajući iz nje svoju zalihu Prozaka, koju sam koristila samo u hitnim slučajevima. Znala sam da će ovo biti duga noć.

Topla tekućina mi se polako slijevala niz grlo. *Raj*, pomislih zatvarajući oči na trenutak i prepuštajući se umirujućim utjecajima kafe. Odlučila sam raditi na bilješkama koje sam prikupila sa današnjeg sastanka. Paleći kompjuter, glasno zvono hotelskog telefona me je prestravilo, na što sam nehotice poskočila.

"Halo?" Rekla sam, razdraženo.

"Gospođo Mazur," rekao je službenik hotela, "Gospodin Simović je na liniji i pita da li bi mogao razgovarati s vama."

"Da. Spojite ga, molim. Hvala."

"Selma," Začula sam razdragani glas gospodina Simovića na drugoj strani telefona. Opet mi je došlo na živce to što me je oslovio imenom, a ne prezimenom. "Kako je sve proteklo? Jesi li dobro prošla u putu?"

"Da, hvala. Sve je dobro prošlo," šapnula sam, ne želeći razgovarati o tome.

"Slušaj, evo mene u lobiju," rekao je. "Došao sam da te izvedem na večeru."

"Am ... hvala, ali nisam baš gladna. Mislim da ću noćas rano u krevet."

"Ma, 'ajde," inzistirao je. "Moraš jesti, zar ne? Znam jedno super mesto gde serviraju najbolju ribu u gradu."

"Ma ne znam," odgovorila sam, tražeći u sebi bilo kakvu ispriku da ne idem. "Nisam baš neki ljubitelj ribe."

"Kako bi onda bilo da odemo na picu? Znam da vi, Ameri, mnogo volite picu." Smijao se vlastitoj šali. Iako sam mislila da je njegova šala bila glupa, prigušeno sam se nasmijala, jer sam shvatila kako jako je pokušavao da me izvede, a razlog je bio tako očigledan. Htio je da mu ispričam sve što je njegov klijent imao da kaže. Umirao je da čuje njegovu priču sve od kako mu je gospodin Pavlović rekao da je imao nešto za ispovijediti. Ali bez obzira koliko je gospodin Simović probijao s pitanjima, Pavlović nije mrdao."

"Oh, okej," rekla sam prekovoljno. Znala sam da on ne bi tako lako odustao, pa sam odlučila prestati gubiti vrijeme i otići s njim na večeru. "Pričekajte samo minutu, pa se vidimo u lobiju."

Spuštajući slušalicu, brzo sam se obukla u plave farmerice i crni džemper. Nisam čak htjela ponijeti ni tašnu, tako da sam stavila ličnu i kreditnu karticu u zadnji džep farmerica. Zgrabila sam tanku jaknu, ne zaboravljajući mobilni telefon i malu flašicu paprenog spreja.

"Pa," počela sam, približavajući mu se pet minuta kasnije. "Gdje se nalazi ta slavna picerija?"

"Nije daleko. Samo nekoliko minuta odavde," odgovorio je smiješeći se.

"Hej, gledaj, blizanci smo." Zakikotao se je. Tek sam tad shvatila da je i on, također, bio obučen u plave farmerice i crni džemper.

Htjela sam se vratiti u sobu i presvući se. Činilo se da je postajao malo previše društven, a ja sam to, po svaku cijenu, htjela izbjeći.

"Evo nas." Nasmiješio se je parkirajući auto na malom parkiralištu samo nekoliko minuta kasnije. Podigla sam pogled i nasmiješila se kad sam vidjela naziv picerije: Pizza Hut. *Odlično. Mali komadić doma, daleko od doma.*

Bila sam iznenađena kad sam vidjela kako otmjeno je izgledalo ovo mjesto. Bio je to Pizza Hut, naravno, ali nije izgledao ništa poput poznatog Pizza Huta u Čikagu.

Stolovi su bili prekriveni sa lijepim, bijelim stoljnjacima. Tu su čak bili postavljeni i otmjeni tanjiri i escajg.

Nasmijala sam se gledajući u escajg, jer sam pomislila na ono što bi Džani rekao da je sad bio tu: "Pica se ne jede escajgom, pica se jede rukom ... na muški način."

"Pa, reci mi, kako ti je protekao dan," započeo je gospidin Simović ležerno, gledajući u jelovnik.

"Pa"—nasmiješila sam se—"probudila sam se i ustala, istuširala se, obukla, odvezla se u gornju Bavarsku, izvršila sastanak, odvezla se nazad, ponovo se isturširala, i onda ste vi nazvali..."

"Jako smešno, ha-ha." Rekao je on cinično, namrždivši se. "Ne zanima me tvoj celi dan, nego samo onaj deo kad si imala sastanak."

"Hej, pa sami ste me pitali..." Rekla sam, smijšeći se, sretna što sam mu uspjela izvući živce.

"Jeste li odlučili?" Upitala je konobarica na njemačkom jeziku.

"Pustiću vas da prvi naručite," obratila sam se gospodinu Simoviću na engleskom, internacionalnom jeziku, zbog nje.

"Pa dobro onda." Nasmiješio se je on. "Meni uobičajeno—tunu."

"Tunu?" Nisam mogla prikriti gađenje u glasu. *Tunjevina na pici? Fuj!* I dok su se oboje okrenuli da zure u mene, brzo sam promijenila melodiju.

"Izvinjavam se," prošaptala sam i pročistila grlo, "meni samo jednostavnu picu sa sirom i kolu, molim."

"Naravno." Nasmiješila se je konobarica uzimajući ispružene jelovnike.

Gospodin Simović i ja smo učtivo ćaskali o vremenu i o tome kako lijepa zemlja Njemačka je, nikad se ne vraćajući na temu mog sastanka sa gospodinom Pavlovićem. Znala sam da je prikupljao hrabrosti da me ponovo upita, ali nisam bila baš voljna olakšati mu to.

"Izvolte," reče društvena konobarica stavljajući naša jela na stol između nas. Namignula je gospodinu Simoviću, dajući mu komadić papira na koji je predhodno napisala broj svog telefona. Govorila je njemački, uvjerena da neću razumjeti:

"Evo, uzmi," rekla je vragolasto, "u slučaju da budeš usamljen kad *nju* odvezeš kući."

Pošto sam upravo uzela gutljaj kole, mali mjehurići sode su mi uspuzali uz nos dok sam pokušavala suzbiti napad smijeha, zbog čega sam se glasno zakašljala.

"Izvinjavam se," rekla sam, prigušujući smijeh, "skrenulo na pogrešnu stranu."

Oboje su se učtivo nasmiješili i onda je ona otišla, mahajući zavodljivo kukovima.

"Hej, Pero! ješta mai? Odavno te nema," viknu neko prolazeći pokraj našeg stola.

Refleksivno sam se okrenula i pogledala u čovjeka. Retrospekcija mi je prohujala kroz glavu kad sam vidjela cer na njegovom licu. Te retrospekcije su bile jako zastrašujuće, jer su se činile tako jasne, baš isto kao što su bile onog dana kad se incident ustvari dešavao, a sad su me često udarale.

Opet sam se našla u koncentracionom logoru.

Vojnik me faktički vuče po podu, jer moje prebijeno tijelo više nema snage da hoda. Vodi me iz jedne sobe u drugu. Zaustavlja nas drugi vojnik. Prilazeći nam, on govori: "Đoko, Đoko, gledaj! Ovaj liči na kupus!" Glasno se smije. Provirujem kroz trepavice, znatiželjna da vidim o čemu govori i vidim da u ruci drži ljudsku glavu.

"Ne, Gorane," nasmija se Đoko zlobno, "vidiš da liči na gomilu gov—" Zastaje i gleda u mene. "Reću ti poslije. Neću da se ružno izražavam pred damom." Glasno se nasmija i liznu mi lice kao pas.

Zadrhtala sam i trepnula da bih se riješila retrospekcije. Pitala sam se kako, u to vrijeme, nisam uopšte mislila na grozotu te situacije. Bila sam navikla viđati takve strahote tako da je to postalo normalnost. Bila sam postala kao žaba o kojoj sam nekada davno čitala. Kažu da kad žabu staviš u šerpu vode i proključaš je, žaba će se skuhati u toj vodi, a neće ni primijetiti promjenu temperature u loncu. Tačno tako sam se tad osjećala; kao da sam polako bila kuhana, ali iz vrućeg lonca nije bilo izlaza, tako da sam morala prihvatiti sve što je život bacao prema meni.

Nije to bilo do mnogo kasnije—dok nisam otišla na sigurno i van zemlje—da su se te retrospekcije počele pojavljivati. Sjećanje bi odjednom iskrsnulo i udarilo me poput munje. Bilo šta bi ga moglo izazvati—nečije ime, crte lica, miris nekog cvijeta, krv, ili ljudska znoj.

"Nema ništa," Gospodin Simović je odgovorio prolazniku. "Šta ima kod tebe?"

"Ništa posebno. Kupio sam ona kola o kojim sam ti pričao."

"Oh, baš fino," reče gospodin Simović. Lice mu je izgledalo ne zainteresovano. "Slušaj, izvini, trenutno sam malo zauzet. Mogu li te nazvati posle?"

"Naravno, nema problema." Osmijehnu se čovjek pogledavši me ispod trepavica. "Čućemo se posle."

"Pa, hoćeš li ti meni reći šta se danas desilo, ili te moram prvo napiti?" Simović me napokon pogledao, smijući se vlastitoj šali.

"Šta biste htjeli znati?" Upitala sam pažljivo.

"Jesi li saznala zašto nije hteo razgovarati ni s kim drugim nego samo s tobom?"

"Ne, nije mi rekao zašto."

"Pa, jesi li ga prepoznala od nekud?" Probadao je.

"Ne, nikad ga prije nisam vidjela u životu."

"Pa, je li šta priznao? Šta je uradio? Ima li išta u njegovoj priči što će mi pomoći da pripremim njegovu odbranu kad apelujemo?" Upitao je, ostajući bez daha.

Osjetila sam bjesnilo kako mi polako vrije u stomaku i u sebi sam se zahvaljivala Bogu što sam popila Prozak prije nego što sam napustila hotelsku sobu. To mi je pomagalo da mu sad ne iskopam oči.

"Gospodine Simoviću," počela sam mirno.

"Molim te," reče on, "zovi me Pero."

"Gospodine Simoviću," ponovila sam, ne zainteresovana u to da ga zovem po imenu, "taj čovjek je hladni ubica. Priznao je da je radio sve one grozne stvari za koje je optužen i mnoge druge. Uopšte se ne kaje za ono što je uradio, tako da ja stvarno ne razumijem zašto biste vi htjeli *apelovati* i pokušati mu pomoći da izađe iz zatvora. Svijet je mnogo bolji i sigurniji sa monstrumom poput njega iza rešetaka. Zašto jednostavno ne možete pustiti da plati za ono što je uradio?"

"Moj posao je da ga branim," odbrusio je on.

"Ali vi ste već uradili svoj posao," odbrusila sam nazad. "Branili ste to đubre, znajući da je stvarno uradio sve one stvari za koje je optužen i proglasili su ga krivim. Sad je u zatvoru kao što bi i trebao biti. Zašto inzistirate na pronalaženju barem komadić humanosti u tom čovjeku? Zašto pokušavate opravdati ono što je radio?"

"Ne pokušavam to opravdati," odgovorio je kroz zube, "ali bili smo u ratu, a u ratu i ljubavi, nema pravila."

"Da, i on to isto kaže," prekinula sam ga. "Ali činjenica je ta da *postoje* pravila kojih se svi moramo pridržavati, gospodine Simoviću. Sve ima svoja pravila, čak i rat i ljubav. U ratu, vi ne smijete ubijati ne naoružane civile, žene i djecu. Treba da bude armija protiv armije, samoodbrana. A u ljubavi, gospodine Simoviću, ako volite nekog ko vas ne voli, morate ga pustiti da ide bez obzira koliko to boli. Nije vam dopušteno da proganjate i pozlijedite tu osobu. Tako vidite, sve ima svoja pravila kojih se svi moramo pridržavati. To što vi govorite je samo drugi način opravdavanja onog što je on radio."

"Ja mislim," počeo je on, ignorišući sve što sam mu upravo rekla, "da je kazna koju je dobio mnogo teška s obzirom da smo bili u ratu—"

"Znate šta?" Prekinula sam ga, "Stvarno ne volim kad neko koristi tu riječ *rat* kad opisuje ono što se desilo u Bosni. Rat znači armija protiv druge armije. Ono što se desilo u Bosni je bio genocid—Srbi su klali ne-Srbe."

"Ja mislim," nastavio je kao da ja nisam ni progovorila, "da je razlog što je sud to uradio bio taj da bi njega stavili na vrh merdevina kao za primerak onog što oni mogu uraditi i da pokažu svoju moć. Činjenica je ta da je on u svemu tome bio jako mali igrač. On je samo slědeo tuđa naređenja."

Čija je naređenja slijedio kad je posmatrao kako njegov prijatelj siluje ženu i kako kolje njenog nedužnog, dvanaestogodišnjeg dječaka? Pomislila sam gorko, željeći mu pljunuti riječi u lice. Ali, držala sam jezik za zubima, ne želeći mu otkriti ništa što je Gospodin Pavlović povjerio meni.

"Kažem ti," nastavio je on, "njegova kazna je anti-srpska propaganda i sud je izdao političku kaznu."

"Gospodine Simoviću," rekla sam, ustajući, "hvala vam na pratnji uz večeru, ali ovaj sastanak je završen."

Izgledao je zbunjeno dok se nasmijana konobarica odjednom stvorila pokraj našeg stola, pitajući nas može li nam donijeti išta drugo, zureći u njega razdragano.

"Možda bi se mogao vratiti na dezert," Namignula mu je razigrano, opet na njemačkom, "kad budeš sam."

Mislila sam u sebi kako ne kulturna je bila. Ona nije imala pojma šta sam mu bila ja... mogla sam mu biti randevu, ili djevojka.

"*Nichts Dank. Genau das zu überprüfen,*" odgovorila sam na svom ne pravilnom njemačkom jeziku, dajući im do znanja da sam razumjela sve što je bilo rečeno iza mojih leđa kad su mislili da nisam razumjela njemački. Vidjela sam kako su mu se od iznenađenja otvorile vilice, a njeno lice se zacrvenilo poput cikle. Sjetila sam se jedne stvari koju mi je otac rekao kad sam bila dijete:

"Vrijedan si onoliko ljudi koliko jezika znaš govoriti."

"Nemam pojma šta to znači," odgovorila sam razmaženo, prevrčući očima.

"Jednog dana ćeš znati, Kćeri. Jednog dana ćeš znati."

Bio je potpuno u pravu. Sada sam shvatala upravo ono što mi je tad govorio i voljela sam svog oca zato što mi je dao tako čvrst temelj. Obećao mi je da ću moći postati i uraditi sve što sam htjela u životu, samo ako sam redovno išla u školu i marljivo učila. Mrzila sam samu sebe što sam ono malo vremena s njim provela tako ležerno. Oh, kako sam sad željela provesti barem još samo jedan dan s mojim tatom, ali to je sada bilo nemoguće, jer je on istrgnut iz naše kuće i odveden u koncentracioni logor gdje je mučen i nakon svega, ubijen. A za šta?

"Selma, čekaj," čula sam Simovića iza sebe. Već sam se brzo udaljavala od stola, "odvezt ću te nazad."

"Ne, hvala. Treba mi svjež zrak. Pješke ću."

Dok sam čekala kod kase da platim za svoju porciju večere, začula sam glasno, "Gorane! Hej Gorane, ovde sam!"

Čovjek je stajao samo nekoliko metara udaljenosti od mene. Slijedila sam njegov pogled i još jednom se našla licem u lice sa čudovištem iz mog sjećanja.

Znači to stvarno jeste on. Pomislila sam zgroženo, prepoznavajući mu ime. Počelo mi se vrtjeti u glavi. Slobodno se kretao Njemačkom kao da je posjedovao. Gadila mi se pomisao na to kako normalno je izgledao—visok, smeđa kosa i oči. Bio je svježe obrijan. Imao je ten na licu, a osmijeh mu je pokazivao niz lijepih, bijelih zuba. Kosa mu je bila kratko ošišana. Bio je obučen u crne hlače na peglu i kestenjastu košulju na dugmiće. Osim što je imao jednu malu menđušicu u lijevom uhu, izgledao je perfektno elegantno. Njegov izgled kao da je govorio da je on najbolji, najnormalniji momak na svijetu. Neko koga slobodno možeš odvesti kući i upoznati sa majkom. Kad bi svijet samo znao ... kad bi svi znali koja vrsta vuka se krila u tom lijepom, bijelom krznu ovce.

"Gospođice, jeste li u redu?" Zbunjeno je upitao čovjek za kasom, posežući za mojom rukom. Bila sam sigurna da sam izgledala blijedo poput duha.

"Da." Progutala sam teško. "Dobro sam. Bit ću dobro, hvala vam."

Uzela sam svoju kreditnu karticu od njega i požurila prema vratima. Dok sam izašla na svjež, hladni zrak koji je mirisao na mokru zemlju poslije kiše, brzo sam se nagnula nad cvijećnjakom pokraj vrata i nasilnički povratila.

JEDANAESTO POGLAVLJE

Evo nas opet, mislila sam u sebi, udišući duboko prije nego što sam ušla u malu, zagušljivu sobu. Ovog puta sam bila sigurna da uzmem Prozak prije nego što sam napustila auto. Pitala sam se zašto sam se vratila ovamo nakon što sam jučer tako brzo otišla, ali još uvijek nisam znala zašto se ovaj čovjek htio ispovijediti samo meni, pa sam se i dalje nadala da je poznavao moga oca i da se spremao da mi otkrije gdje su krili njegovo tijelo. Nagađala sam da možda on nije bio taj što ga je ubio i da je zato želio moj oproštaj.

"Dobar vam dan, gospođo Mazur." Nasmiješio se je ulazeći u sobu. Moje lice je ostalo ozbiljno, iako sam se jako trudila ostaviti vlastite osjećaje na vani kao što sam obećala da ću to uraditi.

"Kakvo je danas vrijeme?" Upitao je ležerno, kao da smo bili stari poznanici.

"Jako je lijepo," odgovorila sam. "Prelijep je, proljetni dan. Gospodine Pavloviću, dugo smo jučer razgovarali, ali ja još uvijek ne znam zašto niste htjeli ni s kim drugim razgovarati nego samo sa mnom. Zašto niste razgovarali sa svojim advokatom?"

Zlobno se je osmjehnuo i pogledao prema dole. Izgledalo je kao da se predomišljao da li da mi kaže zašto sam baš ja bila izabrana, ili ne. Kad je ponovo pogledao prema gore, primijetila sam suze u njegovim očima.

"Zato što sam mislio da ste vi ona," rekao je tiho.

"Ko?"

"Mimi. Kad sam vas vidio na televiziji, srce mi je poskočilo. Mislio sam—uprkos svemu—da je preživjela i nekako izašla. Ali onda sam vidio vaše ime na dnu ekrana i shvatio sam da vi, ipak, niste ona. Bez obzira na to, morao sam s vama razgovarati da budem siguran, jer ako reinkarnacija stvarno postoji, onda je ona definitivno reinkarnisana u vas i da je doživjela vaše godine, izgledala bi isto kao i vi; kao što kažu, bila bi pljunuta vi." Osmjehnuo se je tužno.

Izprva sam mislila da se je šalio, ali pošto mu je lice ostalo ozbiljno, pročistila sam grlo i tiho rekla, "žao mi je da vas razočaram, gospodine Pavloviću, ali budite sigurni da ja nisam Mimi. Ja sam bila starija od nje u 1992-oj godini, tako da ne vidim kako bi ona mogla umrijeti da bi se ponovo odmah rodila i reinkarnirala u nekog ko je već živ i stariji od nje?"

"Ne znam. Samo..." Uzdahnuo je. "Ma, nije ni važno. Ali, iako moj odgovor glupo zvuči, to je bio razlog zašto sam se htio ispovijediti vama i tražiti od vas oproštaj. Nemam drugog odgovora osim tog?"

"Zašto mislite da ja imam pravo oprostiti vam, gospodine Pavloviću?" Upitala sam. "Samo Mimi to može uraditi. Ja nisam bila ta kome ste učinili zlo. Kako vam ja mogu oprostiti nešto što niste učinili meni? Osim toga, zašto mislite da bi vam ona oprostila da je stvarno ovdje?" Pitala sam, iako još uvijek nisam znala tačno šta joj je on uradio, osim što je pustio da joj njegov prijatelj siluje majku i zakolje brata.

"Zato što me je voljela," rekao je tiho. "I ta ljubav ju je koštala života."

"Kažite mi šta se desilo nakon što je vaš prijatelj, Sredo, ubio Mirelinog brata," Rekla sam.

"On je, ah..." nakašljao se je tiho. "Elvira je počela da vrišti i on ju je šutnuo nogom u glavu. Šutao ju je dok nije prestala vrištati; dok nije izdahla." Spustio je glas i pogled. Izgledao je kao da bi u svakom trenutku mogao briznuti u plač.

"Šta se onda desilo?" Upitala sam, ne dopuštajući sebi da suosjećam s njim.

"Sredo je krenuo prema kući. Mimi je bila jedina koja je još uvijek bila živa."

"Kako ste se vi osjećali," Prekinula sam ga naglo, osjećajući kako mi bijes polako nadolazi, "nakon što je on ubio tu ženu i njeno dijete? Kako ste se *vi* osjećali zbog toga?"

"Isprva, nisam osjećao baš ništa. Nakon svega kroz šta sam do tad prošao, ništa mi više nije bilo šokantno. Ali, kako je tišina polagano obuzela vazduh, polako mi je sve nadošlo. Prvo se pojavila nevjerica, pa onda... ne znam, valjda bespomoćnost. Mislio sam da je sad i onako bilo previše kasno da ih spasim. Bili su mrtvi i tu više ništa nije bilo što bih ja mogao učinim za njih, zašto onda da pokažem Sredi da nisam odobravao ono što je uradio, jel' tako?" Pogledao je u mene. Oči su mu bile široko otvorene kao da me stvarno pitao to pitanje. Ja sam samo klimnula glavom.

"I onda? Šta je onda bilo?" Upitala sam, ozbiljan pogled na mom licu.

"On je, ah... ušao je unutra. Mimi je sjedila u kuhinji na podu i plakala. Kroz prozor je sve vidjela. Sredo se derao na nju da ustane i da ode do njega, ali ona je samo cvilila i drhtala. Oči su joj srele moje i u njima sam vidio tačno ono što je osjećala." Jedan jecaj mu se oteo. "Izdaju. Ja ... sam ... je izdao," polako je izgovorio i zaplakao.

Čekala sam da se smiri da bi mogao nastaviti. Pravila sam se da nešto pišem.

"Sredo joj je prišao," nastavio je on, gledajući prema dole, "uhvatio ju je za ruku i ubacio u dnevnu sobu.

"'Skidaj se!' naredio joj je dok se on namještao na kauču. Mahao je nožem—s kojim joj je predhodno ubio brata—prema njoj. Ona je glasno plakala. Preklinjala je da je ostavimo na miru. Bila je tako djetinjasta. Nije još bila ni razvijena."

Glas mu je bio samo uzdah rekavši to.

"Sredo je ustao i stavio joj nož ispod brade, rezajući joj malo kožu. Vrisnula je kad je počela krvariti.

"'Skidaj se!' Naredio je on opet. Skinula je košulju, pa hlače. Cijelo vrijeme je plakala. Kad je došla do unutarnjeg veša, nisam više mogao izdržati da je gledam kako pati. Otrčao sam u kupatilo da se umijem, zaboravljajući na Sredu. Dok sam shvatio šta sam uradio—ostavio je samu s njim—bilo je već kasno. On ju je već izlostavljao na neizrečive načine. Rezao ju je nožem i trgao joj je meso sa usta. I kao da to nije bilo dovoljno, gasio je na njoj cigarete. Nisam više mogao izdržati gledajući šta joj je radio, pa sam ga ubio. I onda sam samo ... otišao." Pauzirao je kad je vidio šok na mom licu. Prestala sam disati i jednostavno sam se tako zamrzla, zureći u njega sa tim zapanjenim izgledom na licu.

"Mimi, jesi li u redu?" upitao je posežući mi za rukom. Trgnula sam se, brzo odmičući ruku od njega.

"Šta?" Prošaptala sam. "Kako ste me to nazvali?"

"Gospođo," odgovorio je jednostavno.

Nakašljala sam se da bih pročistila glas. "I šta se onda desilo?"

"Nekoliko dana kasnije, otišao sam nazad da ih pokopam. Znao sam da tamo više nije bilo muslimana, tako da to oni nisu mogli uraditi. Nije bilo ni srba u blizini. Moja kuća se nalazila u jednom malom muslimanskom predgrađu. Ali kad sam došao do Esine kuće, Elvire i Enesa nije bilo u dvorištu. Zbunjen, ušao sam u kuću da pronađem Mirelu i Sredu, ali sve što sam našao je bila Mirela kako sjedi u ćošku i grli koljena. Plakala je.

"'Molim te, nemoj,' preklinjala je.

"'Mimi.' Nasmijao sam se, iznenađen što je bila živa. 'Gdje su oni nestali?'

"'Zakopala sam mamu i Enesa u cvjećnjak iza kuće, a tvog prijatelja sam odvukla do septičke i tamo ga ubacila,' odgovorila je tiho, ne gledajući me. Razmišljao sam šta da uradim s njom. Prvo mi je Omarska pala na pamet, ali sam znao da tamo ne bi preživjela. Onda sam je mislio odvesti u—" naglo je prestao govoriti. Pauza je postajala neprijatno duga.

"Gospodine Pavloviću? Šta je bilo?" Upitala sam, zbunjena zbog

njegovog iznenadnog zastoja. "Gdje ste je mislili odvesti?"
Strpljivo sam čekala dok se on predomišljao da li da nastavi, ili ne.
"Za ovo ne zna baš puno ljudi," polako je napokon izgovorio. "Čuvali
smo nekoliko žena u jednom hotelu i planirao sam je tamo odvesti. Razlog
što mnogi ne znaju za to mjesto je taj što niko otud nije izašao živ. Bio je to
logor silovanja. Tu su bile žene svih uzrasta. Znate, silovanje Muslimanki se
smatralo kao oružje rata. To specifično djelo se zvalo "oružje terora". Da li
znate šta znači etničko čišćenje?" Odjednom je upitao, ali nije čekao da mu
odgovorim. "To znači da se neka pojedina oblast ili neki specifični rejon
potpuno mora očistiti od Muslimana, ili bilo koje druge etničke grupe. U
ovom slučaju, to su bili Muslimani i hrvatski Katolici. Žene bi uzastopno
silovali dok ne bi ostale trudne. Poslije toga bi ih držali kao zatvorenike sve
dok ne bi bilo previše kasno za abortus. Međutim, u ovom specifičnom
logoru, to se izmaklo kontroli i one su, na kraju, morale biti eliminisane.
Ljudi koji su ih tamo držali su ne kontrolisano pili. Neki su čak trošili i
drogu. Radili su im mnogo više od samog silovanja. Krv je bila po svuda.
Sve sobe u hotelu su bile zaključane. Vojnici bi bacali hljeb unutar soba, koji
bi žene morale hvatati sa zubima, jer su im ruke bile zavezane. Jedino bi im
odvezivali ruke kad bi ih silovali. Nakon nekog vremena, one su prestale
vrištati i plakati. Nisu čak više ni govorile. Sve su poludjele i na kraju su bile
pobijene. Jedna žena je skočila sa drugog sprata kroz staklena balkonska
vrata, ostajući mrtva na licu mjesta. Prvi put kad sam otišao tamo, bio sam
sa Borom. On je, jedno vrijeme, bio komandant naše jedinice. Bio je
obučen u maskiranu uniformu i bio je ćelav. Rekao nam je da posjetimo taj
logor i silujemo žene; kaže 'to je dobro za moral'. I tako, mi smo tamo otišli,
ja i moja tri pajdaša; dvojica od njih su mi bili rođaci."
  "Koliko žena je tamo bilo?" Upitala sam.
  "U to vrijeme, oko pedeset. Sve su bile zaključane. Kad sam ja stigao
tamo sa moja dva rođaka i tim drugim momkom, Boro nam je otvorio vrata
i naredio jednoj od djevojaka da izađe. Rekao nam je da je odvedemo na
sprat u jednu praznu sobu i da radimo od nje šta smo htjeli."
  "Kako se zvala? Jel' bila mlada?"
  "Pa, bilo joj je negdje oko dvadesetak godina."
  "Dvadeset godina. Jeste li joj znali ime?"
  "Jesam, Amela. Bila je jako lijepa. Otišli smo gore u jednu praznu sobu.
Skinuli smo je i—"
  "Kako je ona reagovala na to?" Upitala sam, znajući tačno kako je i šta
osjećala.
  "Pokušavala se odupreti, ali nas je bilo četvorica. Nije mogla...ah...nije
mogla."
  "I onda? Šta ste onda radili? Jeste li je tukli?"
  "Šamarali smo je nekoliko puta. Onda smo joj skinuli odjeću i silovali je.
Sva četvorica. Nakon toga, ona se obukla i mi smo je izveli iz sobe."

"Niko nije izašao iz sobe tokom silovanja?" Upitala sam.

"Niko nije izašao," potvrdio je tiho.

"Jeste li se i vi svi skinuli?"

"Ne, samo hlače od struka dolje. Onda smo svi izašli iz sobe. Rekli su nam da je možemo povesti i odvesti gdje god smo htjeli. Ako smo je htjeli ubiti, mogli smo, jer svakako nije bilo dovoljno hrane, a i nove djevojke su pristizale svakoga dana, tako da je bilo prilično gužva. Mi smo počeli voziti prema Kozari i tad ju je jedan od momaka ubio. Jedan metak u čelo."

Zastao je kao da je htio da mi pokloni malo vremena da procesujem informacije.

Zapanjeno sam zurila u njega.

"Pa, jeste li odveli Mirelu tamo, u taj hotel?" Napokon sam tiho upitala.

Još jedna memorija mi je isplivala na površinu dok sam se iznutra borila sama sa sobom da je u tom spriječim:

Ležim na podu ispod četnika u nekoj napuštenoj kući u koju me je Radovan odveo. Bio je to, također, logor silovanja. I, iako prolazim kroz ne zamislivu bol i muke, stid i pakao pod tim smrdljivim četnikom, jedino na što sam u mogućnosti da mislim u tom trenutku je o onom što čujem u neposrednoj blizini sebe. Moj um pokušava da me zaštiti s tim što se koncentriše na druge stvari koje se dešavaju oko mene. Čujem pljeske, šamaranje...

Djevojčicu od oko dvanaest godina siluje čovjek tri puta stariji od nje. Ona pokušava da se bori i njene male ručice lete naokolo, šamarajući ga, ali on se samo smije—uživa u tome još i više. Najzad je završeno. Njene ruke staju mirno. Ne čujem više šamaranja. Ne čujem ništa osim tihog jecanja. I sjetila sam se da sam se u tom trenutku pitala da li su to bili njeni jecaji ili moji. Ne znam zašto, nisam se mogla sjetiti.

"Ne," odgovorio je tiho, vraćajući me u sadašnjost. "Odlučio sam je ostaviti kod kuće da bi se mogla oporaviti i ozdraviti. Rekao sam joj da nikad ne napušta kuću, jer smo mi posmatrali sve muslimanske kuće kroz dvoglede i snajpere."

Ponovo je zastao, uzdišući.

"Gospodine Pavloviću, vjerujete li vi u Boga i život poslije smrti?" Nisam mogla, a da ne upitam. Morala sam znati da li se čovjek poput njega, pravi monstrum, plašio kazne.

"Ne." Zastao je i pogledao prema dole. "Da ima Boga, onda ne bi bilo ljudi poput mene. Znate šta?" Progutao je. "Malo sam umoran. Ne bi li vam smetalo da nastavimo sutra?"

"Naravno da ne," Prošaptala sam drhtavo. "I ja sam, također, malo umorna." Nisam imala pojma zašto je htio da baš tu zastanemo, ali sam se plašila upitati. Sve u meni je govorilo da stvarno nisam željela čuti ono što je dolazilo i da se ne bih trebala vraćati sljedećeg dana. Trebala sam sjesti u avion i otići kući. Ali, u isto vrijeme, morala sam to čuti. Htjela sam mu vidjeti oči kad napokon prizna to što je htio da mi kaže. Valjda sam ipak tražila barem mali znak humanosti u njemu, za svoje vlastito dobro, za svoje, vlastite mirne sne.

DVANAESTO POGLAVLJE

Dok sam se vozila nazad u Minhen, osjetila sam se iscrpljeno, ne toliko fizički, nego psihički. Osjećala sam se iscijeđeno, osušeno. Um mi je bio previše umoran da bi bio razljućen ili tužan, tako da se jednostavno ugasio. Osjećala sam se kao da mi je glava bila šuplje drvo i dugo vremena mi ni jedna pomisao nije pala na pamet. Bio je to blagoslov.

Kad sam stigla u hotel, na brzinu sam večerala. Okupala sam se i otišla u krevet ekstra rano. Nisam se osjećala raspoložena za razgovor ni s kim. Bojala sam se da ako sam progovorila, probudila bih um iz ovog blagoslovljenog sna u kojem je bio i mislila sam da ne bih imala dovoljno snage suočiti se s bolom koje bi to buđenje donijelo. Nedostajao mi je Džani i nisam mogla čekati da se opet nađem u njegovom naručju, bezbjedno ušuškana i zaštićena od cijelog svijeta. Ali nisam mogla razgovarati čak ni s njim; ne sad, ne ove noći. Samo sam mu poslala kratku poruku da mu kažem da sam bila dobro, ali da sam imala dug dan i da mi je bio potreban san. Iako sam bila u stanju ugasiti um dok sam bila budna, nisam bila iste sreće kad sam zaspala i davno-zaboravljeni san koji me je godinama proganjao, ponovo je izbio na površinu da me uznemirava i proganja.

"Hodi 'vamo!" Galamio je Radovan. Osjetila sam kako me steže za ruku i povlači uz stepenice one napuštene kuće—logora silovanja. Nakon toga, zadisano me pritiskao svom svojom težinom.

"Jel' ti fino? Reci da ti je fino!"

Glasno zvono mog sata me milostivo probudio dok sam se borila za dah. Cijelo tijelo mi je bilo smočeno u znoju.

Automatski, poput robota sam ustala, istuširala se, obukla i krenula prema gornjoj Bavarskoj. Nažalost, nisam bila utrnuta kao što sam to predhodne noći bila.

"Pa, kakvo je danas vrijeme?" Opet je uzgred upitao ulazeći u malu, zagušljivu sobu. "Znate, mogao bih se ja na ovo navići."

"Na šta, gospodine Pavloviću?"

"Ovo." Nasmiješio se je, praveći prstom nevidljivu vezu između nas dvoje. "Na vaš svako-dnevni obilazak."

"Ne morate se za to sikirati," rekla sam. "Ovo je zadnja posjeta. Nikada me više u životu nećete morati vidjeti."

I, hvala Bogu, ni ja vas nikada više neću morati vidjeti. Razmišljala sam s olakšanjem.

"Baš loše. Sviđa mi se način na koji razgovaramo. Jako ste dobra slušateljica, gospođo Mazur."

Samo sam klimnula glavom, ne znajući šta na to da kažem.

Upalila sam mali rekorder i čekala da nastavi priču. Iako zvuči čudno, osjećala sam kako mi ispod očiju vise teške kesice. Bila sam tako umorna i užasno tužna.

Uzdahnuo je i onda se nasmiješio.

Kao da mi je pročitao misli, prokomentarisao je, "Izgledate umorni. Stvarno biste se trebali dobro naspavati."

Nisam mu htjela priuštiti zadovoljstvo da vidi koliko me je njegova priča boljela, uništavala. Osjećala sam se kao da sam opet sve preživljavala. Iako prije nisam poznavala ni njega ni Mirelu, ipak mi se sve o čemu je on tumačio činilo tako osobno i poznato.

"Ma nije to ništa," rekla sam, "samo promjena vremena."

"Znate, Mirela je jako voljela biologiju," reče on, iznenada mijenjajući temu.

"Gdje god bi pošla, nosila bi svoju knjigu biologije." Zastao je, zadržavajući osmijeh na licu.

"U svakom slučaju," kazao je, nastavljajući od onog mjesta gdje je predhodnog dana stao, "kao što sam rekao, odlučio sam je ostaviti kod kuće. Svako malo bih joj nosio hrane, tako da bi mi opet počela vjerovati. Jednoga dana, otišao sam kasno pred noć i našao je kako sjedi za trepezarijskim stolom i čita svoju biologiju."

"'Milane.' Nasmiješila se je kad me je vidjela kako ulazim. Ja sam ranije malo popio, pa sam bio prilično pijan. Dok sam se vozio prema njenoj kući, rezmišljao sam o svemu što sam joj planirao raditi. Mislio sam je isprovocirati da bi mi dala razlog da je kaznim."

Nisam mogla, a da ne pomislim da su ovo bili znaci tipičnog domaćeg nasilnika—goniča supruge. Ti ljudi obično planiraju sljedeći napad. Oni fantaziraju o tome kako će isprovocirati ženu da nešto kaže ili uradi, tako da kad ona to uradi i kad je on napadne ili udari, on to onda može okrenuti u svoju korist i kasnije okriviti nju. Kao da je bila njena krivica što je on to *morao* uraditi. Nakon toga, on bi obično postao nježan i ljubazan. Postao bi jako kulturan i učtiv. Ispričao bi se, obećavajući da se to više nikada neće dogoditi ... sve dok se ponovo ne dogodi.

"'Jesi li znao,' Mirela je rekla uzbuđeno kad sam ušao, ne podižući pogled sa knjige," Nastavio je Pavlović, 'da kad crna prtica crvenih krila zapjeva, drugi mužjaci znaju da im je bolje da ne prilaze?'

"'Hmm, nisam to znao. A Zašto?' Upitao sam praveći se zainteresovanim.

"'Zar ne znaš?' Nasmijala se je kao da je odgovor trebao biti očigledan. 'Da zabilježe svoju teritoriju!'

"'Aha,' rekao sam. 'Iznenađuje me to što se ne popišaju na nešto da bi obilježili svoju teritoriju kao što to rade neke druge životinje,' našalio sam se. Ona se malo namrštila i prevrnula očima, ali nije ništa na to odgovorila.

"'Slušaj ovo,' nastavila je, 'znaš li zašto krijesnice—one baje što svijetle— blicaju svjetlima?'

"'Nemam pojma. Jel' da obilježe svoju teritoriju?' Prigušio sam smijeh.

"'Baš si smiješan.' Nacerekala se. 'Da privuku parnjake.'

"'Jesi li znao,' nastavila je nakon kratke pauze, 'da postoje neka bića koja se zovu kamene ribe?'

"Prestao sam slušati prelazeći u mislima preko plana do kojeg sam došao dok sam vozio.

"'Mirela,' naglo sam je prekinuo, 'prošli put kad sam bio ovde, rekao sam ti da mi ugriješ vode da operem noge,' lagao sam. 'Pa gdje je?'

"Nisi!' odgovorila je, braneći se kao petogodišnjakinja.

"'Jesam! Zašto ne opereš uši i ne slušaš kad ti govorim?'"

"'Molim te nemoj se ljutiti,' zacvilila je razmaženo, što me je jako razljutilo. 'Sad ću ja to na brzaka, važi?'

"'Ne! Ne važi!' Dreknuo sam, opalivši joj šamar. Pogledala me je kao da nije mogla vjerovati da sam to uradio, a ja sam je ponovo udario. Osjetio sam moć po cijelom tijelu dok sam je nastavio udarati. Što je više plakala i preklinjala, to mi se više sviđalo. I sljedeće stvari koje se sjećam, ležao sam na njoj i ... znate ostatak." Pauzirao je i nakašljao se, gledajući prema dole.

Domaće nasilje, razmišljala sam tužno. Iako Mirela nije bila njegova supruga, on je smatrao svojom; svojom posjedom, svojom privatnom imovinom. Svi znaci su bili tu. On je bio okrutan pijanac koji je sanjario o mučenju svoje žrtve. Nakon toga bi se osjećao loše, ali nije sebi mogao pomoći. To mu se sviđalo i zato je planirao ponovo je isprovocirati da bi nahranio svoju opsesiju. Nije ni znao da je bio mentalno bolestan.

"Kad je bilo gotovo"—izdahnuo je bučno—"ona je samo ležala, drhtala i plakala.

"'Da nisi tolika bezvrijedna kučka,' zagalamio sam, pokušavajući opravdati ono što sam uradio, 'ne bih te morao udarati! Sljedeći put, uradi ono što ti kažem i nećemo imati nikakvih problema!'

"Udaljio sam se, ostavljajući je da se obuče. Osjetio sam se tako umoran i sjeo sam na kauč, posmatrajući je. Zaspao sam i kad sam ponovo otvorio oči, vidio sam je kako mi pokušava izvući pušku ispod ruke.

"'Šta to radiš?' zaurlao sam ljutito.

"'Ništa,' progunđala je brzo. 'Voda je spremna i ja sam te samo pokušavala probuditi.' Pogledao sam prema dole i vidio veliku šerpu vode na podu.

"'Skidaj mi čizme i čarape,' naredio sam. 'I samo da znaš, moji znaju gdje sam. Svima sam rekao da ovdje imam ljubavnicu i ako mi se išta desi, oni će znati ko je za to kriv. Zašto misliš da si još uvijek ovdje i živa? Ha? Zato što znaju da si moja,' lagao sam i ona mi je vjerovala. Posmatrao sam kako tiho plače dok je radila sve što sam od nje zahtijevao."

Prestao je govoriti. Samo me znatiželjno gledao dok sam buljila nazad u njega. Nisam imala pojma šta mu je moj izgled lica odavao, ali sam bila bolno svjesna da se moja glava više nije osjećala kao šupljo drvo. Osjećaji koje sam zaboravila da sam imala su se vratili, uništavajući me dok sam se prisjećala kako je bilo biti silovan i zlostavljan od strane nekog kome vjeruješ. Znala sam tačno šta je osjećala i mislila. Znala sam kako malom i samom se osjećala, ostavljenom i zaboravljenom od strane cijelog svijeta. Osjećaj boli i bespomoćnosti me je potpuno potopio. Nisam mogla zaustaviti suze da mi se ne prospu iz očiju. Zamišljala sam kako prilazim toj jadnoj djevojci—djevojci koja sam to nekad bila ja—i uzimam je u bezbjedan zagrljaj. Htjela sam učiniti da se opet osjeća voljenom i zaštićenom. Htjela sam joj reći da nije bila za baciti, da je i ona bila ljudsko stvorenje koje neko voli. Htjela sam joj dati do znanja da postoje ljudi na ovom svijetu koji je nikada ne bi povrijedili. Ali nisam to sad mogla uraditi. Nisam za nju više ništa mogla učiniti zbog ovog čovjeka—zbog ovog groznog čovjeka koji je bio siguran da joj uništi sve i mrvu samopouzdanja, vrijednosti i nade.

"I tako..." nastavio je on polako, vraćajući me nazad u svoje ispovijesti. "Otišao sam, ali sam se vratio sljedećeg dana."

"Kako ste se tada osjećali, gospodine Pavloviću?" Napokon sam pronašla svoj glas. "Kako je sve to djelovalo na vas? Šta vam se vrtjelo po glavi? Zašto ste je željeli toliko povrijediti?"

"Pa, isprva sam se osjećao krivim. Svaki put kad bi se to desilo, osjećao sam se loše zbog toga i svaki put bi sebi rekao da je to bio posljednji put. Ali svaki put kad bih razmišljao o njoj, uhvatio bih samog sebe kako planiram i zamišljam razno-razne načine da je isprovociram, pa da bih to opet mogao učiniti. Znao sam da sa mnom nešto nije bilo u redu, ali jednostavno nisam mogao prestati."

"Koliko dugo je to trajalo?"

"Šta?"

"Koliko puta ste je tako posjetili?"

"Ne znam ... mjesecima. Jednog dana, odlučio sam to više ne raditi. Mislio sam otići tamo i pokloniti joj ogrlicu koju sam kupio od nekog čovjeka na ulici. Htio sam joj se izvinuti i reći joj da mi je bilo žao. Ali kad sam stigao..."

Zastao je, gledajući u svoje ruke.

"Šta?" Upitala sam. "Šta se desilo kad ste tamo stigli?"

"Bila je mrtva. Bačena ispod šljive nedaleko od kuće. Tijelo joj je bilo napola prekriveno sa malo zemlje. Jato muha je zujalo oko nje. Znao sam da nije bila davno ubijena, jer je još uvijek bila za prepoznati. Jednostavno je bila bačena ispod tog drveta. Prašina koja ju je pokrivala, nije bila dovoljna da je prikrije i ono čega se sjećam i što nikad neću zaboraviti je uspomena na njene ruke. Njene male ruke su bile zavezane jedna za drugu, a prsti zauvijek zamrznuti kao da pokušavaju nekog ogrebati. One male, bijele ručice su bile tako..."

Briznuo je u plač i glasno jecanje, prestajući govoriti. Prekrio je lice sa svojim velikim rukama. Bila sam sigurna da je ovo bio prvi put da je zbog toga zaplakao. Nikad o tom nije na glas govorio i kad je čuo kako grozno je to sve zvučalo, osjetio je pokajanje. Uspio je rasteretiti savjest, a ja sam mu u tom, nehotice, pomogla.

"Kako se sad osjećate zbog svega što ste tad radili?" Upitala sam.

"Pa"—spustio je pogled, šmrcajući glasno—"imam svoje loše i lošije dane." Pogledao je naokolo sobe.

"Znate, oni su svi još uvijek ovdje," šapnuo je. "Oni—one sablasne figure čiju sam smrt priredio tokom rata—su uvijek tu.

"Oni žive u mojim sjećanjima," nastavio je tiho, "baš kao što su živjeli i u životu, zauvijek zarobljeni u onom trenutku kad su udahnuli posljednji dah dok sam ja posmatrao. Nikad se ne mogu oterasiti sjećanja na one mrtve. Znate, ja više ne sanjam; barem ne na normalan način. Snovi su mi svi raštrkani; ne povezani. Spavam i odjednom mi se pojavi retrospekcija, slika čovjeka kojeg sam ubio. To bi polako iščeznulo i ja bih se probudio u hladnom znoju. Uopšte nemam nikakvog mira kad spavam. Deset slika mi se uvijek vraćaju u snovima. Stvari koje nikad nisam ni u snu mislio da ću raditi, sam radio. Sanjam, probudim se, hodam po sobi kao mahnit, vratim se u krevet, samo da bi se odmah probudio zbog druge noćne more."

"Kao na primjer?"

"Vojnik kojeg sam zaklao. Sanjam o svemu što se dogodilo i tako... opet se probudim. Razmišljam o svemu tome, zapalim cigaretu, ustanem znojan, napijem se vode, vratim se u krevet, pokušam zaspati, sat-dva se prevrćem po krevetu, ispušim kutiju cigareta i kad napokon ponovo zaspim, sanjam majku."

"I šta je onda bilo, mislim, nakon što ste saznali da je Mirela bila mrtva?"

Napokon sam upitala, osjećajući odjednom kako mi se ježi koža.

"Pobjegao sam," rekao je. "Kad sam se vratio u bazu, saznao sam da me šalju na Gradačac. Meni je do tad već bilo dosta rata, tako da sam uhvatio prvu priliku da pobjegnem. Uspio sam izaći iz Jugoslavije u Minhen, ali me je u 2005-oj uhapsila njemačka milicija i prebacila u internacionalni kriminalni sud u Hagu. Valjda me neko prepoznao i prijavio. Nakon optužnice su me prebacili nazad u Njemačku da odslužim kaznu."

"Ali niste bili optuženi za silovanje," navela sam, još uvijek u šoku zbog svega što mi je priznao.

"Pa niko nije za to znao. Svi svjedoci su mrtvi."

"Zašto to onda niste priznali na sudu?" Upitala sam.

"Na sudu?" rekao je i počeo se smijati. "Na sudu? Zar ne shvataš? Njih nije briga!" Galamio je. "Osudili su me na samo dvadeset-pet godina zatvora iako sam *priznao* da sam pobio bezbrojne ljude, davio ih i mučio na najgore moguće načine, a pustit će me na slobodu nakon samo deset godina! Jel' ti se to čini fer? Zar ti to ne govori koliko je Evropi *stalo* do njenih Muslimana? Svi su oni samo gledali sa strane i strpljivo čekali da im mi odradimo njihov prljavi posao. Čekali su dok nije bilo previše kasno da se umiješaju."

Njegov ton glasa me je prestravio i odlučila sam da odem. Svakako tu više nije bilo ništa što bi mi mogao ispovijediti.

"Zbogom, gospodine Pavloviću," rekla sam ustajući i prikupljajući svoje stvari sa stola. Isprva me je samo posmatrao, ne progovarajući. Gledao je kako stavljam svesku i rekorder u tašnu i onda me je odjednom zgrabio za ručni zglob.

"Mirela, čekaj!" rekao je. "Nemoj ići. Žao mi je ako te je razljutilo nešto što sam rekao."

"Gospodine Pavloviću, plašite me," rekla sam, pokušavajući istrgnuti ruku iz njegove.

"Tako mi je žao, Mimi." Zaplakao je. "Ne znam šta me je obuzelo da uradim one strašne stvari. Znam da sam napravio ogromnu grešku. Žao mi je. Molim te oprosti mi, hoćeš li?"

"To me boli!" Vrištala sam. "Pustite me da idem!" Ali on me i dalje samo držao za ruku. Kroz plač je ponavljao, "Žao mi je, molim te oprosti mi, oprosti mi."

"Oni koji imaju pravo da vam oproste su mrtvi," vrisnula sam na njega ne kontrolisano, "a ja nemam pravo da zaboravim." Pljunula sam riječi prema njemu ljutito, prisjećajući se citata Ćaima Herzoga, koji je odjednom imao potpunog smisla: "*Ja sa sobom ne donosim oproštaj, niti zaborav. Jedini koji mogu oprostiti su mrtvi; živi nemaju pravo zaboraviti.*"

"Mimi," plakao je, stezajući me jače za ruku, "žao mi je, tako mi je žao. Molim te oprosti mi, oprosti mi."

Sva moja galama na njega da me pusti je napokon dala straži znak za uzbunu. Otvorili su vrata, jurišajući unutra. Zgrabili su ga, vezajući mu ruke iza leđa. Njegovo lice je bilo prekriveno suzama dok je molio: "Oprosti mi, molim te oprosti mi."

Znala sam da te riječi nisu bile upućene meni. Nisam *ja* ni bila ta koju je on sad vidio pred sobom. Osoba koju je on vidio je bila Mirela. Ali onda, kada sam pošla izaći iz sobe, začula sam ga kako pjeva. Zastala sam, okrenula se i pogledala.

Oči su mu bile prikovane uz moje. Lice mu je ličilo na ružnu grimasu, dok se zlobno cerekao. Bila sam dobro upoznata s tom pjesmom. Čula sam je preko milion puta. Pokušavao se oteti od stražara dok je urlao:

"Ko to kaže, ko to laže, Srbija je mala?

Nije mala, nije mala, triput ratovala...

Bez otadžbine, na krfu živeh ja,

Ali sam klickao uvek, živela Srbija!"

TRINAESTO POGLAVLJE

Dok sam se vozila nazad prema Minhenu, pjesma mi je urlala u glavi, iznova, pa iznova, kao poparana ploča. Ipak, nisam mogla, a da ne pomislim na to kakav bi njegov život bio da nije bilo rata. On bi vjerovatno bio poštovani poslovođa u svom gradu, voljen od strane svojih komšija. Još uvijek bi imao suprugu, možda čak i dijete. Niko nikad (čak ni on) ne bi znao koja vrsta zvijeri se krila u dubini njega. Mirela, njeni roditelji i brat bi još uvijek bili živi.

Nisam mogla dočekati da stignem do hotela, da bih pozvala aviokompaniju i pokušala promijeniti vrijeme leta. Planirala sam zamoliti da—ako bih mogla—letjeti istog, ili rano sljedećeg dana. Morala sam otići odavde i vratiti se nazad svom životu s Džanijem i Kenijem. Žudjela sam za svojom poznatom rutinom. Htjela sam što je prije bilo moguće, ovo putovanje staviti iza sebe. Nije mi bilo važno koliko ću morati doplatiti da promijenim let. Samo sam htjela pobjeći odavde što sam brže i dalje mogla.

Imala sam sreće kad sam nazvala aviokompaniju. Uspjeli su me staviti na sljedeći let koji je bio zakazan za šest ujutro narednog dana. Čak nisam morala ništa doplaćivati.

Istog trenutka sam nazvala Džanija da mu kažem u koliko sati da dođe po mene na aerodrom u Čikagu. Činio se tako sretnim zbog mog dolaska kući. Nije me puno pitao u vezi ispovijda koji su me odveli od njega i to mi je bilo drago. Tako sam to poštovala, jer stvarno nisam imala više snage da razgovaram o tom čovjeku i onom što je on radio.

"Selma," šapnuo je Džani.

"Molim? Šta je?" Upitala sam nakon prilično duge pauze.

Nježno se nasmijao. "Ma ništa. Volim izgovarati tvoje ime."

"Da-da, reci mi bilo šta," zezala sam.

"Bilo šta. Ne, čekaj, ima nešto što sam ti htio reći."

"Ha? Šta?"

"Volim te."

"To? To je ono što si mi htio reći?" Rugala sam se. "Ali ja sam to već znala."

"Samo sam te htio podsjetiti, u slučaju da si zaboravila. Ali, ima još nešto."

"Šta? Hajde reci."

"Ne mogu." Smijao se, očigledno uživajući u razgovoru.

"Zašto?"

"Zato što je to iznenađenje."

"Iznenađenje? Pa zašto si mi onda išta spominjao? A znaš koliko mrzim iznenađenja, tako da ti je bolje da mi odmah kažeš šta je, pa da te u tom mogu spriječiti na vrijeme."

Glasno se nasmijao. Glas mu je zvučao tako atraktivno i baršunasto; kao pliš.

"Znao sam da ćeš to reći."

"Ma hajde, znaš da sad neću moći misliti ni našto drugo."

"Selma, opusti se. Nije ništa loše. Vjeruj mi."

"Znaš, obično kad neko kaže 'vjeruj mi' to je šifra za 'ne vjeruj mi.'"

Tiho se nasmijao. "Vjeruj mi, svidjet će ti se. Slobodno se opusti i ništa se ne sikiraj. I, požuri kući, okej?"

"Ne, ne mogu. Morat ćeš mi reći šta je ili ću ... ili ću ... ma ne znam ni ja šta ću. Nikad više s tobom neću progovoriti! Eto ti sad!"

"Dobro, dobro, pobijedila si! Evo, pomoći ću ti da pogodiš. Iznenađenje uključuje tebe, mene, moje ruke i tvoje omiljeno masažno ulje mirisa lavande."

"Ahhh, sad si me zainteresovao." Nasmiješila sam se. "Sviđa mi se način na koji razmišljaš."

"Ipak, ima još nešto." Nasmijao se on.

"Šta?"

"Ne mogu ti reći. Haha!"

Satima smo se tako zezali i smijali. Vrijeme je jednostavno proletjelo i bila sam sretna kad sam shvatila da ću samo za nekoliko kratkih sati biti u avionu koji će me odvesti nazad njemu.

Znala sam da je Džani samo pokušavao da mi skine misli sa intervjua koji sam imala sa gospodinom Pavlovićem i bila sam mu zahvalna što je bio toliko obziran prema mojim osjećajima. Uvijek je znao šta je bilo potrebno da me oraspoloži.

Ali nakon što sam završila razgovor s Džanijem, moje misli su uporno lutale nazad prema svemu onom što mi je gospodin Pavlović ispričao. Glava mi je bila spremna eksplodirati zbog obilnog razmišljanja i srce mi se lomilo svaki put kad bih pomislila na onu jadnu porodicu koja je potpuno izbrisana sa lica zemlje. Cijela familija je jednostavno nestala samo zbog jednog čovjeka. Nisam mogla razumjeti kako je tako nešto mogao uraditi. I ne samo on—bezbrojni drugi koji su bili baš kao on, kao Radovan. Možda bih i mogla razumjeti dvije armije kako se bore jedna protiv druge ili pak kad neko ubije nekog iz samoodbrane. Mogla bih čak razumjeti tjeranje pravde zbog smrti voljene osobe, ali jednostavno nisam mogla razumjeti kako su mogli uraditi one strašne stvari svojim komšijama - ljudima koje su poznavali cijelog života. Mučili su svoje sugrađane samo zato što nisu bili Srbi.

Naše komšije srpske nacionalnosti u Prijedoru su imali moć da spase živote. Umjesto toga, oni su odlučili da siluju, kolju, masakriraju, sramote, zamotaju u tepih i zapale...

Tako mnogo tuge je bilo u meni. Preuzela mi je cijelo tijelo i razum, zadavajući mi glavabolju. Zadnja noć u toj hotelskoj sobi je bila jedna velika noćna mora. Ponovo sam bila vraćena u koncentracioni logor i u onu sobu gdje me je Radovan silovao. Iznova sam vidjela sva njihova lica, i čula sam njihovo zlobno cerekanje. Pakao '92-ge me je opet pronašao.

Glasno zvono mobitela me je sljedećeg jutra probudilo. Bila je to aviokompanija da mi kaže da je u Islandu izbio vulkan i da ni jednoj aviokompaniji nije bilo dozvoljeno da leti u niti iz Evrope. Za sada, nije mi bilo izlaza. Nisam mogla vjerovati da me pratila baš tolika nesreća. Smjesta sam upalila televiziju da čujem vijesti.

"Vulkan u blizini Eyjafjallajoekull glečera je počeo da izbija odmah nakon ponoći," govorio je voditelj, "šaljući lavu stotinjak metara prema gore. Islandski zračni prostori su zatvoreni, letovi preusmjereni i putevi zatvoreni. Erupcija se desila oko 120 km istočno od glavnog grada, Reykjavik. Oko pet stotina ljudi je iseljeno iz tog područja."

Smanjila sam televizor da bih nazvala Džanija da mu kažem da mi je bio odgođen let. Međutim, na mobitelu nije bilo signala. Pokušala sam upaliti internet, ali bez uspjeha. Kad sam pokušala nazvati sa hotelskog telefona, linija je bila zauzeta. Iznervirana, odlučila sam se istuširati i nešto pojesti, pa onda opet pokušati da ga nazovem. Upravo kad sam se počela oblačiti nakon tuširanja, zazvonio je hotelski telefon.

"Halo?" Odgovorila sam brzo, nadajući se da je to bio Džani. Možda je i on vidio vijesti, pa me sad zvao da vidi hoću li uspjeti doći kući onda kad sam planirala.

"Selmić," reče majka veselo." Dobro ti jutro, 'ćeri. Jesi li čula vijesti?"

"Jesam, upravo sam ih gledala na teveu. Odgođen mi je let, a stvarno mi se ide kući," kukala sam.

"Pa, znaš šta kažu," crvkutala je sretno. "Iz svakog zla, izađe nešto dobro."

"Na šta to misliš?" Nisam mogla, a da se ne nasmiješim.

"Ma ništa. Samo sam mislila predložiti da sad kad imaš malo više vremena, možda bi mogla doći malo i do mene."

Uzdahnula sam. Nije imala pojma šta bi me put u Prijedor koštao. Već sam se osjećala kao da sam gubila pamet i taj put bi me definitivno gurnuo sa litice.

"Ne znam," rekla sam tiho hvatajući se za bilo kakvu ispriku koja bi mi pala na pamet da ne idem.

"Ma hajde, Selma. Zašto bi tako dugo plaćala hotel? Uopšte ne znaš koliko ćeš još dugo biti tu. Šta ako se odulji na nekoliko sedmica?"

"Dobro, dobro, čekaj da malo razmislim," rekla sam, mrzeći to što sam morala priznati da je bila u pravu. "Čekaj da nazovem Džanija. Također, moram nazvati svoj ured, pa aviokompaniju da vidim da li imaju nekih novih informacija. Mogu li te nazvati nazad?"

"Naravno, 'ćeri. Nazovi me kad god budeš spremna. Ja ću strpljivo čekati pokraj telefona." Smijala se pobjednički.

Prekidajući liniju sa majkom, nazvala sam aviokompaniju.

"Žao mi je, gospođo," odgovorio je službenik za mušterije, "ali svi domaći letovi su suspendovani na ne određeno vrijeme. U zraku ima previše pepela i krhotina, što može oštetiti avion. Međutim, nekoliko internacionalnih letova je na rasporedu za nedjelju. Nisam siguran za gdje. Stvarno mi je mnogo žao, ali stvarno nema baš ništa što bih mogao učiniti da vam pomognem. Nazvat ćemo vas istog tranutka kad vam zakažemo sljedeći let."

Razočarana, prekinula sam vezu. Nedjelja je bila tako daleko; skoro sedmicu dana i čak ni tad nisam bila sigurna hoće li biti let iz Minhena za Čikago. Nisam imala baš nikakvog izlaza.

Ponovo sam pokušala nazvati Džanija, ali bez sreće.

Uzdišući, odlučila sam ga ponovo pokušati nazvati sa mobitela, vozeći se za Bosnu.

ČETRNAESTO POGLAVLJE

Lijepa, duga vožnja mi je bila dobrodošla. Pustila sam da mi proljetni vjetrić uđe kroz otvoreni prozor. Pojačala sam ton na radiju, pjevajući uz njega da bih pokušala ugušiti misli koje su se uporno vraćale gospodinu Pavloviću i njegovim ispovijedima. Svakih petnaestak minuta sam pokušavala zvati Džanija, ali su male šipke na mobitelu označavale da nije bilo signala. Odlučila sam ga nazvati sa maminog kućnog telefona kad budem stigla. Bila sam sigurna da je do sad morao čuti vijesti i da je shvatio da mi je let bio odgođen.

Opustila sam se uživajući u okolini. Vozila sam kroz Austriju, potpuno oduševljena sa svim skijačkim terenima i planinskim vrhovima. Ponekad bih prošla pokraj visoke planine i na vrhu nje, spazila bih malu kuću. Ili bih, negdje u neposrednoj blizini vrha na proplanku, ugledala čopor ovaca. Bilo je to nešto što sam prije viđala samo u knjigama bajki.

Napokon sam došla do slovenske, pa do hrvatske granice. Što sam bliže stizala, sve više sam postajala nervoznija. Negdje oko sat vremena prije nego što sam stigla, osjetila sam uzbuđenost i sreću, ali u isto vrijeme, osjetila sam tugu i nervozu. Napokon, kad sam došla do bosanske granice, uzbuđenosti i nervoza su prevladale. Morala sam se zaustaviti, izaći iz auta i udahnuti svježeg zraka. Osjetila sam mučninu prisjećajući se zadnjeg puta kad sam bila ovdje.

U svojim mislima sam se našla u onoj tvornici, zureći u redove i redove mrtvih tijela koji su iskopani iz raznih masovnih grobnica koje su sada bile otkrivane skoro svakoga dana. Počivali su u crnim vrećama. Išla sam tamo da bih dala DNK-uzorak, tako da bi stručnjaci koji su dolazili iz svih krajeva svijeta da pomognu, mogli identificirati njihove posmrtne ostatke. Pomisao da možda nikad nećemo pronaći gje mi je otac bio bačen—nakon što je masakriran—mi je palila gorku rupu u grudima.

Odjednom sam osjetila kako mi migrena eksplodira i stomak mi se burno okrenu. Potrčala sam prema malom žbunu da bih se sakrila od prolazećih automobila, stavljajući ruku na usta. Nažalost, mučnina nije mogla čekati tako dugo. Prsnula je iz mene u žestokom ruku. Bljuvak mi je potpuno prekrio džemper bež boje koji sam kupila kao suvenir u hotelskom dućanu taman prije nego što sam napustila Njemačku. Kad sam se osjetila malo bolje, zavrla sam u torbu i pronašla čistu košulju. Otšetala sam do malog grma, samo nekoliko metara udaljenog od ulice, da bih se mogla presvući. Uflekani džemper je završio u kanti za smeće. Možda je tako bilo i bolje. Možda mi svakako nisu bili potrebni suveniri i podsjećanja na ovaj put.

Nekoliko dugih trenutaka kasnije, ponovo sam se našla u automobilu, radeći disne vježbe da bih smirila nervozne živce.

Provezla sam kroz Ljubiju, Hambarine, Tukove. Poznavala sam ova mjesta, ali ih ipak nisam znala. Izgledala su drugačije nego što sam se ja sjećala. Nije tu više bilo uništenih kuća sa odvratnim grafitima napisanim na njihovim ostacima. Gdje god sam pogledala, vidjela sam veće, bolje, modernije kuće. Bilo je to nevjerovatno. Ljudi su hodali i nešto radili oko svojih kuća, mašući mi u prolazu i što je bilo iznenađujuće, moja mučnina i nervoza su potpuno nestale.

Zaustavljajući auto u maminom dvorištu, osjetila sam strahopoštovanje. Nisam mogla vjerovati da je ovo bilo ono isto mjesto kojeg sam se sjećala iz djetinstva. Prije, tu je bila stara, iznurena kuća mojih dide i nene, okružena sa kukuruznim i suncokretnim poljima. Sada je to izgledalo poput prelijepog, velikog hotela. Bio je moderno-evropski sa malo starog američkog šarma. Kukuruzna i sucokretna polja su sad bila zamjenjena sa manjim povrćnim baštama i vrtovima punim cvijeća. Daleko u pozadini sam primijetila mlado, kratko drveće. Pretopstavljala sam da su to morala biti stabla šljiva ili jabuka zato što sam znala koliko ih je majka voljela. Na drugoj strani kuće je bio povelik vrt ruža. Iz letimičnog pogleda, izgledao je zapanjujuće, ali sa ove daljine, nisam ga mogla baš puno vidjeti. Odlučila sam poslije prošetati kroz njega nakon što se smjestim i ostavim stvari.

Majčini sretni krici, zagrljaji i poljupci dobrodošlice su prekinuli moje znatiželjno razgledanje.

"Mama, stvarno sam impresionirana," rekla sam, ostajući bez daha.

"Hvala, zlato," odgovorila je stidljivo. "Jel' ti bila udobna vožnja? Jesi li umorna?"

"Ma, ne. Uopšte se ne osjećam umornom. Vožnja je, ustvari, bila jako udobna i smirujuća." *Osim što sam napravila potpuni nered povraćajući po cijelom džemperu*, pomislila sam u sebi, zgrožena samom sobom. "Stvarno mi se sviđa kako si sredila ovo mjesto. Jedva čekam da vidim ostatak."

"Ma ima vremena za razgledanje. Hajde da ti pokažem tvoju sobu, pa da se malo osvježiš."

Oh, ne! Sigurno smrdim na povraćanje, fuj!

"Mama, mogu li nazvati Džanija sa tvog telefona? Pokušala sam ga zvati sa mobitela, ali cijeli dan nije bilo signala."

"Naravno, hajde da ti pokažem gdje je."

"Treba li vam pomoć sa torbama?" Upitao je neki sredno-vječni, visoki čovjek približavajući se.

"Oh, Ahmete," uzviknula je mama. Izgledala je neprirodno sramežljiva kad nam se on približio. "Htjela bih te upoznati sa svojom kćerkom, Selmom. Selma, ovo je Ahmet Terzić. On je majstor koji mi puno pomaže oko imanja."

"Merhaba, čika-Ahmete," rekla sam učtivo, pružajući ruku prema njemu. "Drago mi je da smo se upoznali." Nisam propustila brzo razmjenjeni pogled između njih dvoje, ali nisam ni htjela puno razmišljati o tome. Nisam sebi htjela dopustiti da napravim nešto od ničeg, kao što sam to po nekad ne namjerno radila. Otvorila sam gepek i dopustila mu da uzme jedinu torbu koju sam imala. Majka mu je objasnila u koju sobu da je odnese i on se brzim koracima udaljio od nas.

"Haj'mo unutra da nazoveš Džanija i da se malo osvježiš. Kad sve završiš, siđi dole da jedeš i popiješ kafu, pa ćemo onda na razgledanje."

"Dobro." Nasmiješila sam se, osjećajući njenu ruku oko svog struka. Vodila me je prema kući. Izgledala je prelijepo. Vidjela sam je u Čikago prije samo nekoliko mjeseci, ali nisam mogla vjerovati koliko je drugačije i življe sad izgledala. Koža joj je sijala. Jednostavno je zračila od sreće. Bilo je to prelazno i nisam mogla biti, a da se idiotski ne cerekam.

"Imam poseban ulaz u kuću," objasnila je, "što je na spratu. Mislim na kuću." Zacerekala se nervozno. "Ovo sve ovdje"—pokazala je na prizemlje—"je restoran."

Ime "Novi dan" više vrata je svijetlilo nježno plave boje.

"Zašto si ga nazvala Novi dan?" Upitala sam znatiželjno.

"Zar nije očigledno?" Upitala je iznenađeno i nastavila. "Pa zato što predstavlja nove početke, ne samo za mene nego za sviju koji ovdje žive. I dan ... pa, malo se osjeća kao novi dan nakon veoma duge i depresivne noći. Četiri godine rata, četiri godine mraka, razumiješ?"

"Da, razumijem," rekla sam. "Taj naziv baš ima mnogo smisla, a restoran stvarno prelijepo izgleda."

Sve je bilo u staklu—jedan veliki prozor svud okolo prizemlja. Izvana, staklo je izgledalo kao ogledalo. Cijeli donji sprat je bio okruženo velikim balkonom. Svud po njemu su bili raštrkani stolovi i stolice. Velike saksije cvijeća su ukrašavale cijelo balkonsko područje.

"Evo nas." Zaustavila nas je, otvarajući masovna, crvena vrata sa stražnje strane restorana.

Mali ulaz iza vrata je bio u pločicama. Na suprotnoj strani stepenica, bila je smještena mala, bijela klupa. Odmah pored nje je stajao stalak za kapute. Mali ćup sa razno-raznim kišobranima je stajao u ćošku, zajedno sa odgovarajućim ormarom za obuću.

Kad smo otišle na sprat, neko vrijeme sam samo stajala, zadivljena sa svim što sam vidjela oko sebe. Sve je bilo otvoreno—dnevna soba je bila prikačena kuhinji. Prelazeći preko crno-bijelih kuhinjskih pločica, ušla sam u obiteljsku sobu, gdje su svijeće veselo treperile, a crveni ljiljani su raskošno izvirivali iz staklenih vaza. Dah mi je zastao kad sam vidjela prelijepi, veliki kamin kako dovršava šarm. Sve boje zidova i namještaja su bile duboke i bogate. Izlazeći iz obiteljske sobe, ušla sam u dug hodnik. Na obje strane hodnika su se nalazila vrata. Majka je objasnila da su to bile tri spavaće sobe; glavna spavaća soba je imala vlastito kupatilo, a dvije sobe za goste su dijelile kupatilo koje se nalazilo između njih.

"Jedna je za tebe i Džanija, a druga za Kenija," objasnila je ona.

"Mama, sve je stvarno prelijepo. Nisam imala pojma da si tako dobra enterijerska dizajnerka."

"Ma, nije to ništa." Zacrvenila se. "Mogu se zahvaliti onim emisijama koje smo stalno gledale na televiziji; znaš ono kad uzmu staru kuću, pa je potpuno obnove i moderniziraju? Te emisije su mi dale mnoge ideje. Plus, tvoj otac i ja smo—prije rata—imali nekoliko vlastitih ideja," rekla je tiho, obarajući pogled.

"Da, baš loše što on sad nije tu da sve ovo vidi," rekla sam tužno. "Bio bi tako ponosan na tebe."

"Ja se nekad tješim s tim što sama sebi govorim da on jeste ovdje ... duševno," odgovorila je. "I sigurna sam da me posmatra negdje iz dženeta i pomaže mi, vodeći računa da sve bude u redu."

Ništa na to nisam odgovorila. Osjetila sam knedlu u grlu i ponovo sam bila ljuta na Srbe što su mi oduzeli oca, a njoj muža. Njegova odsustnost nas je obje jako boljela.

"Evo nas." Nasmiješila se je. "Uzmi sobu pored moje. Nadam se da ti se sviđa."

Ušla sam u poveliku sobu. Istočni zid je bio većinom u staklu, tako da je soba bila jako sunčana i svijetla. Velika balkonska vrata su bila otvorena. Provirila sam vani i na balkonu sam primijetila mali, okrugli stol i dvije stolice. Ponovo, svugje okolo su bile poredane velike saksije cvijeća. Neke su čak visile sa balkonske ograde. U sobi nije bilo baš puno namještaja osim kreveta, komode i malog pisaćeg stola. Bio je tu i veliki ormar koji je zauzimao skoro cijeli zid.

"Možeš odavde nazvati Džaniji," rekla je majka. "Pustit ću te na miru. Kad završiš razgovor, molim te siđi u restoran. Željela bih da upoznaš moje osoblje."

"Okej." Nasmiješila sam se. *Njeno osoblje...*

Nisam mogla biti ponosnija i sretnija zbog nje. Moja mama—koja je u

Čikagu čistila hotelske sobe—sad je imala svoje vlastito osoblje. Ta činjenica mi je donijela suze na oči i nisam mogla dočekati da to sve ispričam Džaniju. Odjednom sam osjetila ne odoljivu potrebu da razgovaram s njim i da mu čujem glas. Razdvojenost od njega na tri dana me je fizički boljela i mrzila sam pomisao na to kako nisam mogla ići kući tog istog dana.

Sjela sam na krevet i pritisnula poznati mobilni broj, ali glas koji je rekao "Halo?" nije bio onaj koji sam očekivala.

"Keni?" Upitala sam. "Zašto se ti javljaš na Džanijev telefon? Gdje je on? Odmah da si mu vratio telefon, i razgovarat ćemo o tome kad dođem kući!"

Znala sam da sam bila gruba, ali već smo s njim razgovarali o privatnosti i o tome kako je nekulturno javiti se na tuđi mobilni.

"Mama, Mama, jesi li to ti?"

Ukočila sam se.

"Mama, dogodila se saobraćajna nesreća," nastavio je Keni. "Džani je—"

"Keni, jel' ti to mama?" Čula sam Betin glas u pozadini. "Daj je meni."

"Mama, evo hoće te teta Beth," prošaptao je Keni.

Čula sam tihu komociju i Beth kako kritikuje Kenija što mi je tu groznu vijest rekao na tako ležeran način. Iako je vjerovatno stavila ruku preko slušalice, ipak sam bila u mogućnosti čuti njene prigušene riječi: "Rekla sam ti da mi je daš istog trenutka kad nazove."

"Halo, Selma." Napokon se obratila meni. "Žao mi je što si morala saznati na ovakav način."

"Saznati šta, Beth? Možeš li mi molim te reći o čemu se radi?" Odbrusila sam nestrpljivo.

Čula sam šmrcanje, onda duboki udisaj, pa uzdah. "Desila se grozna saobraćajna nesreća," procvilila je. "Na ulici Irving Park. Džani je išao na aerodrom po tebe, kad je auto koje je vozio neki pijanac ušlo u njegovu traku. Nije bilo vremena izbjeći ga. Bio je to direktan udarac. Selma, stvarno mi je veoma žao." Zajecala je ona glasno.

"Pa, je li on...?" Nisam mogla izgovoriti tu riječ. Mislila sam da, ako su mi rekli da je poginuo, umrla bih od prebijenog srca, baš ovdje u sobi svoje majke.

"Živ je," reče ona kroz plač. "Ali je u komi. Doktori kažu da je pridobio kritične rane i da vjerovatno umire."

"Oh, moj Bože!" Plakala sam, "Ne, ne, ne, ne! Ovo se ne dešava. Molim te Bože, molim te ne radi mi ovo."

Objema rukama sam pritisnula grudi i glasno zajaukala. Telefon mi je ispao na pod.

"Selma," Vrisnula je majka jureći unutra. "Šta je bilo? Da se nije šta dogodilo?"

Samo sam jecala, pritišćući prsa i njišući se napred-nazad užurbano.

Nisam bila u stanju ni progovoriti.

"Halo?" Podigla je bačeni telefon. "Da. Zdravo Beth. Kako ... oh, dragi moj bože, ne! Šta kažu doktori? A-ha ... dobro. Hvala. Gdje je Keni? Mogu li s njim razgovarati?"

Prestala sam slušati. Trebao mi je svjež zrak, i trebala sam ne biti ovdje. Morala sam ići kući. Panika me je potpuno obuzela kad sam se sjetila da nije bilo nikakvog načina da odem. Svi letovi su bili obustavljeni i znala sam da će trebati naj manje sedmica da se sve rasčisti, da bih mogla otići. Realizacija da bi Džani mogao umrijeti prije nego što bih stigla, me je bacila u stanje bjesnila.

"Oh, Selma." Majka je sjela pored mene, uzimajući me u naručje. "Tako mi je žao."

Položila sam glavu na njene grudi i glasno plakala.

"Mama," jecala sam, "nisam trebala otići. Nisam trebala uzeti telefon i nazvati onog monstruma iz pakla. Sve je ovo njihova krivica! Sve ovo je njihova krivica!"

"Čija?" upitala je zbunjeno.

"Srpska." Iscijedila sam kroz zube. "Da nije bilo rata, Džani i ja nikada ne bi ni otišli. Ovdje bi porađali djecu i sretno živjeli. A i da me onaj kreten nije nazvao, ja ne bih sad morala biti ovdje. Ostavila sam svog Džanija tamo da bih došla ovdje i pomogla monstrumu da rastereti svoju prljavu savjest. A i da nisu—"

"Selma, prestani!" Prekinula me je naglo ona. "Slušaj me," rekla je, stavljajući ruke preko mojih i gurajući me nježno od sebe da bi me mogla pogledati u oči. "Ne možeš više ovako živjeti. Čuješ li me? Zabranjujem ti to, čuješ li? Polako me je protresla kao da mi je na taj način htjela utresti razum u glavu.

"Slušaj me," nastavila je. Oči su joj probadale kroz moje. "Ne možeš više živjeti po tome 'šta da je ovako, ili onako'. Moraš se— već jednom—riješiti sve te ljutnje i mržnje koju nosiš sa sobom. Pa, zar ne vidiš da te to pojede iznutra? Kćeri, ako okupiraš srce sa gnjevom, ljutnjom i negativnim mislima, u njemu onda neće ostati ni malo mjesta za ljubav. Moraš prestati živjeti u prošlosti i krenuti dalje. Uživaj u dobrim stvarima koje imaš u svom životu."

"Ali Mama, kad se ja ne bih prisjećala i razgovarala o onom što nam se desilo u Prijedoru, ko bi drugi? Svi su tako spremni oprostiti i zaboraviti. Jednostavno to ne mogu podnijeti. Znaš li da su prije rata, Muslimani bili većina u Prijedoru? A gdje su sad?! Mrtvi. Poklani. Bačeni u masovne grobove."

"Dušo moja," počela je tiho, "pa, ti sama ne možeš promijeniti cijeli svijet. Nema te osobe na svijetu, koja bi to mogla sama uraditi. Svi moramo zajedno pogurati da bi napravili neku razliku. Osim toga, ti si već svoj dio uradila i završila. Vrijeme je sad da to prepustiš drugima. Preživjela si ne opisivi pakao, ali si se oporavila i ispričala o tome. Napisala si knjigu o svim mukama kroz koje si prošla. Ta tvoja knjiga je otvorila vrata i drugima koji su bili u sličnim situacijama da i oni ispričaju svoje priče. Sama ta tvoja knjiga im je pokazala da u svojim mukama nisu bili sami i da to više ne moraju nasamo podnositi ... 'Ćeri, pa ti svakoga dana nekog pomogneš. Tvoj dio posla je gotov. Sad se malo obavi o sebi. Pusti ljutnju kraju prije nego što te uništi. Ja ću moliti dragog Alaha da se Džani brzo oporavi i sigurna sam da hoće. Idi kući, uzmi muža i sina i odite negdje na godišnji odmor. Uživajte u zajedničkom vremenu koje vam je dragi Bog dodijelio."

"Ali Mama," prekinula sam je tvrdoglavo, "oni grozni ljudi nikada neće biti kažnjeni za ono što su uradili. Oh, trebala si čuti čovjeka kojeg sam sad intervijunisala. Uopšte se ne kaje za ono što je radio. Čak kaže da mu se to sviđalo. Jesi li znala da je u Prijedoru bio logor silovanja u jednom od hotela?"

"Ne, nisam to znala," tiho je odgovorila, spuštajući pogled, "ali čula sam za onaj u Višegradu. Ima nekoliko žena koje su preživjele i sad pokušavaju da to daju u javnost. Čak su išle i na sud u Hagu, ali niko ih tamo nije htio ni čuti. Svjedočile su protiv nekoliko ljudi, ali, uprkos tome, ti ljudi nisu bili osuđeni za silovanja nego za druga ne humana djela. Žene su čak napisale i pismo glavnoj tužiteljici da pitaju zašto, ali ona im je odgovorila kazajući im da nije bilo dovoljno svjedoka koji su bili voljni svjedočiti."

"Eto vidiš!" Vrisnula sam. "Ne mogu podnijeti svu ovu nepravdu! Nikad neće biti kažnjeni za ono što su radili i to me ubija!"

"Oh, dušo moja, pa naravno da će biti kažnjeni za sve što su radili," rekla je ona smireno. "Pa nisi valjda zaboravila?" Nasmiješila se je mojoj zbunjenoj faci. Nježno mi je objema rukama uzela lice. "Kad se preselimo na ahiret, na onaj drugi svijet, svi ćemo na isto mjesto da odgovaramo za svoje grijehe. Niko od toga ne može pobjeći. Vjeruj u Boga i božju pravdu. Moraš shvatiti da je On naj pravedniji sudija. Na onom svijetu, niko neće moći okriviti nekog drugog i reći da ga je neko drugi natjerao da to uradi zato što će to dragi Bog znati. On vidi i čuje svačije duboke, tamne misli. Niko neće izbjeći kaznu. Zato, stavi sve u Božje ruke i okani se ljutnje i mržnje. Upusti malo svjetlosti u svoje srce i jednostavno živi. Budi sretna i znaj da kad u srcu nosiš ljubav, ništa ti ne može nauditi. Vjeruj u Boga i on će te odvesti na mjesta koja ne možeš ni sanjati."

"Ukrala si to od Đola Austina, zar ne?" Zezala sam je, brišući cureći nos sa pozadinom ruke, shvatajući da je bila u pravu.

"Da." Nasmiješila se je. "Znaš da je u pravu. Trebala bi ga i ti ponekad poslušati. Dušo, ne možeš dopustiti da ti prošlost diktira život. Znam da je ono što su nam uradili grozno i molim se Bogu da se tako nešto nikada ne ponovi. Ne bih to poželjela ni najvećem neprijatelju i znam da je to teško zaboraviti, ali moraš sve pustiti kraju. Toliko te je ta gnjev progutala, da oko sebe više ne vidiš ništa drugo.

"Dušo, pogledaj me. Svijet se ne okreće oko njih, ali *tvoj* svijet se okreće oko tebe. I samo od tebe ovisi hoćeš li biti očajna do kraja svog života, ili ćeš se riješiti prošlosti i skoncentrisati se na sve one dobre stvari koje imaš u životu. Pa, pogledaj samo šta ti ta tvoja ljutnja radi. Umjesto da se skoncentrišeš na Džanija, ti si potpuno obuzeta sa gorčinom u svom srcu koja te ne pušta da oplačeš muža i ono što mu se dogodilo. Ne možeš *njih* kriviti za sve.

"Osim toga, ratovi se dešavaju, ljudi se ubijaju i muče, dovraga, neki ljudi tuku i pate rođenu djecu, ali život ide dalje. Mora. I ako hoćeš nekoga da kriviš zbog onog što se desilo Džaniju, krivi pijanca koji je voljno odlučio da se napije i sjede za volan, znajući da bi mogao nekoga ubiti. To... to zaslužuje kaznu. Eto vidiš, svugdje po svijetu ima loših ljudi, ali ne možemo se stalno kriti ispod kamena i bojati se šta bi nam oni mogli uraditi. Moramo prigrliti život koji nam je Bog dodijelio. Pa pogledaj samo sve one lijepe stvari koje imaš u životu. Mnogi ljudi pretraže i zemlju i nebesa da bi našli ono što ti i Džani već imate. Nemoj to više uzimati zdravo za gotovo. Zgrabi to, voli i što je naj važnije, uživaj u tome."

"Volim te, Mama," Šapnula sam, shvatajući da je ovo bio prvi put da sam te riječi izgovorila naglas.

"Volim i ja tebe, dušo," odgovorila je ona. Glas joj je bio ispunjen emocijama.

PETNAESTO POGLAVLJE

Nisam htjela jesti, niti sići u restoran da se i s kim upoznajem. Sve što sam htjela je bilo to da me svi ostave na miru. Popila sam svoj Prozak i legla na topli krevet. Molila sam Boga da pomogne Džaniju i gorko sam plakala sve dok nisam zaspala.

Nešto glasno me probudilo kasno u predvečerje i sjećanje na sve što se desilo ranije tog dana, me je pogodilo kao grom.

Džani, otela mi se pomisao koja mi je palila rupu u grudima. Pritisnula sam ih snažno dok su mi tople suze tekle niz lice. Polako sam se odvukla do kupatila da bih se istuširala. Topla voda je pomogla da mi se tijelo malo opusti. Kad sam izašla iz kupatila i prošetala kroz majčinu kuću, primijetila sam malo pisamce na kuhinjskom stolu.

"*Selma, napravila sam ti nešto za jesti. Eto u frižideru. Molim te jedi. Voli te mama.*"

Nisam se osjećala gladnom. Sama pomisao na hranu mi je stvarala mučninu. Samo sam zgrabila jabuku sa stola i izašla van. Čula sam kako se u restoranu neki ljudi smiju i glasno razgovaraju. Činilo se da je restoran bio pun, što mi je bilo čudno, jer je bio radni dan.

Majčin povrtnjak je bio lijep i malen. Sve je imalo svoje mjesto i bilo je raspoređeno u malim sekcijama.

"Ah, eto te," začula sam njen glas iza sebe. "Upravo sam pošla da provjerim kako si. Kako se osjećaš?"

"Utrnuto," odgovorila sam. "Tako se bojim. Ne želim ga izgubiti." Plakala sam.

"Sve će biti u redu," tješila je. "Izvući će se on, vidjet ćeš. Hodi da ti pokažem naokolo."

"Baš mi se sviđa tvoja bašta," rekla sam upirući prstom prema povrtnjaku.

"Hvala. Morala sam posaditi barem malu baštu da bih imala svježe povrće za restoran. Plus, tako se opustim kad u njoj radim. To je moj mali komadić raja, daleko od sviju i svega. Kad kopam po zemlji, pustim mozak na pašu i tako se fino odmorim."

Klimnula sam glavom u razumijevanju.

"Čini mi se da je restoran krcat," primijetila sam.

"Ma, nije to ništa. Čekaj da vidiš kako je petkom i subotom uveče. Bude prepun. Ponekad imamo uživo muziku i to nam donese tone mušterija od svukud."

"Kakvu vrstu hrane služiš?"

"Sve," odgovorila je, smješeći se, ali da li znaš šta mi je najveći uspjeh?"

"Šta?"

"Moja vrsta popajeve piletine." Zakikotala se.

"Da li praviš i tradicionalnu bosansku hranu, ili samo serviraš američke recepte?" Upitala sam, impresionirana.

"Naravno da pravimo sve: ćevape i pite, gulaš ... ali ljudi hoće nešto novo, nešto što ne mogu dobiti nigdje drugdje. Zato sam toliko uspješna. Donijela sam tone recepata iz Amerike, od pice do kineske hrane, meksičke specijalitete ... šta god hoćeš. A svemu dodam trunić nečeg specijalnog. To je moj vlastiti tajni sastojak." Nasmijala se je.

"Stvarno? A šta je to?"

Prišla je bliže i šapnula, "Vegeta," i obje smo prasnule u smijeh.

"Stvarno, to je sve?" Upitala sam kroz smijeh pomislivši na taj jednostavni začin za sve namjene napravljen od soli i dehidriranog porvrća.

"To je sve," rekla je. "Shvatila sam da su ljudi ovdje toliko naviknuti na Vegetu da im se ne bi sviđalo skoro ništa što je u sebi nema. Oh, sjećaš li se kako je nama bilo teško navići se na hranu u Americi? Uvijek smo govorili da nešto fali - Vegeta." Zakikotala se je razdragano. "I tako, umjesto soli, ja pospem trunić vegete skoro na sve. Znaš kako meksička jela većinom sadrže cilantro? Pa, ja sam ti malo eksperimentisala i primijetila sam da većina ljudi ovdje nisu baš neki ljubitelji cilantra, tako da sam ga zamijenila sa vegetom, i znaš šta? Ne mogu se dovoljno najesti. Tako je to, ustvari, i počelo. Jednog dana sam pravila takos sa mljevenim mesom i kad sam pržila meso, u njega sam dodala kaškicu vegete. Uh, ne mogu ti opisati koliko mu je to dodalo ukusa."

"Pametna žena." Nasmiješila sam se.

"Hodi da ti pokžem svoj vrt ruža," rekla je uzimajući me ispod ruke. "Ruže sam posadila za tebe."

"Stvarno?" Oči su mi se napunile suzama.

"Naravno, znam da su ti ruže omiljeno cvijeće i stvarno mi se sviđa kako si napravila da ti ofis gleda na ono malo žbunje ruža što si posadila ispod prozora. Htjela sam da me podsjećaju na tebe. Svaki dan nakon teškog rada, dođem ovdje i sjednem na ovu klupu. Razmišljam o tebi i Keniju, mislim se šta radite. Kad mi zamirišu moje ruže, znam da u isto vrijeme i tebi zamirišu tvoje. I tako se osjećam malo bliže tebi."

Gušila sam se od raznih emocija, ali sam pridržala suze. Počela sam razgledati okolo. Ljepota vrta mi je oduzimala dah. Ulaz je bio opkoljen bijelim tarabama, koje su bile prekrivene lozama crvenih ruža. Unutra sam vidjela sve vrste ruža raznih boja: crvene, žute, bijele, ružičaste. U pozadini sam primijetila žbun crnih ruža, koje su, rekla mi je ona, bile uvežene iz Turske, ali nisu baš dobro uspijevale, pa je odlučila da ih više ne nabavlja. Tu je također bilo mnogo drugog raznog žbunja i cvijeća. Nekoliko klupa je bilo poredano pokraj putića napravljenog od cigle. Mala fontana se sijala u sredini svega. Bilo je to stvarno nešto veličanstveno.

"Oh, mislila sam te upitati," sjetila sam se. "Kakve vrste drveća su oni mali drvići iza kuće?"

"Šljive i jabuke," odgovorila je ona.

"Znala sam." Zakikotala sam se. "Tako si predvidljiva."

"Hej." Nasmijala se i ona, "Nisam valjda baš *toliko* predvidljiva," Gurnula me je kukom razigrano, "a ja uvijek mislim da sam spontana."

"Izvini, Sabina." Ahmet se odjednom stvorio pokraj nas. "Trebaju te unutra."

"Dobro, hvala. Hodi." Nasmiješila mi se je. "Hoću da te pokažem svom osoblju."

Ušle smo u veliki restoran. Ostala sam bez daha kad sam vidjela tu prostranu sobu. Svi zidovi su bili od stakla. Na desno od vrata, nalazio se je kamin od kamena koji je sad krčkao sa niskim, zlatnim plamenom. Ispred njega se nalazio veliki, crveni kauč. Debela, plava deka je bila vješto bačena preko naslonjača. U sredini se nalazio mali tepih, a dva stolića su bila postavljena na obje strane kauča. Visoka polica za knjige, ponosno je stajala u lijevom ćošku, ispunjena knjigama na oba - bosanskom i engleskom jezku. Podsjetilo me je to na to koliko je moja mama uvijek voljela čitati. Zapravo, skoro svako sjećanje koje sam imala u vezi nje dok sam odrastala je bilo s njom kako čita ili drži knjigu.

Svud okolo su se nalazile debele, mirišljive svijeće. Svjetla, u ovom kraju prostorije, su bila zatamnjena. Čikago bluz su energetično izlazila iz zvučnika dok je pjesma "Hej Hej" velikog Bila Bronzija ispunjala prostoriju.

Najveći dio prostorije je bio ispunjen trepezarijskim stolovima i stolicama. Ovdje, svjetla nisu bila potamnjena. Mali lonci od mesinga i bakra sa bijelim ljiljanima su bili poredani po svakom stolu. Stoljnaci su bili bogato, ponoćno-plave boje.

Skoro svaki stol je bio zauzet i svi gosti su izgledali kao da su uživali u hrani i živahnom razgovoru. Mogla sam samo zamisliti kako fantastično to mjesto je izgledalo preko zime sa bjelinom snijega svug okolo, vatrom u kaminu i mirisom hrane u zraku. Morala sam priznati da je cijeli ambijent izgledao domaćinski toplo i dočekivno, ali u isto vrijeme, činio se suptilno seksi.

"Vau," rekla sam, ostajući bez daha. "Sviđa mi se, mnogo, kako si sredila restoran."

"Ma, to je samo početak," odgovorila je stidljivo. "Naručila sam da mi ugrade novi dizajn svjetala."

"Oh, ne budi tako skromna, Mati. Sve je tako predivno."

Samo se stidljivo nasmiješila.

"Hej, Sonja," zovnula je jednu od konobarica, "ovo je moja kćerka, Selma."

"Drago mi je da smo se upoznale." Učtivo se nasmiješila Sonja. Tu su bile još dvije konobarice, Sada i Hata, a u kuhinji sam upoznala Lejlu, Jasminu, Elmu i Aidu. Sve su se ponašale veoma profesionalno i kulturno.

"U prizemlju imamo četiri male sobe," rekla je mama, "u slučaju da se neko previše napije petkom i subotom uveče, pa da ne može voziti kući; mi mu iznajmimo sobu."

"Baš super," rekla sam joj. "Stvarno sam mnogo ponosna na tebe."

Odjednom sam postala svjesna Ahmetovih pogleda prema njoj.

"Pa, šta je njegova priča?" Upitala sam, upirući pogledom u njega.

Lice joj se malkice zarumenilo kad je rekla, "Oh ... izgubio je ženu u ratu," šapnula je, "živjeli su u Hambarinama. Kad se srpska vojska pojavila da uradi "čišćenje" u Hambarinama, Ahmet se krio u šupi misleći—ono što smo svi mislili—da vojnici neće naškoditi ženama i djeci. Vidio je kad su mu ubili ženu." Zastala je i primakla se bliže. "Ali kažu da je on dobio svoju osvetu. Izbo je čovjeka koji je to uradio. To je naravno sve trač, ali ko zna, možda je i istina. Neprijatno mi ga upitati, a on nikad ne govori o tome. Oh, hajde pogodi ko mi je nekoliko puta dolazio u posjetu!" uzviknula je, mijenjajući temu.

"Ko?"

"Tvoj kolega, Damir."

"Stvarno? Šta je s njim ovih dana?" Kako je?" Upitala sam.

"U zatvoru je," zakikotala se ona, "pokušao je opljačkati banku."

"Bože moj. Jel' ti to ozbiljno?"

"Da. Svaki put kad bi došao, tražio bi pare. Počeo je trošiti drogu. Rekao bi da mu pare trebaju za hranu i da bi to bilo u zajam, ali ja sam znala bolje."

"I... jesi li mu dala?" Upitala sam, iznenađena da bi Damir ikad tražio novac, ili koristio drogu. Jednostavno je bio previše ponosan za tako nešto.

"Jesam, naravno da sam mu dala."

"Zašto? Vjerovatno ih je jednostavno potrošio na drogu."

"Oh, Selma. Nije mi bilo važno na što će ih potrošiti. Zar si zaboravila koliko nam je on valjao? Pomogao nam je kad nam je pomoć bila najviše potrebna. Izbavio te je iz logora i pomogao nam je da izađemo odavde kad je cijeli Prijedor išao u pakao. Ne možemo se jednostavno pretvarati da se to nikad nije desilo. I uprkos tome koliko bismo ih željeli sve mrziti, ne možemo. Ja volim misliti da je na ovom svijetu ipak više dobrih ljudi nego onih loših i bez obzira šta je uradio drugima, ne možemo zaboraviti da je bio dobar prema nama. I kad bi se vratio da traži još, ja bih mu ih, bez ikakvih pitanja, dala."

Spustila sam pogled zastiđeno. Bila je apsolutno u pravu.

"Pogodi koga sam još vidjela neki dan." Nasmiješila se je.

Podigla sam pogled, "Koga?"

"Danu."

Nisam ništa odgovorila na to, samo sam čekala da nastavi. Dana je još uvijek bila velika rana u mom srcu. Prije rata, bila mi je naj bolja prijateljica. U to vrijeme, zabavljala se je sa mojim rođakom, Kemalom, kojeg je ubio njegov školski kolega, Dule samo zato što ga je Kemal pozdravio i oslovio imenom. Također, Danin otac je odveo još tri vojnika kući mojih dida i nene, ubijajući njih zajedno sa mojim dajdžom Aletom i dvjema ujnama. Onda je on—Danin otac—ugravirao pravoslavni krst u leđa moga dajdže Huseina sa razbijenom flašom. A Dana ... Dana je bacala kamenje i jabuke na žene i djecu koji su čekali prevoz iz Prijedora za Travnik kad su bili izbačeni iz vlastitih domova i protjerani. Ali ono čega ona tad nije bila svjesna je bilo to da sam i ja bila jedna od onih koji su čekali. To je bio zadnji put da sam je vidjela i zadnje sjećanje koje sam imala u vezi nje.

"Na pijaci," nastavila je majka, "prodavala je povrće. Pravila sam se da je ne vidim, ali je ona napustila svoj štand i potrčala prema meni. Derala se za mnom, 'izvinjavam se ako vas uznemiravam,' rekla je, 'samo sam vas htjela upitati kako je Selma.' Rekla sam joj da živiš u Americi i da si uspješna psihijatrica. Rekla sam joj da si se udala za Džanija i da imaš dijete. Priznajem, malo sam se previše hvalila. Ali, uprkos tome što sam se hvalila kako je perfektan tvoj život da bih je malo napravila ljubomornom, mogu ti reći da mi je bilo pomalo i žao. Izgledala je kao cigančica, obučena u krpe. Sjećaš li se kako je prije uvijek bila sretna i raspoložena? Pa, nije mi sad izgledala baš tako sretnom. U svakom slučaju, još uvijek živi s majkom. Nikad se nije udala. Otac joj se, prije dvije godine, objesio u štali."

"Možda ga je ubijala savjest zbog svega što je radio." Rekla sam.

"Da." Nasmiješila se je ona, milujući mi lice nježno sa pozadinom ruke. "Eto vidiš, Selma, i oni, također, pate. Nama nedostaju naši voljeni koji su pobijeni, naravno, ali oni pate od druge vrste boli. Možeš li uopšte zamisliti koji oni horor osjećaju svaki put kad zatvore oči, sjećajući se svih onih nevinih ljudi koje su masakrirali?" Slegla je ramenima. "Krivica je gora od ičeg drugog." Spustila sam pogled, prisjećajući se riječi gospodina Pavlovića kad je rekao da više ne može normalno da spava.

"Misliš li da bi bio red da je odem vidjeti?" Upitala sam. "Danu?"

"Pa, da. Mislim da bi."

Klimnula sam glavom, donoseći odluku da ću je otići posjetiti već sljedećeg dana. Bilo je vrijeme da se polako počnem miriti sa prošlošću i sad sam imala priliku da to i uradim. Odlučila sam početi sa svojom bivšom najboljom drugaricom.

ŠESNAESTO POGLAVLJE

Probudila sam se rano da bih nazvala Kenija, koji me je obavijestio da je s Džanijem proveo cijelu noć i da nije bilo nikakvih promjena.

Molim te Bože, ne daj mu da umre. Nikada više, ni jedan dan, neću tretirati zdravo za gotovo i obećavam da ću se riješiti sve mržnje i gorčine iz svog srca samo ako mi vratiš Džanija. Trebam ga. Molila sam nečujno dok sam se oblačila da odem posjetiti Danu.

Njena kuća je stajala na istom mjestu gdje je i prije bila. Izgledala je potpuno isto kao i prije. Na desno od kuće se nalazio svinjac koji mi se prije tako mnogo gadio. Da ne bih gledala u svinjac, pogledom sam brzo potražila mjesto na kojem se prije nalazio veliki, zeleni traktor koji nas je Danin otac učio da vozimo kad nam je bilo samo četrnaest godina. Nasmiješila sam se sjećajući se kako se Dana glasno smijala i vrištala dok ju je otac preklinjao da uspori.

Parkirajući auto, primijetila sam Daninu majku kako nešto kopa u bašti. Spuštajući motiku, podigla je ruku preko očiju da ih zaštiti od sunca kako bi mogla vidjeti ko joj to prilazi.

"Dobro jutro, teta Desanka." Rekla sam, prilazeći polako prema njoj. "Žao mi je što vas ometam ovako rano, ali htjela sam uhvatiti Danu prije nego što ode na posao."

"Selma?" Upitala je, iznenađena i bez daha. "O, moj Bože!" Ne mogu da verujem da si to stvarno ti. Izgledaš tako ... odrasla i lepa. Dano!" Galamila je. "Dano, dođi da vidiš ko je došao!" Nisam mogla, a da ne primijetim da je svoje riječi sad izgovarala na ekavski način. Primijetila sam to kod mnogo ljudi pravoslavne vjere koji su živjeli u Prijedoru. Pokušavali su zvučati kao Srbijanci, ali bi se nekad prevarili pa pomiješali ekavski i (njihov maternji) ijekavski dijalekt. To mi je uvijek bilo tako smiješno.

"Ma šta se toliko dereš, mahnita ženo?" Upitala je Dana ljutito, izlazeći iz kuće. Zastala je naglo vidjevši me.

"Ćao," prošaptala sam, dajući joj do znanja da sam došla u miru.

"Selma," Zacvilila je dok su joj se suze slile preko suvoparnog lica. Izgledala je tako tužno i jednostavno. Njena—nekad prelijepa duga, crna—kosa, visila je beživotno na njenim pogrbljenim ramenima. Bila je obučena u izblijedjele, plave farmerke koje je strpala u crne, gumene čizme. Njen sivi džemper je bio prekriven rupama. Srce mi se prebilo kad me je uzela u naručje i zaplakala.

"Žao mi je, Selma," rekla je tiho. "Tako mi je žao zbog svega."

"Oh, ma, sve je u redu, Dano. Sve je to sad u prošlosti," odgovorila sam, željeći utješiti je da bi prestala plakati.

"Ne vrijedi se sad oko toga sikirati," brzo sam nastavila, jer sam shvatila da je počela jecati. "Ja sam sad dobro. Udala sam se za Džanija i mi imamao prelijepog sina, tako, vidiš, u mom životu, sve se, ipak, dobro završilo. Kako si ti? Tu sam samo na nekoliko dana. Došla sam malo posjetiti mamu, pa rekoh, 'idem ja malo vidjeti Danu i upitati kako je'. Nisam mogla otići, a da te ne posjetim. Nadam se da je to u redu."

"Oh, Selma." Uzela me je za ruku. "'Ajmo u kuću; skuvaću nam kavu."

Kad smo ušle unutra, potpuno sam bila iznenađena što je sve izgledalo apsolutno isto kao i prije. Ništa se nije promijenilo u skoro dvadeset godina. Namještaj je još uvijek bio isti, zajedno sa glomaznim starim televizorom. Čak su i zavjese na prozorima i stoljnjaci po stolovima bili potpuno isti, onakvi kakve sam ih pamtila. Izgledalo je to kao da je vrijeme stajalo na mrtvoj tačci. Sjela sam za kuhinjski sto dok je ona pripremala kafu.

"Pa, kako je Aleksandar?" Upitala sam ležerno da probijem tišinu.

"Poginuo je u Hrvatskoj," odgovorila je tiho, ne gledajući me. Prisjetila sam se zadnjeg puta kad sam bila ovdje. Aleksandar je stajao u dnevnoj sobi, obučen u vojnu uniformu. Izgledao je tako ponosno. Poslali su ga u rat na Hrvatsku gdje je i poginuo. Bilo mu je samo osamnaest godina.

"Rekli su nam," počela je ona tiho, "da nikoga nije ubio. Dok je stigao u Hrvatsku i izašao iz kamiona, streljali su ga. S tim se malo tješimo. Drago nam je da niko nije ubijen njegovom rukom." Zastala je i pogledala me. Primijetila sam da je ona zvučala kao i prije. Nije govorila ekavski.

"Selma," drhtavim glasom mi je izgovorila ime, sjedajući nasuprot mene i sipajući tursku kafu, "ima nešto važno što ti moram reći." Iako je spustila pogled, vidjela sam da joj oči suze.

"Šta je?" Upitala sam, uznemirena zbog načina na koji je izgledala. "Šta god da je, molim te, samo mi reci."

"Ostala sam trudna i moj otac je ..." počela je govoriti, ali je plač brzo zagušio.

"Šta se desilo? Šta je uradio?" Upitala sam polako, posežući joj za rukom. "Znaš da mi još uvijek možeš sve reći, zar ne?"

Mahnula je glavom i šmrcnula. Primijetila sam debelu venu na sredini njenog čela. Uvijek je tako izlazila kad bi Dana plakala.

"Razlog što sam te onda prestala zvati"—podigla je glavu i pogledala me—"je taj što sam ostala trudna sa Kemalom. Ti bi bila tetka tog djeteta, baš kao što si to oduvijek i željela." Nasmiješila se je tužno. "Ali," nastavila je, skidajući osmijeh s lica, "moj otac mi je zabranio da više ikad razgovarm s tobom ili Kemalom, a ja sam to htjela, tako jako. Moraš mi vjerovati kad ti kažem da u životu nije bilo ništa drugo što sam htjela više nego da budem s njim."

"Pa, šta je uradio? Jel' te natjerao da abortiraš?" Upitala sam misleći da je to, vjerovatno, bio razlog što je osjećala toliku bol.

"Nije," odgovorila je hrapavo, ponovo spuštajući pogled. "Htio je da abortiram, ali ja nisam htjela ni čuti za to. Htjela sam zadržati svoju bebu. To je bila jedina stvar koju sam imala od Kemala. Znala sam da ga više nikada nisam mogla vidjeti, ali beba je bila vječna veza između nas dvoje. To je bila Kemalova linija života. Uvijek sam zamišljala kako bi to dijete bilo lijepo, šarmantno i dobroćudno kao on." Malkice se je osmjehnula, gledajući prema meni kao da pita za razumijevanje. Klimnula sam glavom, čekajući da nastavi.

"Rodila sam ga kod kuće," nastavila je kroz jecaje pokušavajući da mi sve ispriča, "rekli su mi da se rodio mrtav. Nekoliko dana kasnije, izašla sam vani da se malo osvježim. Polako sam samo šetala oko imanja, kad mi je u svinjcu nešto uhvatilo pogled." Zastala je, jer su joj jecaji obuzeli cijelo, drhtavo tijelo. "Bilo je to malo stopalo." Zajaukala je naglas, dok sam ja prodrhtala. Osjetila sam se kao da mi se krv sledila u žilama. Nikad u životu nisam čula nešto tako strašno. Od svih grozota koje je njen otac uradio, ovo je definitivno bila najgora zato što je to uradio svom vlastitom djetetu. Valjda je mislio da mali polu-musliman nije bio dostojan sahrane."

"Izvini, molim te." Rekla sam, ustajući sa stolice. Glas mi se prelomio u sred rečenice, "moram ... moram u wc." Nisam čekala da odgovori. Gurnula sam stolicu unazad i otrčala niz hodnik prema kupatilu.

Morala sam se umiti hladnom vodom da bih došla sebi. Znala sam da sam morala biti jaka za nju. Nisam mogla ni zamisliti kroz koju tugu i bol je prolazila ove zadnje dvije decenije.

Kad sam se vratila nazad, ona je još uvijek sjedila na istom mjestu i plakala.

Brzo sam na lice stavila svoj najbolji, umjetni osmijeh i krenula hitro prema njoj.

"Hej, imam ideju," rekla sam, sjedajući na stolicu pokraj nje, stavljajući ruku preko njenih ramena. "Kako bi bilo da ti i ja odemo na kratku vožnju do Banja Luke i posjetimo Damira?"

"Ali on je u zatvoru." Šmrcnula je.

"Znam, u Banja Luci. Nije daleko; oko sat vožnje. Hajde, bit će super. Šta kažeš na to?"

Znala sam da kad bi se nas troje opet sastali, bili bi u stanju malo zaboraviti na onaj grozni rat i razgovarati o sretnijim danima iz naše prošlosti.

SEDAMNAESTO POGLAVLJE

Vožnja je bila pomalo neprijatna. Nikad u životu nisam ni pomislila da bi moja, nekad najbolja prijateljica, Dana bila u mom automobilu. Nosila sam u sebi toliko ljutnje da sam se zaboravila zapitati da li je i ona osjećala ikakvu bol. Tako mi je sad bilo žao. Ja sam, barem, bila u stanju izaći, preseliti se daleko od ovog strašnog mjesta i naći sreću negdje drugdje, daleko, daleko odavde, a ona je ostala ovdje dok je vrijeme stajalo na jednom mjestu. Ništa se nije mijenjalo osim njenih godina i izgleda. Nisam mogla ni zamisliti koju je bol osjećala svaki put kad je prolazila pokraj tog svinjca. Stresla sam se od te pomisli. *Sad znam zašto više nikada neću jesti svinjetinu*, pomislila sam s gađenjem. Zato što svinje jedu baš sve i sad mi je ono—*ono si što jedeš*—imalo toliko smisla.

"Pa, kako Džani sad izgleda?" Upitala je Dana iznenada. Nasmiješila sam se pomisli na njega. Nisam joj rekla da je bio u saobraćajnoj nesreći. Bojala sam se da ako sam naglas izgovorila te riječi, to bi postalo realnost. Bilo mi je potrebno da se to osjeća kao ružan san, tako da bih mogla funkcionisati bez raspadanja. Barem još malo.

"Dohvati moju torbu sa zadnjeg sica. Imam njegovu sliku u novčaniku, pa ga možeš vidjeti."

Dohvatila je torbu, vadeći novčanik. Tiho je zviznula. Pogledala sam u sliku koju je držala u ruci. Na njoj, Džani, Keni i ja, stojimo pokraj Velikog Kanjona. Sve troje smo se smijali, jer smo bili jako dobro raspoloženi. Slika je bila uslikana prije samo nekoliko mjeseci.

"Baš fino," reče ona. "Nimalo nije ostario."

"Hvala," odgovorila sam, ne sigurna šta još da kažem.

"Selma, ne bi li ti smetalo da te upitam nešto osobno?" Upitala je oprezno, još uvijek gledajući u sliku.

"Ne bi mi smetalo. Pitaj, slobodno."

"Pa," počela je tiho, "samo ... primijetila sam kako veliki je tvoj sin. Kad mi je tvoja mama rekla da imaš sina, kontala sam da mu je možda oko pet-šest godina ili tako nešto."

"Ah, to," rekla sam tiho. "Keniju je osamnaest godina. Mene su, ah ... silovali kad sam bila zarobljena u Omarskoj. Saznala sam da sam trudna, tek kad sam izašla iz Prijedora i otišla u Hrvatsku. Odlučila sam zadržati bebu, znajući da će mama pomoći."

"Baš mi je žao," reče ona, "zbog toga što si silovana. Stvarno nisam znala."

"Ma, ne sikiraj se zbog toga," odgovorila sam, odjednom poželjevši oraspoložiti je. "Znaš šta moja mama uvijek kaže?"

"Ne, šta?"

"Da iz svake *loše* situacije, nešto *dobro* izađe. I ... mislim da je u pravu. Ono što se meni desilo u koncentracionom logoru je bilo strava i užas, ali vidi šta se od toga stvorilo—najvrijednije blago mog života."

Samo je klimnula glavom i bila sam sigurna da je mislila na svoje malo dijete. I on bi sad bio Kenijevih godina i jedina razlika između njega i Kenija bi bila činjenica da je Danin sin bio napravljen iz ljubavi. Ona nikad nije bila držana u koncentracionom logoru i silovana iznova, pa iznova od strane ko zna koliko ljudi kao što sam to bila ja. Nju nikad nisu tjerali da radi ne zamislive stvari koje su *mene* tjerali da radim. Progutala sam gorko sjećanja koja su mi prošla kroz glavu, boreći se sa suzama koje su prijetile izaći. Dana i Kemal su se jako voljeli i da nije bilo njenog vlastitog oca, ona bi sad imala dijete da je na to podsjeća.

"Dobar dan," obratila sam se stražaru koji je stajao pokraj kapije. "Da li bi bilo moguće da posjetimo jednog od zatvorenika ovdje?"

"Žao mi je, gospođo, ali posjeta je dozvoljena samo petkom."

"Ma, znam," odgovorila sam tužno dok mi je mala, bijela laž prošla kroz glavu, pa izletjela iz usta. "Stvar je u tome što u jutro moramo nazad u Njemačku, pa onda na avion za Ameriku. Nećemo u petak biti tu i proći će mnoge godine dok se ponovo ne vratimo. Ima li barem malo šanse da napravite izuzetak, samo ovaj put? Molim vas."

"Slušajte, to stvarno nije do mene," počeo je, ali kad je vidio da sam se snuždila, brzo je dodao, "ali valjda bih mogao otići i upitati nekog. Molim vas pođite sa mnom."

Ušli smo u mračnu zgradu. Mnogi drugi stražari su bili tu, gledajući nas znatiželjno. Onaj prvi stražar kojeg smo upoznali na kapiji, prišao je visokom stolu i nešto šapnuo čovjeku za stolom.

"Kako se zovete?" Upitao je čovjek glasno, gledajući u mene.

"Zovem se Selma Mazur," brzo sam odgovorila.

"Koga ste hteli videti?"

"Damira Popovića, gospodine."

"Ah, njega," odgovorio je, razmjenjujući pogled sa stražarom.

"Jeste li mu familija?"

"Da, gospodine. On nam je rođak." Lagala sam.

"Čekajte ovde," rekao je on i nestao iza visokih, crnih vrata.

"Šta je on to mislio s onim 'ah, njega?'" Upitala sam stražara kojeg smo sreli vani.

"Ma ništa. Damir Popović je ovdje dobro poznat. Voli malo više zabušavati i izazivati nered. Ne slaže sa baš ni s kim."

"Oh? Kako to?" Upitala sam, ne vjerujući da se Damir ni s kim nije slagao.

"Tako što je peder," odgovorio je on jednostavno. Kao da je ta rečenica sve objašnjavala.

"Nisam mogao, a da ne čujem vaše ime kad ste ga rekli gospodinu Sukiću," nastavio je on. "Da vi niste možda Selma Mazur iz Prijedora—ona što je napisala knjigu?"

"Jesam," odgovorila sam, iznenađena. "Da se možda ne poznajemo?"

"Pa, nisam baš siguran u to." Nasmiješio se je on. "Ja se zovem Mirsad, ali me svi zovu Miki. Mislim da ste vi bili neki rod mojoj maćehi."

"Stvarno? A ko vam je maćeha?" Upitala sam, ne prepoznajući mu ime.

"Njeno ime je bilo Helena."

Soba se zavrtjela oko mene. Bila je to moja rodica Helena koja je u svojim tinejdžerskim godinama ostala trudna, pa se morala udati za Samira koji je već imao dvoje djece iz predhodnog braka. Helena je na kraju završila u istom koncentracionom logoru gdje su i mene držali protiv volje, 1992-ge godine. Nakon što ju je silovalo oko stotinjak vojnika u jednom danu, ubili su je. A prije toga su joj pobili muža, svekra, svekrvu, zaovu i njenog malog dječaka, koji je, dana kad su ga zaklali srpski vojnici, izgovorio svoju prvu čitavu rečenicu.

"Bože moj!" Uzviknula sam. "Da, naravno da te se sjećam. Miki, mislila sam da si i ti mrtav," promrljala sam dok su mi se oči napunile suzama. Htjela sam ga zagrliti da bih bila sigurna da je stvarno bio živ, ali nisam htjela da mu bude ne ugodno zbog toga.

Samo se tiho smijao, iznenađen mojim izletima.

"Onog dana kad su se vojnici pojavili pred našom kućom i pobili mi cijelu familiju," tužno je prošaptao, "moja sestra i ja smo odvedeni u logor Trnopolje. Tamo smo našli svoju tetku, od rahmetli mame sestru. S njom smo uspjeli otići u Hrvatsku gdje smo pohađali školu dok se rat nije završio. Onda smo se vratili i naselili u Puharskoj."

"Ne znam šta da kažem," promrmljala sam. "Tako mi je žao što si izgubio cijelu obitelj, ali u isto vrijeme, ne mogu biti sretnija što ste ti i sestra preživjeli." Obrisala sam suzne obraze.

"Barem smo imali tetku da nam pomogne," rekao je on skromno.

"To ti je baš duga vožnja, zar ne?" Rekla sam u nadi da promijenim temu. "Svaki dan voziš iz Puharske u Banja Luku na posao. Sigurno je iscrpljujuće."

"Ma, nije baš tako loše. Idem vozom."

Razmišljala sam kako odlično je bilo to što ovaj mladić nije ostao ogorčen i ljutit kao što sam to bila ja. Bila sam sigurna da su mu svakoga dana nedostajali njegovi najmiliji. Njegova sestra je bila previše mlada da bi se sjećala, ali on ... bila sam sigurna da se on sjećao svega, jer mu je tad bilo oko sedam godina.

Upravo tada, čovjek koji nam je rekao da čekamo, se vratio.

"Spreman je da vas vidi. Pođite za mnom," naredio je.

Dana i ja smo ga slijedile kroz uski hodnik sve do kraja. Kad je otvorio vrata zadnje sobe u redu, vidjela sam Damira kako stoji prekrštenih ruku i djetinjasto se smješka. Nisam mogla, a da ne procvilim od sreće dok sam mu trčala u naručje.

Uzvratio mi je zagrljaj, dižući me sa poda i ljubeći mi mokre obraze. Onda je prišao Dani i također je zagrlio i poljubio. Oboje su plakali.

"Ne mogu vjerovati da ste vas dvije stvarno ovdje," Uzviknuo je Damir sretno. "Tri musketira su napokon opet zajedno."

"Da," odgovorila sam, ne znajući šta još da kažem.

"Pa ... čule smo da si opljačkao banku, pa rekosmo idemo vidjeti da nam neće dati koji dinar." reče Dana, smijući se vragolasto, dižući i spuštajući obrve. U igri sam je bocnula laktom. Primijetila sam da se onaj sretni sjaj, kojeg sam voljela kao dijete, na trenutak vratio u njene tužne oči. Uvijek prije je bila tako sretna. Teško je sad bilo povjerovati da je ova—pogođena bolom—osoba što stoji pokraj mene ona ista Dana koju sam nekad poznavala.

Svi smo se grohotom nasmijali.

"Pa, koji te đavo natjera da opljačkaš banku?" Nasmijala sam se. "Šta se tad vrtjelo u ovoj tvojoj glavi?" Upitala sam, tapšući ga prstom po čelu.

"Ništa, nema u njoj ništa osim slame." Nasmijao se i on.

Sjeli smo za mali stolić na sred sobe i odmah smo upali u razgovor i smijanje kao što smo to nekada radili. Bilo je tako lako ponovo se vratiti u one blage godine tinejdžerskih drama. Osjetila sam se kao da se ogromna praznina od skoro dvije decenije nije ni desila.

"Pa, tvoja mama mi kaže da si se udala za Džanija," rekao je Damir nakon nekog vremena, gledajući u mene.

"Da," rekla sam sretno. "Imamo i sina. Zove se Kenan, al' ga svi iz milja zovemo Keni."

"Šta još?" Upitao je. "Pričaj mi sve."

Pričala sam mu o tome kako smo se Džani i ja našli u Americi i o svom poslu, o Džanijevoj kompaniji. Dugo sam govorila o svemu, skoro o svemu, nisam spominjala činjenicu da je Džani sad sam ležao u bolničkom krevetu i polako umirao, dok sam ja, nemoćna da mu pomognem, bila ovdje. Srce mi je krvarilo i mozak mi je vrištao od bola, ali nisam mogla o tome razgovarati. Ta rana je bila moja i samo moja. Odlučila sam staviti tugu na čekanje dok nisam ostala sama.

Oko sat kasnije, vrata su se otvorila i onaj tmurni čovjek koji nas je tu doveo, nam je povišenim tonom saopštio da je vrijeme isteklo.

Zagrlili smo se i poljubili. Kad sam izlazila iz sobe, Damir je tiho progunjđao, "Selma, stvarno mi je žao."

"Zašto?" Upitah, još uvijek u onom sretnom, nemarnom raspoloženju.

"Za ono što ti je moj otac uradio."

Osmijeh mi je izblijedio sa usana. "Kako znaš?"

"Bio sam mu na suđenju. Sjedio sam samo nekoliko redaka iza Džanija. Vi me niste prepoznali, a mene je bilo previše stid prići vam nakon što sam saznao šta ti je *moj otac* uradio. Hoću da znaš da mi je tako žao zbog toga i kad bih se mogao vratiti u prošlost i sve promijeniti, vjeruj mi da bih."

Nisam znala šta na to da kažem. Srce mi je još uvijek bilo slomljeno zbog svega i bilo mi je tako teško uraditi ono što mi je mama predložila da uradim, ali mislila sam u sebi da ovo vrijeme provedeno sa Damirom i Danom bi me trebalo dovesti barem jedan korak bliže uklanjanja sve one gorčine koju sam osjećala prema njima. Vratila sam se od vrata da bih ga uzela u zagrljaj. Jecaji su mu tresli cijelo tijelo.

"Hvala ti Damire," šapnula sam mu u uho. "Molim te ne krivi sebe. Nije tu bilo apsolutno ništa što bi ti mogao učiniti, sve i da si znao šta je on radio."

Onda sam se malo odmakla od njega da bih ga pogledala u oči. "Damire, nisam ti se nikad baš zahvalila za ono što si ti uradio za mene. Pomogao si mi da izađem iz Omarske i iz Prijedora. Samim tim si spasio, ne samo moj, nego i mamin i Džanijev život. Ne postoji ništa na ovom svijetu što bih ja mogla učiniti za tebe da bi se moglo mjeriti s onim što si ti učinio za mene i nadam se da znaš koliko sam ti zahvalna. Dugujem ti svoj život. Hvala ti."

"Ma, nije to ništa," rekao je on, dok su mu se svježe suze kotrljale iz tamnih očiju. "Bila si mi najbolja drugarica, kao sestra, i siguran sam da, da je situacija bila obrnuta, i ti bi za mene isto uradila."

Klimnula sam glavom u znak odobrenja.

"Hajmo, hajmo!" Nepristojni stražar je zagalamio.

"Ćao, Damire."

"Ćao, Selma," šapnuo je on glasom punim bola.

Znala sam da, bez obzira šta je radio drugima u onim logorima—a bila sam sigurna da je ubijao, možda čak i mučio—ako je postojao bilo koji način da se iskupi za svoje grijehe, spašavanje mog i Džanijevog života bi trebalo, barem malo, ući u evidenciju.

Dana je strpljivo čekala pokraj vrata. Kad smo izašli iz dugog hodnika, skenirala sam sobu tražeći Mikija. Vidjela sam ga kako stoji i puši na drugoj strani staklenih vrata.

"Izvini, Miki," rekla sam, koračajući prema njemu, "htjela bih te upitati da li bi mogao nešto učiniti za mene."

Pogled u njegovim očima mi je rekao da je bio zainteresovan.

"Ispratit ću vas do auta," rekao je on. Shvatila sam da je ustvari samo htio da se udaljimo od drugih stražara.

"Šta trebaš?"

"To što bih htjela da uradiš za mene je, vjerovatno, ilegalno, ali ne znam nikog drugog ovdje kome bih to mogla povjeriti." Nasmiješila sam se razigrano. "Pa, šta kažeš, jesi li za, ili ne?"

"Naravno, šta je?" Nježno se nasmiješio.

"Bi li bilo moguće da nešto staviš u Damirove osobne stvari? Ne bih htjela da mu to daš danas, ali bih stvarno voljela da to nađe u torbi sa svojim stvarima kad za nekoliko mjeseci izađe odavde."

"Mogu pokušati," reče on oprezno. "Da nije bomba, ili nešto tako?" Upitao je on zabrinuto.

Nasmijala sam se njegovoj zbunjenoj faci. "Ma ne, naravno da nije. Htjela bih mu napisati ček, a ni u kog drugog ovdje, nemam povjerenja. Vjerovatno sam mogla upitati onog drugog stražara, ali... ne znam. Čini mi se da baš nešto ne voli Damira."

"Dobro. Učinit ću to."

Već smo bili na parkingu i stajali smo pokraj mog auta. Zgrabila sam torbu sa zadnjeg sica. Znala sam da pare nisu mogle platiti za ono što je on učinio za mene, ali su mu definitivno mogle pomoći. Napisala sam povelik ček koji je mogao iskoristiti u šta god bi htio, kao na primjer, mogao je otvoriti vlastitu kompaniju, ili kupiti kuću—šta god je htio. Nadala sam se da ih neće potrošiti na drogu, ali kako je moja mama rekla, bila sam mu dužna svoj život i zbog toga bih mu, bez ikakvih pitanja, dodijelila novac. Duboko u sebi sam se zahvaljivala Bogu što sam bila u mogućnosti uraditi tako nešto—dati nekom ogromnu količinu novca, a sama zbog toga ne propatiti. Onda sam Damiru napisala kratku poruku:

Dragi Damire,

*Ostavljam ti mali poklon. Nadam se da će ti pomoći u budućim
planovima osvajanja svijeta. Haha! Nema više pljačkanja banaka, okej?"
Žao mi je što nam je vrijeme koje smo proveli zajedno bilo tako kratko.
Tako mi je danas bilo lijepo razgovarati s tobom i Danom.
Molim te čuvaj se, dragi moj prijatelju. Nadam se da sljedeći put kad
se vidimo, to će biti u nekom prelijepom mjestu u divnom restoranu.*

S puno ljubavi,
Tvoja doživotna prijateljica,
Selma

Zamotala sam ček u poruku i to sve stavila u kovertu koju sam našla u pretincu u autu. Nasmiješila sam se pružajući kovertu prema Mikiju.

"Hvala ti, ovo mi puno znači."

Rukujući se s njim, u ruku sam mu stavila sto eura koje sam ranije izvadila iz novčanika.

On je pokušao da mi ih vrati, ali sam odbila, govoreći mu da je današnja kafa bila na moj račun.

OSAMNAESTO POGLAVLJE

Vožnja nazad je bila brza i tiha. Izgledalo je da Dana i ja nismo više imale šta reći jedna drugoj. Pokušala sam pasti u onaj laki razgovor od ranije, kad nam se činilo da se dvadesetogodišnja praznina nije ni desila, ali bilo je to teško. Bez obzira koliko smo se htjele pretvarati da se rat nije ni desio, nismo mogle, jer su naši životi doživotno promijenjeni i porazbijani zbog njega. Nismo mogle vratiti ljude koji su bili mučeni i pobijeni. Ja nikada ne bih mogla vratiti u život svog oca, a Dana nikada ne bi mogla vratiti ljubav svog života, Kemala. Nisam se mogla otarasiti sjećanja na nju zadnji put kad sam je vidjela na starom stadionu kad sam napuštala Prijedor. Gađala nas je jabukama i malim kamenčićima, ismijavala nas i upirala prst u nas—ljude koji su pokušavali pobjeći, napuštajući svoje domove s ništa osim robe u koju su bili obučeni toga dana. Znala sam da je niko nije bio natjerao da to radi. Ona i njene drugarice Srpkinje su nam tad naredile da se nikada ne vraćamo. Nesumnjivo, ja takvo nešto nikada ne bih mogla zaboraviti, ali bih mogla pokušati, što sam jače mogla, da joj to oprostim. *Da li je uopšte moguće odvojiti to dvoje, ne zaboraviti, ali oprostiti?* Nisam znala kako sam to mogla uraditi, ali sam bila sigurna da ako sam ikada više u životu htjela biti sretna i slobodna, morala sam učiniti ono što mi je mama predložila: da krenem dalje i uživam u ostatku svog života na ovoj zemaljskoj kugli.

Nakon što sam odvezla Danu njenoj kući, vozila sam se prema majčinoj kući u tišini. Nisam upalila radio i nisam pokušavala prigušiti bol. Čekala sam strpljivo na oluju emocija da zalupa kroz moje krhko tijelo. Znala sam da je više nisam mogla odgađati i pomisao na Džanija kako umire mi je

96

vratila najgora sjećanja od svih—bol gubitka njega. Sjetila sam se kako sam se osjećala onda kad sam vidjela da ga vojnik udara po glavi i zaurlala sam od bola. Šakama sam udarala volan dok su mi suze zamutile pogled, pa sam morala skrenuti s puta i parkirati auto. Spustila sam glavu i jecala dok su se memorija nakon memorije vraćale da me proganjaju i odjednom, uznemiravajuća pomisao mi je prošla kroz glavu: *Džani sad živi na pozajmljenom vremenu.*

"To nije tačno!" Vrisnula sam, boreći se s vlastitim umom, ali mali glas u mojoj glavi je uzvratio: *On treba da je mrtav! Sigurno je poginuo u onom strašnom konvoju, 1992-ge. Bog mi ga je vratio zato što sam krivila samu sebe zbog njegove smrti. Sad, on živi na pozajmljenom vremenu i došlo je vrijeme da se vrati nazad u Džennet.*

"Ne, ne, ne, ne, ne!" Plakala sam. "To ne može biti istina. Molim te, Bože, reci mi da to nije tako," jadikovala sam bolno dok mi je druga pomisao prošla kroz glavu. *Ako umre, ubit ću se.*

"*Moli se, Selma.*" U glavi sam začula majčin glas jasno i glasno, isto kao da je stajala pokraj mene.

Glas je nastavio, "*Riješi se sve ljutnje i mržnje. Umjesto toga, okupiraj svoje srce s ljubavlju.*"

"Bože," plakala sam, "molim te pomozi Džaniju da još jednom pronađe put prema meni i obećavam Ti da više nikada neću mrziti drugo ljudsko stvorenje. Znam da nikada neću moći zaboraviti ono što su mi uradili, ali Bože, obećavam da ću im oprostiti. Ostavit ću prošlost u prošlosti i gledat ću prema budućnosti sa svojim mužem i našim sinom. Samo, molim Te, molim Te, pomozi mi da ostatak života proživim sa jedinim čovjekom kojeg sam ikad voljela, zato što, dragi Bože, bez njega, život nije vrijedan življenja. Bez njega, ja bih opet pala u onu groznu depresiju i postala bih ona ista tužna, depresivna, prazna žena koja sam nekad bila. Bez njega ..." Moj tihi glas se prelomio prije nego sam završila šta sam htjela reći, *umrla bih.* Spustila sam glavu, zatvorila oči i glasno plakala.

Nekoliko mučnih trenutaka kasnije, polako sam podigla glavu, obrisala suzno lice i odlučila se hrabro suočiti sa svim onim što je život bacio prema meni.

Olakšanje i zahvalnost su prešli preko mene. Osjetila sam se smireno i pouzdano da ću preživjeti ishod, šta god da on bio.

Parkirajući auto ispred majčine kuće, primijetila sam je kako se smije i razgovara sa Ahmetom. Da je nisam znala onako dobro kao što jesam, ne bih na to dvaput pomislila, ali izgled na njenom licu me je podsjetio na sretnije dane iz naših života. *Zaljubljena je.* Naljutila sam se na samu tu pomisao, kao petogodišnjakinja koja je tek saznala da joj se roditelji rastaju i morala sam samu sebe podsjetiti na to da moji roditelji nisu rastavljeni zato što se više ne vole. Moj otac je mrtav, a moja majka je, sve ove duge godine, živjela sama. Zaslužila je malo sreće, a ja, od svih ljudi, bih je trebala malo bolje razumjeti.

"Selma," zovnula je sretno kad sam izašla iz auta. Ahmet je nestao negdje iza restorana. Nisam propustila to da je majka pogledala prema mjestu gdje je on, prije samo nekoliko trenutaka, stajao.

"Mama," počela sam polako, "jel' se nešto dešava između tebe i Ahmeta?"

"Ne budi smiješna," odgovorila je, crveneći se. "On samo radi za mene, to je sve." Pomilovala mi je lice sa pozadinom svoje ruke. "Ja još uvijek volim tvoga oca i ne postoji niko na ovom svijetu ko bi ga mogao zamijeniti."

Htjela sam joj reći da krene dalje i da i ona zaslužuje da bude sretna, ali sam, nasuprot, ostala tiha. Uvjerila sam samu sebe da me se to ustvari i nije ticalo.

Otišle smo unutra i ona je skuhala čaj. Sve sam joj ispričala o sastanku sa Damirom i Danom. Rekla sam joj da sam odlučila uzeti njen savjet i krenuti dalje. Ostavit ću prošlost u prošlosti i iako više u prošlosti neću stanovati, pokušat ću od nje nešto naučiti. Obećala sam da više nikada neću okupirati srce sa onoliko mržnje.

Ona je samo slušala i ponekad se osmjehivala. Nije to morala reći, jer mi je pogled u njenim očima govorio koliko je bila ponosna na ženu koja sam postala. Vidjela sam koliko me je voljela i poštovala i osjetila sam se sretnom što sam bila ovdje razgovarajući s njom.

"Hej, sjećaš li se kad smo," počela je ona kroz smijeh, "tvoj otac i ja donijeli Roksi kući?"

"Da." Nasmijala sam se. "Bila je tako slatka i malena. Znaš da me je uvijek podsjećala na grudu snijega, samo što nije bila bijela nego smeđa."

Obje smo se nasmijale kad smo se sjetile kako je Roksi svakom skakala na noge kad joj je bilo oko godinu dana.

Sretna sjećanja su brzo nadolazila i mi smo se glasno smijale sve dok me stomačni mišići i obrazi nisu počeli boljeti od smijeha. Osjećala sam se dobro prisjećujući se uspomena iz dobrih, starih vremena.

Prekinuo nas je mamin telefon. Bila je to Sonja koja nam je javljala da je stigla mamina prijateljica, Zina.

"Oh, baš super!" Uzviknula je mama. "Reci joj da pričeka. Eto nas dole."

Nasmijala se mojoj zbunjenoj faci, "Nije valjda da se ne sjećaš Zine."

"Da, sjećam se je. Zar ona sad ne živi negdje u Njemačkoj?"

"Živi, ali je ovdje prodala svoje imanje, pa se morala vratiti da potpiše neke papire," odgovorila je majka tužno. "Rekla sam joj da može ostati kod mene koliko god da treba."

Klimnula sam.

"Osjećam se tako žalosno zbog nje; stvarno ne znam kako se ponašati prema njoj."

"Oh, Selma, sve je to u redu. Samo je zagrli i kaži joj nekoliko lijepih riječi. Ona se ustvari veoma dobro drži, s obzirom na sve kroz šta je prošla."

Opet sam klimnula glavom i uzdahla.

"Znaš šta," kazala je mama, "zašto ti ne ostaneš ovdje, a ja odoh po nju? Mislila sam joj ponuditi nešto da jede u restoranu, ali možda je bolje da nas tri jedemo ovdje, da ne budemo u gužvi."

"Da, naravno."

Kad je izašla, razmišljala sam o tome kako se ponašati prema Zini, majčinoj najboljoj drugarici. Njih dvije su bile veoma bliske kad su zajedno išle u školu, a poslije su zajedno radile. Uvijek su se brinule jedna za drugu. Majci je Zina značila više od rođene sestre i kad sam odrastala, zvala sam je teta-Zina. Ona i njen muž su živjeli u Hambarinama sa svojih dvoje djece. Safet je bio mojih godina, a Belma pet godina mlađa od nas dvoje.

1992-ge godine, srpske jedinice su zauzele Hambarine, ubijajući joj muža i sina. Zina i njena jedanaestogodišnja kćerkica su odvedene u koncentracioni logor. Zinu su silovali. Ostala je trudna, ali je ipak nekako preživjela i uspjela izaći iz zemlje i preseliti se u Njemačku. Ovo je bio prvi put da ću je vidjeti nakon tragedije kroz koju je prošla i srce mi je pucalo za njom. Brinula sam se da ću zaplakati, a stvarno joj nisam htjela uzrokovati bol i patnju.

DEVETNAESTO POGLAVLJE

Izgledala je staro i mršavo. Njena nekad duga, crna kosa, sad je izgledala sijeda i neuredna. Dosezala je do ramena i nemarno je s tankim rajfom bila gurnuta prema nazad. Zinino jednostavno lice je bilo kao otvorena knjiga, puno srceparajućih priča torture i bola. Kad me je vidjela, pokušala se nasmiješiti, ali joj je lice izgledalo kao da boli kad se smije. One tužne oči, izgledale su kao da su bile gurnute unutra i ispod njih su visile tamne kesice. Tuga u njenim očima me je podsjetila na još nečije oči—moje. Osjetila sam njenu bol i htjela sam je uzeti u naručje i samo plakati.

Tako mi te je žao, pomislih u sebi, ali su mi usne ostale zapečaćene.

"Selma," progovorila je prva, "vidi te. Tako si lijepa i velika. Prava žena."

"Merhaba, teta Zino. Kako ste?"

"Oh, dođi ovamo," rekla je. "Hodi da te zagrlim."

Kad smo se zagrlile, ja nisam mogla, a da ne zajecam. Nisam htjela plakati, ali sam se jednostavno predala jecajima.

"Ma, sve je u redu, Selma. Ne plači." Rukom mi je pomilovala kosu. "Ja sam sad dobro ... svi smo sad, hvala dragom Bogu, dobro."

Odmaknula sam se od nje polako, postiđena svojih suza. Trebala sam biti jača, ali bol koja je bila tako očigledna na njenom licu, je bila previše za mene. Mislila sam na to kako srdačna i ljubazna ova žena je uvijek bila. Zasigurno je to i sad bila, bez obzira na sve. Kad sam odrastala, sjetila sam se koliko sam poštovala njene male znake ljubaznosti. Nikad nije navratila, a da je bila praznih ruku—uvijek je donosila kese voća ili svoju staru odjeću za koju je mislila da bi se meni sviđala. Ona je bila ta koja mi je kupila moj prvi grudnjak.

Nije zaslužila sudbinu koja ju je zadesila i još jednom sam uhvatila samu sebe kako *ih* mrzim i proklinjem za ono što su nam uradili.

100

"Hajde bujrum, šta čekaš? Sjedite, sjedite," ponudila je mama i mi smo poslušno slijedile u njenu udobnu dnevnu sobu.

"Idem ja nama na brzinu skuhati jednu kafu, pa ću onda otići dole da nam donesem nešto za jesti."

Polako smo sjele, pričajući o ne važnim stvarima i vremenu. Majka je nasula kafu i otišla da nam donese nešto za jesti iz restorana.

"Pa, Selma," reče Zina polako, "tvoja mama mi reče da si se udala za Džanija. To mi je baš drago."

"Oh, teta Zino, on umire," rekla sam, šrmcajući glasno. Bilo je lako razgovarati s njom. Ona je uvijek bila jedna od rijetkih osoba pred kojima sam se mogla otvoriti i pričati baš o svemu.

"Vozio je prema aerodromu, po mene, kad je neki pijanac ušao u njegovu traku, sudarajući se direktno s njim."

"Oh, dušo moja ... tako mi je žao," rekla je ljubazno. "Nadam se da će biti u redu. Molit ću se za njega."

Pogledala sam u one materinje oči i osjetila sam se malo lakše.

"Žao mi je što vas teretim s tim. Samo ... nisam o tome razgovarala od kako sam saznala i težina mojih emocija me napokon pristiže i počinje da guši."

"Ma, ništa se ne sikiraj." Nasmiješila se je iskreno. "Tu sam ako ti trebam. Ako ima išta što bih ja mogla učiniti da pomognem, molim te nemoj se ustručavati da me pitaš."

Klimnula sam glavom u znak zahvalnosti.

Neko vrijeme smo pile kafu u tišini. Nije mi se činilo čudno što nismo razgovarale. Bila je to jedna od onih udobnih tišina kad ne osjećaš pritisak da moraš razgovarati, ali u isto vrijeme osjećaš razumijevanje i podršku osobe s kojom si.

"Selma," napokon je progovorila, "pročitala sam tvoju knjigu i htjela sam ti se zahvaliti što si je napisala. Prvo, dopusti mi da ti kažem koliko mi je, stvarno, žao zbog svega kroz što si prošla. Bilo je to jako hrabro od tebe da se u mislima ponovo tamo vratiš i da o tome pišeš. Možda će ta tvoja knjiga pomoći sljedećim generacijama da vide istinu. Nadam se"—spustila je glavu i glas—"da će Bog svima suditi jednako i pošteno za sva njihova dobra ili loša djela."

Kad sam otvorila usta da kažem hvala, ona je podigla pogled, pa sam vidjela da su joj suze prekrivale smeružano lice.

"Znaš, i ja sam bila tamo," šapnula je, "u Omarskoj."

Progutala sam teško, shvatajući da je pokušavala da se malo rastereti nekih od njenih bolnih sjećanja. Nisam bila sigurna da li sam bila u stanju to podnijeti, ali nisam imala srca prekinuti je. Znala je da smo prošle kroz slične stvari i vjerovatno je mislila da sam ja bila jedina osoba na svijetu koja je razumjela njenu bol.

"Najgore je noću kad sam sama," nastavila je. Glas joj je bio samo šapat.

"Sklopim oči i u mislima se vratim u pakao. Tokom dana, puna sam aktivnosti, milion stvari koje moram obaviti, posao, kuća, familija; sjećanja me tada ne pristižu, ali noći—kada ležim u krevetu i kada mi se misli i sjećanja počnu okretati u glavi kao beskrajan krug memorija zbog kojih gubim pamet—su druga priča.

"Prvo vidim koncentracioni logor. Nakon toga bradatog čovjeka - srpskog vojnika. Onda vidim žičane ograde oko logora i tada mi se misli vrate na minsko polje u koje su nas srpski vojnici namamili.

"Onda odjednom čujem srceparajuću vrisku djece iz susjedne sobe gdje su srpski vojnici silovali i mučili maloljetne djevojčice kojima je bilo samo dvanaest ili trinaest godina. Poslije toga vidim lica starijih žena - majki, nena. Kakva užasna bol, kakve bezbrojne suze. Za to ne postoji lijek. Za takvu vrstu boli nema pomoći. Apsolutno ništa ti ne može olakšati bol.

"I onda se sama trgnem i pokušam sve zaboraviti sa tim što pođem razmišljati o mojoj obitelji. To mi nekako daje snagu da guram dalje, da vidim jutro.

I tako mi je svaku noć.

"Svaki dan živim nesretan život. Samo jedan pogled na previše ozbiljno lice moje kćeri je dovoljan da me potrese i vrati muke kroz koje smo zajedno prošle. Jedan pogled na njeno lice je dovoljan da mi iznova slomi srce i ubije moju mučenu dušu."

Naglo je prestala govoriti, boreći se sa suzama.

"Ispričajte mi," rekla sam. "Kako ste završile u Omarskoj?"

"Počelo je to dvadeset-trećeg maja, 1992-ge godine. Srbi su granatirali Hambarine," rekla je tiho kroz čvor u grlu. Progutala je teško i pustila da joj suze prekriju lice.

"Moj muž i ja, naših dvoje djece, mužev brat i njegova familija smo se svi krili u našem podrumu dok su oni granatirali naše kuće. Onda smo začuli komšije kako se deru i galame, govore nam da bježimo, jer su koljači u tenkovima već bili blizu.

"'Ja ne bježim,' reče moj muž. 'Mi ništa ne krijemo; nemamo oružja, pošteni smo ljudi. Oni će to vidjeti i pustiti nas na miru. Sve će biti u redu, vidjet ćeš.'

"Kad su Srbi bili u neposrednoj blizini naše kuće, ja sam uhvatila Belmu za ruku i mi smo izašle iz kuće i počele trčati prema Kurevu dok su oni ubijali moga muža, njegovog brata i moga šesnaestogodišnjeg sina, Safeta." Njeni jecaji su dolazili negdje iz dubine. Bilo je to srceparajuće.

"Oh," nastavila je polako, "bio je on tako sličan svome ocu." Njen prisiljeni osmijeh je izgledao uvrnut od boli kad je spomenula svoga sina. "Imitirao ga je u svemu. Kad sam ga uhvatila za ruku i pokušala odvući do vrata da ide sa mnom, on je istrguno ruku iz moje. 'Ne, Mama!' rekao je. 'Ti i Belma idite. Ja ću ostati s tatom. Ne sikiraj se, sve će biti u redu, vidjet ćeš.' Ali ja to nisam htjela ni čuti. Plakala sam i preklinjala ih da idu sa mnom, ali oni su vjerovali Srbima. Već smo ranije postavili bijele plahte na sve prozore, čak i na krov. Nismo imali nikakvog oružja i ništa drugo za što bi ih morali pobiti, i opet ... pobili su ih."

Nisam bila svjesna kako, niti kada sam je uzela za ruku. Postala sam svjesna da joj držim ruku samo zato što mi je ona pustila ruku kad je posegla za kutijom maramica.

"Ti se sjećaš Safeta, zar ne Selma?" Odjednom je upitala.

"Naravno." Nasmiješila sam se tužno. "Sjećam se da svaki put kad ste nam dolazili u goste, on i ja bi se pokušali sakriti i pobjeći od Belme. Ona je bila puno mlađa od nas i mi smo mislili da je bila previše mlada i djetinjasta da bi se mogla družiti s nama, velikom djecom, znate?"

Zina je pogledala dole u svoje ruke dok su joj se svježe suze skotrljale niz lice.

"Znaš, imenovala sam je po tebi - Selma i Belma." Nasmiješila se je. "Ti i ona ste trebale biti najbolje prijateljice kad ste odrasle, baš kao što smo to tvoja mama i ja bile."

Klimnula sam u razumijevanju i ona je nastavila. "Belma i ja smo stigle do grupe ljudi koji su također trčali prema šumi i bilo nam je malo lakše što nismo bile same. Ali Četnici nam nisu dali pobjeći. Uvijek su nam bili za petama, kilometar po kilometar, milju po milju.

"Belma me je jako stiskala za ruku iz straha da se ne bi rastavile. Cijelo vrijeme je, jadnica, plakala i ispitivala: 'Gdje idemo? Zašto nas ganjaju? Šta hoće od nas?' I malo bolnija pitanja kao: 'Gdje je moj tata? Šta se desilo Safetu? Zašto nisu s nama?'

"Ja nisam imala odgovora ni na jedno od njenih pitanja. Htjela sam vrištati od bola, ali sam morala biti jaka zbog nje. Iako nismo vidjele kako ih ubijaju, bile smo u stanju čuti pucnje koji su bili ispaljeni u naše najmilije." Još jedna duga pauza dok je pokušala da se malo smiri.

"Cijelu noć smo proveli u toj šumi dok su nas oni granatirali," šapnula je. "Konačno, negdje pred zoru, okružili su nas. Nečija beba je počela da plače i tako su znali gdje smo. Nismo je mogli ušutkati. A kako bi i mogli? Kako bi iko mogao zaustaviti gladnu, smrznutu bebu da ne zaplače? Uskoro su počeli i pucati, ali su brzo prestali kad su shvatili da smo to bili samo ne naoružane žene i djeca. Poneki starac. Odveli su nas u osnovnu školu u Hambarinama. Dali su nam malo hrane za djecu i pustili nas da se odmorimo. Zbog toga smo osjetili malo nade. Mislili smo da im je bilo žao djece i da će nam pomoći. Nakon dva dana, natovarili su nas na kamione kao stoku i odvezli u Omarsku.

"Danima nam nisu davali ništa jesti. Podijelila sam šnitu kruha sa svojom kćeri i još dvije žene. Kako da ti opišem onaj strah koji ti se sakrije duboko u kosti? Mislili smo da je to bio smak svijeta, ali nismo mogli ni sanjati da nas je još nešti gore čekalo. Belma me uporno pitala gdje su joj otac i brat. Lagala sam i govorila joj da će oni doći i spasiti nas. Samo nek' se moli bogu.

"A onda su počela ispitivanja. 'Gdje ti je muž? Na koji se način moliš Bogu?' Natjerali su nas da se krstimo na njihov, pravoslavni način. A onda su počele uvrede i premlaćivanja. Jedna po jedna žena je vođena na silovanje. Jedne noći, bio je i na mene red. Kad sam, čovjeku koji je u mene držao uprt pištolj i koji mi je pljuvao razne bljuvotine u lice, rekla da neću, on je stavio nož na vrat moje kćeri. 'Poklaću ti djecu, turska kurvo!' zaprijetio je on. Plakala sam i molila, ali sam morala ići. Odveo me je u susjednu sobu. On i još dvojica su me silovali i mučili na najgore, ne zamislive načine, vrijeđajući me na način na koji samo žena može biti povrijeđena. Pokušala sam se odbraniti, udarajući rukama i šakama, grebanjem i vrištanjem. 'Poklaću ti djecu,' ponovio je kroz zube. Te riječi su me natjerale da se prestanem boriti. Kako da ti opišem bol kroz koju jedna žena prolazi dok je siluju? Nema riječi koje mogu opisati tu bol i sramotu koju ona osjeća dok joj oni nanose bol na ne opisive načine; jedan, pa drugi, pa onda i treći. Dah im je smrdio na alkohol i zaudarali su na znoj. Nikada neću moći zaboraviti onu sramotu i bol koju sam osjećala dok sam ležala pod četnikom na tom hladnom, prljavom podu.

"Kad su završili, vratili su me nazad u onu prvu sobu. Tamo niko nije imao snage da me pogleda, a ni ja, od srama, nisam mogla podići pogled da bilo koga pogledam u oči. Polako sam prolazila pokraj sviju u potrazi za svojom kćerkom. Ona je sjedila u jednom ćošku i grlila svoga malog zeku; krpenu igračku s kojom je uvijek spavala.

"I tako je to bilo svaku noć. Ta silovanja su ostavila najgore pečate na mom prebijenom srcu i duši.

"Uskoro su prestali uzimati u obzir koliko godina je bila žena koju izvode. Počeli su izvoditi nene od šesdeset, sedamdeset godina. Bilo je to nevjerovatno; čovjek u svojim dvadesetim godinama siluje staru nenu. Srce mi se cijepalo za njima. Nisam mogla razumjeti svu tu mržnju prema nama.

"Mi smo bile gladne, prestravljene i nemoćne, a oni su nas šutali svojim čizmala i tukli palicama.

"Jedne noći došao je red i na moju Belmu da ide u susjednu sobu. Odveli su moju jedanaestogodišnju djevojčicu i ja nisam mogla učiniti, ama baš, ništa da ih zaustavim. Potrčala sam za njom, ali su me druge žene uhvatile i držale.

"'Zašto djecu?' Vrištala sam. 'Molim vas, nemojte djecu!' Ali njih nije bilo briga. Ništa što sam ja rekla nije pomagalo. Odveli su je, bez obzira na sve moje molitve i preklinjanja. Možeš li uopšte i zamisliti kroz koju bol majka prolazi kad nemoćno gleda kako joj vode dijete na silovanje? Samo majka može razumijeti šta sam ja tad osjećala; bol, bol i nepodnošljivu bol. Ta bol je jedini osjećaj kojeg se još uvijek tako jasno sjećam. Stavila sam glavu među koljena i ruke preko ušiju da ne bih čula vriske iz susjedne sobe moje male djevojčice. Trenutci do njenog povratka su se činili kao godine i ja sam preklinjala Boga da me pusti da umrem.

"Nakon te prve noći—od mnogih—moja djevojčica je zanijemila. Uzela je svog malog zeku, prislonila ga na grudi i tiho sjela pokraj mene.

"'Samo me ti možeš dirati, Zeko,' čula sam je kako jedne noći šapuće, 'čovjek, nikad više.'

"Tišina joj je bila jedini obrambeni mehanizam. Nikada više nije htjela razgovarati, ni s kim. Čak i sad ako je nešto pitam, ona ili klimne glavom ili mi da brz odgovor, što je moguće brži. Vodila sam je po doktorima, ali ona ni s njima nije htjela razgovarati. Njen zeko je bio jedini prijatelj s kojim bi nekad razgovarala.

"Nakon tri mjeseca u tom logoru, izveli su nekoliko nas i potrpali nas u kamion. Rekli su da nas vode u Travnik na razmjenu. Kad smo stigli, izbacili su nas na minsko polje. Kad smo shvatili šta se desilo, svi smo samo poležali na zemlju. Napokon nam je jedan od njih pomogao da pređemo. Sigurno smo mu bili dosadili sa plakanjem i vrištanjem. Ah, ko zna, možda neki od njih imaju i srce.

"U Travniku smo bile samo nekoliko dana. Onda smo otišle u Hrvatsku i napokon smo se preselile u Njemačku gdje smo pronašle moju svekrvu. U to vrijeme, nisam znala da sam ostala trudna. Bio je to grozan osjećaj kad sam saznala, ali sam odlučila ipak zadržati dijete, jer u mojim očima, abortacija znači ubistvo, a ja to nikada ne bih mogla učiniti.

"Moja Belma je krenula u školu ubrzo nakon preseljenja u Njemačku, ali me je njen nastavnik nazvao i rekao da je ona bila ne zainteresovana za školu. Većinom je plakala i trudila se da bude što dalje od druge djece. On nije znao šta da radi i kako da pomogne. Nakon što sam mu rekla kroz šta je sve prošla, bio je pun razumijevanja. Čak nam je preporučio i dobrog psihijatra, ali nam ni on nije mogao baš puno pomoći, jer Belma nije progovarala. Lijekovi koje joj je doktor dao su je činili polumrtvom, kao da je nafiksana heroinom, ali mislim da su ipak malo pomagali i utrnjivali bol. I tako ... ispisala sam je iz škole.

"Njena me bol ubija. Nikada se ne smije i baš nikada ne govori. Nekada sam znala posmatrati djevojčice njenih godina. Sve su se uvijek sretno kikotale i tražile nove načine da se druže i da im bude lijepo. Moja Belma nije htjela ni blizu njih. Nikada se više ne smiješi. Ne mogu se ni sjetiti kako izgleda kad se smije. Ne mogu se uopšte sjetiti kad sam zadnji put vidjela onaj sretni sjaj u njenim očima. Ne mogu ti reći koliko sam puta proklela one koji su ovo uradili mome djetetu, one koji su zauvijek ugasili onaj plamen u njenim očima. A prije je uvijek bila tako sretna i puna života, tako pažljiva i obzirna prema drugima. Uvijek bi se združila s djetetom s kojim se niko drugi ne bi htio igrati i nikada nije prošla pokraj psa lutalice, a da ga nije dovela kući i nahranila. Oni su uništili taj prelijepi, sretni dio nje i mrzim ih zbog toga. Pitam se hoće li se ona ikada pomiriti sa svojom sudbinom. Hoće li ikada biti u stanju krenuti dalje i zaboraviti ono što joj je srpski koncentracioni logor učinio, bol koju su srpski vojnici nanijeli njenom mladom tijelu djeteta? Imam hiljadu pitanja na koje mi niko ne daje odgovore. Ima li išta gore nego činjenica da ne možeš pomoći svome djetetu?"

Uzdahnula je i pogledala me kao da na mom licu traži odgovore. Ja nisam imala odgovora da joj dam. Osjetila sam njenu bol. Kao majka, razumjela sam koliko je patila zato što nije mogla pomoći svome djetetu, a kao žena koja je preživjela Omarsku, znala sam i potuno sam razumjela bol koju su joj nanijeli, iako sam mislila da moja bol nije bila ni blizu njene - da nemoćno posmatraš kako rade one ne zamislive stvari tvome jedaneaestogodišnjem djetetu. Jeza me uhvatila na pomisao da gledam kako moje, ili bilo čije, dijete prolazi kroz to. Mada sam i ja sama bila samo dijete kad su me dušmani odveli.

"Zbog te sve boli koju osjećam svaki put kad pogledam u Belmu," nastavila je Zina tiho, "ne mogu ni pomisliti na samu sebe. Samo noć—prokleta, crna noć—mi ne da da zaboravim ona bolna sjećanja. Svaku uboga noć, ja se vratim tamo i iznova sve proživljavam - strah, bol i beskrajnu tugu. Ima li igdje kraja mojim noćnim morama? Gdje je početak, a gdje kraj mojim noćnim terorima? Ima li ikakvog smisla govoriti, pisati? Možda ima ... zbog djece koja će doći poslije naše. Oni treba da znaju kroz koje su strahote naša djeca prošla u srpskim koncentracionim logorima." Zastala je, duboko u svojim mislima.

"Htjela bih ti se opet zahvaliti, Selma," odjednom je rekla. "Hvala ti što si bila tako hrabra da ispričaš svoju priču. I znaš šta, mislim da je jako dobro što si je napisala na engleskom jeziku, nek' obični američki narod sazna šta se s nama dešavalo. Ja znam da su to političari sve znali, ali obični narod sigurno nije. Oni su možda znali da je kod nas bio rat, ali nisu imali načina da saznaju da su Srbi pootvorali koncentracione logore gdje su mučili, silovali i ubijali nevinost, jer da su znali, htjela bih vjerovati, da bi našli načina da nam pomognu i da to zaustave prije nego što je bilo previše kasno. Jer da su oni odmah na početku zaustavili rat, moj muž i sin bi sad bili živi. Moj cijeli svijet bi sad bio drugačiji, a moja Belma bi sada bila sretna i vjerovatno do sad i udata žena sa vlastitom čeljadi."

Bila sam tako tužna da nisam znala šta da kažem. Uzela sam je za ruku i tako smo neko vrijeme samo tiho sjedile. Bila sam sigurna da je znala koliko mi je srce krvarilo za njom.

Majka se napokon vratila sa Ahmetom koji joj je pomagao da nam donese večeru. Sjeli smo za trepezarijski sto, iako se činilo da niko nije bio baš gladan. Pokušala sam početi nemaran razgovor, ali su me bol u grudima i gorki čvor u grlu, prisilili da šutim.

Ahmet je napokon razbio tišinu kad je upitao Zinu zašto je odlučila prodati zemlju.

"Teško mi je sad biti ovdje u Prijedoru," odgovorila je, gledajuću prema dole. "Polako se počeo renovirati i sretna sam zbog toga. Međutim, ne mogu ga više prepoznati. Ne izgleda mi kao što je prije izgledao. Za mene, ovdje više nema ništa što je srcu drago. Osim toga, čak i da grad još uvijek izgleda potpuno isto, ni tad ne bih mogla ovdje živjeti. Kako ga mogu nazivati svojim domom znajući da se moj muž i sin nikada neće vratiti? Čak ne znam ni gdje su im pokopana mrtva tijela, pa da ih barem tamo mogu obići, staviti im cvijeće na mezare, nešto proučiti i jednostavno ih oplakivati." Šmrcnula je. "I kako bih mogla, a da se ne prisjećam Omarske? Kako mogu uživati u ljepoti ovdašnjeg života kad sam već—sa većinom svog bića—mrtva? Većina mene je umrla u Omarskoj i još uvijek je tamo. Mojoj Belmi je tamo oduzeto djetinjstvo i nevinost, a mene su ... oh, Bože..." Glas joj se prelomio u jecaje. "Oprostite," cvilila je, "ispričajte me, molim vas."

Napustila je sobu, zaključavajući za sobom vrata kupatila. Niko od nas nije ni dirnuo svoju hranu, a ostatk noći mi je bio dug i besan.

DVADESETO POGLAVLJE

Nakon—činilo se—satima prevrćanja po krevetu u bezuspješnim pokušajima spavanja, napokon sam ustala i odlučila prošetati kroz majčin vrt ruža. Miris ruža me je uvijek smirivao i vraćao u sjećanja sretnijih vremena. Ulazeći u vrt, primijetila sam malo, okruglo svjetlo kako se vrti u zraku. Miris cigaretinog dima mi je potvrdio da nisam bila sama. Neko drugi je imao istu ideju kao ja. Upravo kad sam se pokušala okrenuti i pobjeći nazad, zaustavio me je njegov nježni glas:

"Selma, jesi li to ti?"

Bio je to Ahmet.

"Da nije šta bilo?" nastavio je.

"Ne, sve je u redu. Nisam mogla spavati. Mislila sam da bi mi tiha šetnja mogla pomoći."

"Da, i ja takođe."

Polako sam prilazila prema njemu. Nisam htjela biti nepristojna, pa otići, pogotovo zato što sam mislila da se nešto dešavalo između njega i moje majke. Morala sam biti učtiva i kulturna zbog nje.

"Kako lijepa noć," rekla sam. "Baš je fino vidjeti ovoliko zvjezdica na nebu. Nikada ih ovako ne vidim u Čikagu."

"Da," šapnuo je. "Ja ovo radim skoro svaku noć. Nevjerovatno je kako se dobro možeš osjećati ako uzmeš samo malo vremena da uživaš u najjednostavnijim užicima života."

"Mogu li sjesti?" Upitala sam, upirući prstom na klupu koju je on bio okupirao. Mislila sam u sebi da, pošto mi se iznenada prikazla ovako dobra prilika da budem sama s njim, mogla sam pokušati i saznati šta su mu bili planovi u vezi moje mame. Htjela sam mu dati do znanja da ako je povrijedi, morat će meni odgovarati.

Umalo sam se nasmijala pomisli na sebe—sa svojih sto-sedamdeset cantimetara visine, pedeset-pet kilograma težine, bijela kao duh, klipa od djevojke—kako prijetim njemu—visokom, oko sto-osamdeset-osam cantimetara visine čovjeku sa širokim ramenima i mišićima koji su probijali kroz njegovu košulju, čovjeku koji je očigledno redovno radio fizičke vježbe. Znala sam da između naših fizičkih izgleda nije bilo poređenja, ali ako mi bude povrijedio majku, bila sam spremna poslati ga u pakao i htjela sam mu to sad pojasniti.

"Da, naravno," odgovorio mi je brzo. "Molim te sjedi i izvini na mojoj nepristojnosti."

Pomislila sam kako kulturnim se činio. Način na koji je razgovarao i ponašao se ukazivao je na obrazovanje, knjige i znanje.

"A da li vi često ovdje spavate, gospodine Terziću?" Nisam htjela gubiti vrijeme, pa sam odmah prešla na stvar.

Nasmiješio se je obzirno. "Zapravo, da. Tvoja majka je jako ljubazna, pa me pusti da prespavam u jednoj od soba u prizemlju, osim ako u restoranu imamo pijance koji ih žele iznajmiti za noć. Vidiš, ne mogu podnijeti tišinu svoje kuće. Ponekad, grobna tišina moje kuće me tako prestravi, da mi se čini da ludim."

Njegov direktan odgovor me je bio malo zbunio. Ja sam se bila nadala da ću ga moći natjerati da se osjeća krivim zato što je spavao pod istim krovom kao moja mama i da će ga to prisiliti da prizna sve svoje planove u vezi nje. Sad, osjetila sam da mi ga je bilo žao.

"Mama mi kaže da ste u ratu izgubili ženu," rekla sam tiho. "Žao mi je zbog toga. Imate li djece?"

"Imao sam, ali ni one više nisu tu."

"Jesu li na fakultetu, ili su se poudale?" Upitala sam, sretna što je odgovarao na moja pitanja.

"Tamo su gdje im je i mati." Spustio je pogled i shvatila sam da su i one pobijene zajedno sa njegovom suprugom.

"Oh," rekla sam tiho, obarajući pogled. "Koliko im je bilo godina?"

"Dijani je bilo šesnaest, a Maidi četrnaest godina."

"Jako mi je žao," rekla sam tiho. "Odakle ste?"

"Rođen sam u Hambarinama, ali poslije fakulteta sam se preselio u grad, bliže poslu. Bio sam profesor hemije u mješovitoj školi."

"Ah," rekla sam, "dvoje mojih prijatelja su pohađali tu školu, Damir Popović i Dana Guzina. Da ih možda niste poznavali?"

"Jesam." Nasmiješio se je. "Sjećam ih se oboje. Baš smiješno, Sabina me je to isto upitala kad sam joj rekao gdje sam radio."

Išao mi je na živce način na koji je izgovorio ime moje majke. Zvučalo je to kao da se njegov glas nježno omotavao oko njenog imena i osjetila sam se zaštitnički prema njoj i pomalo ljubomorno.

"A jeste li poznavali moga tatu?" Pitanje je izletjelo prije nego što sam ga mogla zaustaviti.

"Sreli smo se nekoliko puta na nekim sastancima, ali nikada, ustvari, nismo razgovarali. Žao mi je zbog tvog gubitka, Selma. Vjeruj mi, znam kako boli."

Spustila sam pogled i progutala teško.

"Gospodine Terziću," počela sam polako, odjednom osjećajući ogromno poštovanje prema ovom čovjeku; ovom profesoru. Mislila sam da majčinu bol nanijetu od strane nekog muškarca, ne bih mogla podnijeti i htjela sam ga direktno upitati šta su mu bile namjere u vezi nje. Ali riječi koje su izašle iz mojih usta su bile potpuno drugačije od riječi koje sam pokušavala izustiti.

"Zašto se nakon rata niste vratili svome poslu kao profesor? Molim vas oprostite zbog mojih direktnih pitanja, ne pokušavam biti neko njuškalo. Jednostavno ne mogu, a da ne primijetim da sad radite kao domar za moju majku koja, sigurna sam, ne može priuštiti da vam plati više od minimalne zarade." *Da možda ne očekujete da vam plati na druge načine?* Pomislila sam u sebi iznenada i lice mi se zacrvenjelo od stida na takvu pomisao.

"Selma, tvoja mi pitanja uopšte ne smetaju i molim te, zovi me Ahmet." Nasmiješio se je toplo. "Nisam se poslije rata mogao vratiti podučavanju. Izbjegavao sam ljude kao šugu. Moj bol je bio potpuno prevladao. Bio sam izgubio svu nadu i volju za život. Izgubio sam sve što sam imao. Izgubio sam svu svoju obitelj, svoju familiju. Molio sam Boga da i mene uzme, ali On je, valjda, imao druge planove za mene. Nakon što sam vidio šta su nam tako-zvani prijatelji i komšije uradili, bio sam uvjeren da u životu više ništa dobro nije ostalo. U mojim očima, ljudi su postali čudovišta i ja više nisam ništa htio imati s njima. Kako bih se mogao vratiti da podučavam onu djecu, kad su moja djeca pobijena rukama njihovih očeva?"

Klimnula sam u razumijevanju.

"Da li još uvijek živite u Prijedoru?" upitala sam.

"Ne," odgovorio je, "tamo sam izgubio stan, kao što ste ti i tvoja majka izgubile vaš. Uselio sam se u kuću svog djetinjstva na Hambarinama. Od četvero djece koje su moji roditelji imali, jedini sam ja preživio rat, tako da sam sve i naslijedio. Četnici su srušili kuću mojih roditelja, ali sam je ja ponovo izgradio, potpuno isto kao što je i prije bila."

"Jesu li vam roditelji još uvijek živi?"

"Nisu, otac je umro nekoliko godina prije rata, a majka..." Zastao je i pogledao u svoje ruke. "Ona i još nekoliko komšija su zatvoreni u Džamiju i živi zapaljeni."

Odjednom se počeo tapkati svud po prsima i shvatila sam da je tražio cigarete. Ponudio mi je jednu, ali sam odbila.

"Ne smeta li ti ako ja pušim?" Upitao je pristojno. Mahnula sam glavom. Duboko je udahnuo dok je miris cigarete ispunio zrak.

"Selma, ja znam da se ti puno brineš za svoju majku i na to, naravno, imaš i pravo," počeo je odjednom, mijenjajući temu. "Vjerovatno imaš milion pitanja i briga." Zastao je, ali mi nije dao priliku da bilo šta kažem.

"Sviđa mi se tvoja majka," priznao je brzo, ne skrećući pogled s mojih očiju. "Da budem potpuno iskren, malo sam zbunjen zbog načina na koji mi se ona sviđa nakon što sam mislio da nikada više neću pogledati u drugu ženu na način na koji sam gledao svoju suprugu, ali duboko vjerujem da me je ta činjenica spasila od mnogih stvari: da se ne ubijem, da ne izgubim pamet, da ne odem za onima koji su odgovorni za ubistvo moje obitelji, itd. Kad sam je upoznao, osjetio sam se kao da je to bio blagoslov. To je dalo nekakvo značenje mome postojanju. Znam da ona vjerovatno primjećuje da mi se mnogo sviđa, ali ja imam ogromno poštovanje prema njoj i nikad joj ne bih htio nešto nametnuti. Još joj nisam u oči rekao kako se osjećam prema njoj, jer čini mi se da ona još nije spremna za vezu s drugim čovjekom i šta ćeš, tako je-kako je. Ja ću strpljivo čekati dok ne bude spremna za neki dublju vezu." Nasmiješio se je stidljivo. "Selma, htio bih da znaš da je ja nikada ne bih povrijedio i potpuno sve stavljam u njene ruke. Hoćemo li podići naše prijateljsvo na neki viši stepen ili ne, ovisi od nje." Njegove riječi su se činile iskrene. Izgledao je tako skroman i pokoran svojim osjećajima.

"Okej," rekla sam tiho. Oči su mi se napunile suzama kad sam mu zahvalila.

"Pa, kakve su vam bile kćerke?" Progutala sam da bi mi glas bio čist. Lice mu se razvedrilo na pomisao na njih.

"Obje su puno ličile na majku. Maida, moja mlađa, se uvijek šalila i govorila kako je od mene samo naslijedila krivi nos i ravna prsa. 'Zašto nisam mogla naslijediti tvoje perfektne, duge noge?' rekla bi ona.

"'Aha, stvarno?' Nasmijao bih se ja sretno. 'Voljela bi da si naslijedila moje čupave, mišićave noge?' Onda bi se ona pravila kao da o tome razmišlja, pa bi onda odgovorila brzo, 'Neee. Radije ću živjeti sa svojim mršavim, kokošjim nogama što sam naslijedila od mame nego sa tvojim čupavima.'

"Moja starija bi prevrnula očima svaki put kad bi se mi tako šalili. Ona je uvijek bila tako velika i odgovorna za sve. Bojala se je da ako bi moja supruga čula o čemu mi razgovaramo, rastužila bi se; pogotovo kad bi čula kako njena mlađa kći govorila o njenim mršavim, kokošjim nogama." Nasmijao se je.

"Moja Dijana"—uzdahnuo je—"moja Dića. Tako smo je zvali od milja. Uvijek se činila tako odraslom i zrelom."

Slijedila sam njegov pogled u daleko, mračno ništa. Bila sam sigurna da je u svojim mislima sad viđao svoje kćeri onako kakve su bile kad su se šalili i smijali.

"Kad je počeo rat, ja sam dobio otkaz," nastavio je suho, "polako nam je nestalo hrane i nismo imali nikakvog načina da nabavimo hranu u Prijedoru.

Komšijin petnaestogodišnji sin se pojavio jednog dana, zahtijevajući da mu damo kćerkine bicikle, role, itd. i mi smo mu morali sve dati. Petnaestogodišnji srpski balavac s puškom, sad je bio zakon i mi smo morali biti poslušni. I tako smo se mi preselili kod mame na Hambarine, samo na kratko dok se sve malo ne smiri, jer smo k'o budale mislili da nije bilo nikakve šanse da bi svijet dopustio da se takva situacija otme iz ruku. Ah, što smo bili naivne budale ... Mama je imala poveliku baštu i kravu, tako da nismo morali brinuti za hranu. Kako su dani prolazili, tako je i situacija postajala sve gora. Srbi su na svakom ćošku postavili vojne punktove. Nismo imali šanse da dođemo do grada, a brinuli smo se o nekoliko komšija koji su imali diabetis i nisu mogli doći do insulina. Moja supruga je jednog dana odlučila pješke u grad da im pokuša nabaviti lijekove. Ali, na pola puta do grada, susrela je jednog od mojih starih drugara koji je u to vrijeme radio kao policajac. Krvario je, jer je bio ranjen.

"Kad ga je upitala šta se dogodilo, on je samo mahnito govorio, 'Moram ići!' Moraš mi pomoći da se sakrijem!'

"I tako mu je moja supruga pomogla i dovela ga našoj kući. On nam je objasnio da kad su on i još jedan policajac, Srbin, zajedno stajali na ulici i usmjerali promet, prišlo im je auto puno Četnika. Počeli su se svađati između sebe oko, bog zna čega, i sljedeća stvar što se on sjećao je kako je jedan od njih upucao drugog. Onda su za to pokušali okriviti njega, jedinog ne-Srbina u grupi. Kad je on shvatio šta se dešavalo, počeo je bježati, ali su oni počeli pucati i tako je ostao ranjen u desno rame. Nekako je, ipak, uspio pobjeći i sakriti se. Pokušavao je pronaći način da dođe do Hambarina. Ja sam mu pomogao da očisti i zamota ranu i dao sam mu nešto malo hrane, ali sam mu rekao da nije mogao ostati kod nas. Nisam mogao rizikovati da ga nađu kod nas i da mi zbog njega pobiju djecu. Otišao je u smjeru Kureva. Sljedećeg dana, Srbi su na radiu govorili o tom incidentu. Govorili su da je Aziz—to mu je bilo ime—napao i ubio jednog od njihovih vojnika i zahtjevali su da ga Hambarištani predaju, ili će oni granatirati selo. Nabrojali su oni još nekoliko imena osim Azizovog i zahtjevali su da im ih mi predamo. Mi to, naravno nismo mogli učiniti, jer nismo znali ni ko su, a ni gdje su ti ljudi bili i tako su nas oni granatirali. Nakon što se granatiranje malo utišalo, nastala je zbrka. Ljudi nisu znali šta da rade i kud da idu. Naše selo je bilo smješteno na uzvišenom tlu, tako da smo bili u stanju vidjeti vojsku i tenkove kako nam se približavaju. Ne mogu ti opisati paniku koju smo osjećali kad smo ih vidjeli kako dolaze. Neki ljudi su odlučili bježati prema brdu Kurevo, jer je to brdo bilo prekriveno gustom šumom, ali šansa za preživljaj u šumi je bila mala. Majka mi je rekla da se sakrijem u kurzanu, jer je mislila da četnici neće naškoditi ženama i djeci, a pošto sam ja bio mlad čovjek, mislila je da bih se trebao sakriti, za svaki slučaj. Poslušao sam je i sakrio se u kurzanu. Malo kasnije, čuo sam galamu i provirio kroz jednu rupicu. Kurzana je bila napravljena samo od letava, tako da je bilo puno rupa kroz koje sam mogao viriti. Vidio sam grupu od jedno deset ili dvanaest srpskih vojnika kako im naređuju da izađu iz kuće. Onda su oni, vojnici, ušli u kuću da je pretraže i, naravno, tamo nisu našli nikakvog oružja.

"Poslije toga, sve se desilo veoma brzo. Ne mogu se baš tačno sjetiti kako je započelo vrištanje. Stavio sam ruke na uši i polako se njihao. Ne znam zašto se baš toga sjećam tako jasno. Bilo je to užasno, strahovito, ali jeziva tišina nakon strahovitog vrištanja je bila mnogo gora. Značila je da su prestali vrištati samo zato, jer više nisu mogli disati i ja sam ostao potpuno sam na svijetu. Nekih stvari koje su se desile toga dana se ne mogu sjetiti da me ubiješ, a druge su jasne kao dan. Na primjer, čisto se sjećam da sam razmišljao o tome kako je tog jutra bio dobar miris jaja.

"Moja mama je ustala posebno rano—ranije nego njeno obično šest—da nas iznenadi sa Maslenicom. Nije, jadnica, više imala bijelog brašna, pa ju je umijesila sa zobnim brašnom. Izgledala je tamna i pomalo slatka, ali nama to nije smetalo. Probudio me je miris kajgane i osjetio sam se kao dijete kada sam se nekad budio uz miris majčinog kuhanja. Sada znam da mi je mozak pokušavao zaštititi pamet zato što me je natjerao da se sjećam mirisa tih jaja, tako da ne bih razmišljao o njihovim kricima. Bio je to zadnji obrok koji je moja mama ikada pripremila. Također se jasno sjećam kako sam bio obučen taj dan—u crne hlače i u istu plavu košulju u koju sam bio obučen dan prije—ali da me ubiješ, ne mogu se sjetiti kako, niti zašto sam odlučio da napustim sigurnost svoje kurzane. Sjećam se, kao kroz maglu, kako ih vidim, vojnike, kako hodžu stavljaju u tepih i motaju ga u rolu. Zaključali su njega, moju majku i još neke ljude, žene i djecu u džamiju i zapalili ih. Sjećam se crnog dima i srceparajućih krikova, ali mi se to sve sad čini kao ružan san, razumiješ. Kao kad bi se zakleo da se krećeš, ali se ustvari nisi ni pomaknuo. Da li to ima ikakvog smisla?" Odjednom je upitao.

"Da," odgovorila sam krupno i progutala teško.

"Ne znam koliko dugo sam tu stajao, pokraj kurzane, usidren vlastitim terorom." Nastavio je. "Sjećam se zagušljujućeg smrada tog dima i buke koja se dešavala u mojoj glavi; mozak mi je naređivao da se vratim nazad u kurzanu prije nego što me primijete, ali ja se, nasuprot, nisam mogao ni maknuti i kad sam se napokon pokrenuo, išao sam u pogrešnom smjeru, ne prema kurzani, nego prema kući. Morao sam znati šta mi se desilo sa ženom i djecom. Nisu bile na vani, a morao sam se uvjeriti da i one nisu gorjele u džamiji. Plamičak nade mi je bio zatreptao u glavi da su se nekako uspjele sakriti negdje u kući. Gmizao sam polako kroz kuću tražeći ih. Vrata majčine sobe su bila malo otškrinuta i ja sam ih polako gurnuo. Golo tijelo moje supruge je nakoso ležalo na krevetu. Posteljina je bila namočena njenom krvi. Grlo joj je bilo presječeno. Krv mi se sledila u venama kad sam vidio njene mrtve oči kako zure u plafon.

"Bijesno sam se udaljio od te sobe tražeći kćeri. Bojao sam se da ću naći istu stvar; da će biti ubijene kao i žena mi, i ... jesam. Njihova tijela su ležala na podu. Oba gola. Bol je došla kao erupcija vulkana. Pao sam na koljena i počeo nekontrolisano jaukati. Samo mi se jedna misao vrtjela u glavi - osveta.

"Krenuo sam polako prema vratima, naoružan samo sa šakama. Nije mi bilo važno što će me uhvatiti. Svakako sam htio biti mrtav. Htio sam samo, barem jednom, zabiti šaku u nečije lice prije nego što me ubiju.

"Kad sam skoro stigao do vrata, jedan od njih je ušao. Izgledao je kao da je nešto zaboravio, pa je to sad tražio. Oči su mu se podigle i srele moje. Oklijevao je zapanjeno. Iskoristio sam njegovu zbunjenost i udario ga šakom u lice. Zgrabio sam mu mitraljez iz ruke i bez i jedne druge pomisli, upucao sam ga. Istrčao sam vani kao Rambo, pucajući na sve što se kretalo. Znao sam da će me uhvatiti i ubiti, ali sam htio povesti što ih je bilo moguće više sa sobom u pakao. Život mi je svakao bio gotov. Cijela familija mi je bila pobijena i više nisam imao za šta živjeti. Počeo sam trčati prema malom, tankom parčetu šume iza kuće, ali oni su mi bili brzi za petama. Pao sam u visoku travu malo ispred drveća i čekao. Molio sam Boga da sam imao barem još jedan metak u toj pušci. Čuo sam kako me traže i zovu. Vikali su razne uvrede i opisivali koliko im je bilo lijepo kad su bili sa mojom suprugom i djecom. Pokušavali su me dovoljno razljutiti da bih izašao iz skrovišta. Jedan od njih je prišao bliže i provirio u travu koju sam prelomio kad sam u nju pao i, bez razmišljanja, opalio sam, ubijajući ga na licu mjesta. Upucao sam ga u lice i brzo krenuo prema drveću."

"Hej," majčin nježni glas me je prestravio. Stajala je u neposrednoj blizini klupe koju smo Ahmet i ja dijelili.

"Hej, i tebi. Šta ima?" Ahmet se brzo oporavio. "Nismo te valjda probudili."

"Jeste. Koliko ste glasni i mrtve bi probudili." Našalila se je, gledajući u njega. Nesvjesno je zatreptala trepavicama.

Zjevnula sam ne namjerno.

"Čini mi se da je vrijeme za spavanje."

Ustala sam da idem. Tijelo mi je bilo ukočeno od dugog sjedenja u istom položaju na toj tvrdoj klupi.

"Da, hajmo svi malo odspavati," Reče Ahmet ustajući. "Sutra će biti dug dan."

"Da i noć," dodala je majka. "Petak je, sigurna sam da će nam doći mnogo pijanica koji će htjeti žurkati do jutra." Ramena su joj malaksala od umora.

Svi smo krenuli prema kući. Nisam mogla, a da ne upitam: "Pa, Ahmete," rekla sam polako, ne sigurna da li da pitam pred majkom. Nisam bila sigurna da li je i njoj sve ispričao, ili joj je samo dao skraćenu verziju o tome kako je izgubio ženu i djecu, ali morala sam saznati kako je preživio. "Kako ste završili ovdje?" Nadala sam se da će pročitati između redova i reći mi ono što sam htjela znati.

Nasmiješio se je pametno i pažljivo je odabrao svoje riječi. "Da skratim dugu priču, pronašao sam put do Travnika i tamo se upisao u našu, bošnjačku armiju. Nakon rata sam se vratio kući."

"Ne razumijem zašto ste se uopšte htjeli vratiti. Zar vas svaki dan, do kraja života, ovo mjesto neće podsjećati na ono što vam se desilo?" Upitala sam užurbano, ne shvatajući kako okrutno sam zvučala.

"Zato što, vidiš, prepoznao sam osobu koja je taj dan bila nadležna; osobu koja mi je namamila majku u džamiju. I prema tome, osobno je bio odgovoran za njenu smrt. Dobro sam ga onda poznavao. Nekad smo zajedno radili.

Klimnula sam glavom, "razumijem."

"Pa, laku noć," rekao je tiho, raspuštajući me.

"Samo malo!" Uhvatila sam ga za ruku i brzo ga pustila kad je iznenađeno pogledao u moju ruku. "Jeste li ga ikada pronašli? Nakon rata." Upitala sam, prisjećajući se riječi moje majke kad je rekla kako je čula da je on izvršio svoju osvetu. Nadala sam se da jeste.

"Nisam, krije se negdje u Srbiji pod drugim imenom. Ali vidiš, ja sam veoma strpljiva osoba. Čekat ću u sjenkama koliko god bilo potrebno. Nemam gdje drugo ići. Ništa mi drugo više nije preostalo osim vremena. Nekad će se, iz nekog razloga, morati vratiti, barem na kratko, pa kad se vrati..."

Progutala sam dok mi se koža naježila od straha.

DVADESET-PRVO POGLAVLJE

Ostatak noći, osjećala sam se tako hladno. Bez obzira u koliko sam se pokrivača umotala, i dalje sam osjećala hladnoću. Bila je to hladnoća koja ti se upije duboko u kosti, ne zbog hladnog vremena, nego od straha. Moja mama je ulazila u sobu i provjeravala da li sam bila u redu, zabrinuta da sam bila bolesna. Plovila sam između sna i jave i osjetila sam je tu. Toplinu njene ruke preko moje, težinu njene brige.

Probudila sam se malo prije pet, nesposobna ponovo se uspavati. Znala sam da mi je trebala distrakcija, nešto normalno u životu da me vrati nazad u pamet. Mislila sam da bi lijep, lagan kas trebao pomoći. Obukla sam se u plavi šorc i gornji dio trenerke. Uhvatila sam kosu u nemarni rep i izašla iz kuće, sigurna da niko drugi nije bio budan ovako rano. Bio je to čaroban sat. Ptice su pjevale selo u život. Magla se okupila na travi, dok je jutarnje sunce polako spaljivalo blagi vjetrić. Otišla sam u trčanje, baš kao što sam to radila i kod kuće. Samo, kod kuće sam to većinom radila na pokretnoj traci. Ovdje, pretrčala sam ne prekinutih osam kilometara duž uske staze. Nisam čak ponijela ni iPod. Uzbuđenje buđenja ptica, poneko lajanje psa i šuškanje jutarnjeg vjetrića su bili dovoljno zabavni.

Kad sam se vratila, primijetila sam kako majka parkira auto u avliji.

"Poranila si," prokomentarisala je kad sam se približila.

Da, a ti si uhvaćena na licu mjesta! Mislila sam u sebi kad sam primijetila da je još neko sjedio u autu. Nisam mogla vidjeti ko je, ali sam pretpostavila da je to bio Ahmet.

"Da," rekla sam, ne osmjehnuvši se. "Išla sam na trčanje. A zašto si *ti* ustala ovako rano?"

"Pa," rekla je polako, pogledajući prema automobilu, "ovo je trebalo biti iznenađenje za tebe, ali ti si mene, naprotiv, iznenadila."

116

"Šta je?" Upitala sam, zainteresovano. "Ili, bolje reći, ko je?"
"Bila sam na željezničkoj stanici." Nasmiješila se je. "Neko je jedva čekao da te vidi."
"Oh, znam ko je!" Uzviknula sam, već posežući za vratima. "Bako, tako mi je drago što si došla!" Nisam mogla zaustaviti suze. Pustila sam ih da mi se slobodno skotrljaju niz lice.

Izašla je iz auta i jednostavno me uzela u naručje. Tako smo se grlile i stajale u mjestu sve dok majčin glas nije probio tišinu.

"Ako uskoro šta ne pojedem, past ću u nesvijest."

"Hodi," rekla sam, uzimajući baku za ruku, "da ti pokažem šta je uradila sa kućom."

Nasmiješila se je, slijedeći me u kuću. Slušala sam kako je davala mami komplimente na njenim dizajnima i ispričala sam se da bih se otišla istuširati. Osjetila sam se tako tužno razmišljajući kako mršavo je izgledala. Kosa joj je sad bila potpuno sijeda. Još uvijek joj je frizura bila kratka i bilo je tako očigledno da joj nije posvećivala baš puno vremena. Lice joj je bilo smeružano i suho. One nekada prelijepe, plave oči, sad su mi se činile tamne i beživotne. Prisjećala sam se zadnjeg puta kad je vidjela svog sina, moga oca. Bilo je to ljeta, 1991-ve godine. On i majka su išli po mene u Hrvatsku da se ja ne bih morala sama vraćati kući i putovati autobusom. Bila je to ne planirana odluka i mogla sam samo zamisliti kako je sad Baka morala biti zahvalna zbog onih nekoliko, ekstra dana provedenih s njim. Uvijek je bio tako sretan i djetinjast.

Kad sam izašla iz kupatila, njih dvije su već sjedile za stolom i čekale me da zajedno doručkujemo. Nisu razgovarale ni o čem specifičnom. Cijeli dan je prošao polako. Niko nije bio raspoložen za razgovor. Pred noć sam zvala Kenija koji mi je rekao da sa Džanijem nije bilo nikakvih promijena. Odlučila sam ne ići u restoran. Izbjegavala sam druge ljude, jer su svi, iz nekog nepoznatog razloga, htjeli da baš sa mnom dijele svoje tegobe i sjećanja na koncentracione logore i genocid. Stvarno nisam imala snage saslušati više niti jednu tužnu osobu te noći. Morala sam se sakriti i ugasiti mozak, barem na kratko. Bilo je tako teško pobjeći bolnim sjećanjima na rat dok sam bila tamo i stalno sam se željela kupati i trljati cijelu kožu dok je ne bih očistila. A znala sam da je sada bilo nemoguće očistiti je. Četnici su na njoj ostavili vječito prljav trag.

Nakon duge, duge kupke i kad me je koža bila počela boljeti od silnog trljanja, otišla sam u krevet i plakala dok nisam zaspala.

"Hajde ljenčino, ustaj već."

Čula sam veselu primjedbu u bakinom glasu i znala sam da to nije moglo značiti ništa dobro. Stajala je pred vratima moje sobe. Držala ih je otškrinutima samo toliko da joj glava može proviriti unutra. Brz pogled prema prozoru mi je rekao da je na vani još uvijek bio mrak.

"Selmiii?" Tepala je. "Ustaj malena. Vrijeme je."

"Vrijeme za šta?" Upitala sam mrzovoljno, gurajući glavu pod jastuk. Zar nije mogla vidjeti da još nije bio ni cik zore? Šta je to moglo biti to što je natjeralo baku da tako spremno ustane ovako rano?

Kucanje na vratima je postajalo upornije.

Tjerajući san sa očiju, izvukla sam se iz kreveta.

"Šta je, Bako?"

"Probudi se, spavalice!" rekla je razdragano. "Idemo u pecanje."

"Pecanje?" Umalo sam pala zapinjući za vlastita stopala.

"Naravno," rekla je. "Nismo to radile još od tvoje pete godine."

"Upravo tako," odgovorila sam. "I nećemo to ni sad uraditi. Vraćam se u krevet."

Kako sam se okretala da se bacim nazad na krevet, vrata su se jazom otvorila i našla sam se oborena na podu.

"Zaboga, Bako, šta se s tobom dešava?"

"Ništa."

"Znaš, iznenađujuće si jaka." Zakikotala sam se pokušavajući se izvući iz njenih ruku.

"Idemo u pecanje. I ako se odmah ne izvučeš iz ove sobe, škakiljat ću te dok se ne upiškiš u gaće. Zar se ne sjećaš kad sam to zadnji put uradila?"

"Sjećam se," rekla sam kroz smijeh, znajući da nisam imala izbora nego da joj pustim po volji. "Luda si, znaš li to?"

"Da, znam." Nasmiješila se vragolasto. Držala je prste kao kandže, spremna da počne škakiljati. "Pa, šta će biti?"

"Dobro, dobro!" Smijala sam se. "Budna sam, Bako. Bože. Daj mi minutu da se obučem, pa ćemo razgovarati kao odrasle osobe."

"Dobro." Nasmiješila se je. "Imaš minutu da se obučeš, ali nema razgovaranja. Čekat ću pred vratima."

"Super."

"Nemoj se zadržavati."

Zadnja stvar koju sam htjela je bilo to da idem na pred-zorni put sa bakom. Bila sam tako uzbuđena kad sam je vidjela. Bilo je tako dugo od kako smo bile zajedno. Htjela sam s njom provesti što je bilo moguće više vremena, ali od same pomisli da ćemo biti u malom, ribarskom brodiću u sred rijeke, sam prodrhtala. Ja bih radije da smo zajedno provodile vrijeme u kupovini, ili radeći neke ženske stvari kao na primjer, odlaženje u frizerski salon. Ali sam znala da kad ona nešto odluči, nije bilo šanse skrenuti je s toga.

Brzo sam se obukla u izblijedjele farmerice, tamno plavu maicu i sivu duksericu sa kapom s imenom Kenijeve škole napisanim preko nje. Zavezala sam rukave vindjakne oko struka.

Kako sam se presavila u struku da bih provukla četku kroz kosu, maglovito sam se sjetila zadnjeg puta kad sam išla u pecanje. Bilo mi je oko pet godina. Moj djed Jakov je još uvijek bio živ. Imao je mali, ribarski brod. Baka, djed i ja smo ustali rano jedno jutro i otišli u pecanje na prelijepom Jadranskom moru. Bila sam tako sretna što sam bila u centru pažnje, iako sam bila prestravljena dubokog, plavog mora. Mome djedu nije trebalo dugo vremena da uhvati ribu. Bio je tako sretan što je imao priliku da mi pokaže kako se to radilo, ali sve na što sam ja mogla misliti je bilo to koliko je ta udica što je prošla kroz ribinu donju usnu boljela i odjednom sam počela jaukati i moliti djeda da je pusti. On je brzo pustio da ide i vidjela sam je kako se polako, ošamućeno udaljavala. Mislila sam da će biti ljut na mene što sam ga koštala večere, ali on me samo povukao u krilo i rekao mi da je sve bilo u redu. Nije bio ljut. Ustvari, bio je veoma ponosan na mene što sam imala tako veliko srce, pa sam htjela pomoći jadnom, nemoćnom stvorenju.

Shvatila sam koliko mi je nedostajalo biti dijete i imati svoje roditelje, baku i djeda da me bezbjedno čuvaju.

Zavezala sam kosu u rep, ugurala noge u japanke i, bacajući zadnji zavidni pogled prema krevetu, izašla sam iz sobe.

"Ah, tu si," zaciktala je baka. "Upravo sam ti htjela uletjeti u sobu da se uvjerim da nisi zaspala."

"Ha-ha, jako smiješno," rekla sam sarkastično.

Bila je obučena u farmerice i maicu dugih rukava. Izgledala je oboje nježno i sposobno.

"Znam jedno odlično mjesto na Žegeru," reče mama izlazeći iz kuhinje i noseći veliku, zelenu torbu preko ramena. "Oh, dobro jutro, sunčana." Nasmiješila mi se je.

"O, moj Bože, ovo je sve bila tvoja ideja, zar nije?" Optužila sam, zureći u nju kroz trepavice.

Prsnula je u smijeh. "Naravno da nije. Ne budi luckasta. Nisam ni ja bila baš za to, ali znaš i sama kako uvjerljivi bakini, škakiljavi prsti znaju biti."

"Aha," rekla sam, gutajući napad smijeha.

Pomogla sam im utovariti nekoliko kesa u auto i ubrzo smo jurile prema Žegeru na rijeci Sani. Bilo je to mjesto gdje sam kao dijete išla plivati sa Damirom i Danom. Bilo je to, također, mjesto gdje se vidjelo mnogo mrtvaca kako plove kad su Srbi masakrirali ljude iz Hambarina, Briševa, Ljubije, Čarakova ... 1992-ge godine.

"Jučer, nakon što sam je pokupila sa željezničke stanice, navratile smo kod velikog Miška da kupimo mamce," objasnila je mama.

Razmišljala sam o tome kako su joj nježno izgledale crte lica svaki put kad bi ovako napravila frizuru. Kosa joj je bila čvrsto zavezana u čvor na zatiljku.

"To onda znači da je sve bilo predumišljeno! Ti si isto kriva koliko i ona za kidnapovanje. Trebala si mi jučer nešto reći," promrmljala sam namrgođeno.

"I dati ti šansu da pobjegneš!" Uzviknula je Baka. "Poznajući tebe, sigurna sam da bi pokušala plivati preko okeana nazad u Ameriku."

"Da, vjerovatno si u pravu." Nasmiješila sam se, predajući se njenom zadirkivanju. Znala sam da je Baka morala izabrati vlastiti mamac. Bila je bolji pecar od bilo kakvog muškarca.

Kad smo stigle do mjesta za koje nam je majka rekla, na vani je još uvijek bilo mračno i hladno. Ali mala kolibica je bila otvorena i pospani čovjek koji je tamo radio nam je iznajmio mali čamac za dan.

Baka je podigla pogled prema, još uvijek tamnom, nebu. Pravila je astronomski šou uzimajući veliki gutljaj jutarnjeg zraka. "Super je, zar ne? Moje omiljeno doba dana."

"U slučaju da nisi primijetila, sunce još nije ni izašlo. Još nije ni cik zore," naglasila sam nadraženo.

"Znam." Nasmiješila se je toplo.

Prodrhtala sam od vlažne hladnoće. "Ne mogu vjerovati da ovo stvarno radimo."

Ipak je tu bila sablasna kvaliteta tihe mirnoće koja se prosula preko rijeke. U isto vrijeme, sa blistavim svjetlom izlazećeg sunca, sve je preuzelo neki nježni, čarobni sjaj. Zrak je mirisao na čistu vodu i divlje cvijeće.

Natovarile smo pecarske štapove i vreće na brod. Baka je prva ušla u njega, pružajući ruku mojoj majci koja se ne kontrolisano kikotala kako se trup čamca naglo zateturao sa jedne na drugu stranu. Izgledala je tako smiješna. Pomogle su mi da uđem i onda nas je tmurni, pospani čovjek gurnuo od obale.

"Pa, što kažete da prvo nešto malo gricnemo, ha?" Upitala je baka, već posežući za zelenim cekerom. Izvukla je malenu daščicu, malo domaćeg sira i sudžuke, sendviče, grickalice i bocu vina.

"Baš fino, Bako," zakikotala sam se, odmjerajući bocu vina. "Napij nas i možda će nam onda biti drago što smo tu."

Samo me je pogledala, ali nije ništa rekla. Nastavila je rezati sir, dok sam se ja osjećala ljutitom na samu sebe što nisam znala kako držati jezik za zubima.

"Evo, obuci ovo," Reče majka bacajući prema meni prsluk za spašavanje.

Kad sam ga pokušala obući, čamac se snažno zatresao i majka se s obje ruke držala dragog života.

"Bože, Selma, smiri se," naredila je. "Upast ćemo u vodu."

"Pa samo je voda," odbrusila sam misleći se da još više zavrtim brod, pa da obje upadnu u vodu. Možda bi me onda pustile da idem kući i spavam.

"Da, samo je voda, ali jesi li osjetila koliko je hladna? K'o led je."

"Da, da," rekla sam i zgrabila veslo.

Nakon nekoliko trenutaka mojih očajnih pokušaja veslanja, Majka je zavikala da je baš tu bilo perfektno mjesto za ribolov. Ja sam, ustvari, razmišljala kako su se sve ribe vjerovatno posakrivale zbog straha od mog glupog veslanja.

"I šta sad?" Upitala sam.

"Sad, zakačimo kuke i nadamo se najboljem," Reče baka, namigujući mi. U roku od samo nekoliko minuta, na našim kukama su visili mamci. Baka, jedina od nas koja je znala šta da radi, je to sve uradila.

I onda... ništa. Nas tri smo sjedile zureći u plovke i čekajući na ribe da zagrizu.

"Okej, Bakice," rekla sam, sada malo srdačnije, "kako bi bilo da nam naspeš malo tog vina, ha? Ako već moramo biti ovdje, što da ne malo se zabaviti, jel' tako?"

Nasmiješila se je, dodajući mi bocu *Vino nobile di Montepulciano* i plastičnu čašu.

"Baš fino," rekla sam, prihvatajući njen izbor vina. "Pitam se kakvih još lijepih iznenađenja kriješ po džepovima."

"Upravo sada, kod kuće na ledu, imam bocu *Bardoina*. Ali taj ćeš luksuz dobiti samo ako nešto ulovimo."

Klimnula sam, pijuckajući ledeno vino, koje je kusilo kao nešto ukradeno iz raja—zabranjeno, ali ne odoljivo.

"Veoma je dobro," rekla je majka podižući obrve, "šmeka prâvo. Ima dobar... svršetak."

"Evo, probaj ovo," reče baka dodajući joj malu kockicu sira.

Do kraja prvog sata, dosada se pretvorila u budalaštine. Igrale smo usmene igrice, glupe stvari kojih sam se sjećala iz djetinjstva. Osjetila sam nešto čudno i ne očekivano kako prelazi preko mene. Osjećaj opuštanja, mira.

Malo kasnije, Baka nam je počela pričati priče o sebi kad je bila mlada djevojka i o tome šta je značilo provoditi dane pokraj mora sa njenim roditeljima, djedom i bakom.

Najzad, došla je do mjesta kad se udala za ljubav svog života, Jakova. Pričala nam je o svojoj prvoj trudnoći i o onom danu kad je rodila moju tetku Mariju. A onda, pričala je o mom tati.

Uživala sam slušajući priče o njegovom djetinjstvu i o tome kako je uvijek bio bezbrižan i slobodan, iako sam sve te priče već napamet znala. Baka se nikada nije umarala tumačeći o svome sinu. Naravno, kad je spmenula dan kad ju je po zadnji put posjetio i kad se je sjetila koliko ga je molila da nas sve preseli kod nje u Hrvatsku nakon smrti njenog muža, raspala se je od tuge i zajaukala.

"Oh, nikad nisam mogla ni zamisliti da bi to mogao biti zadnji put da ga vidim," procvililja je. "Moj život je završio sa njegovom smrću."

"Znam, znam," majka je tješila nježno. Omotala je ruke oko bake i zajedno su plakale.

"Još uvijek imaš mene, Bako," šapnula sam, "još uvijek imaš mene i tetku Mariju. Molim te nemoj mi reći da tvoj život više nije vrijedan življenja. Zar Marija i ja nismo vrijedne da nas čuvaš u svom životu?" Odjednom sam osjetila strah da bih je mogla izgubiti. Bio je to grozan osjećaj, na koji nikada prije nisam bila ni pomislila.

"Oh, dušo, naravno da ste vrijedne biti u mom životu. Baš mi je žao što sam se tako glupo izrazila. Samo..." Uzdahnula je. "Bol zbog gubitka Ivana je nekada tako jak da ponekad više ne želim ni živjeti. Nema ništa gore na ovom svijetu nego gubitak djeteta, pogotovo ako je ubijen rukom drugog ljudskog bića."

"Znam Bako. Ja samo ... ne želim čuti kako pričaš o umiranju i o tome kako ne želiš više živjeti."

"Ponekad ne vidim svrhu u življenju, Selma. Moj suprug je umro, moj jedini sin je ubijen, moja kćerka je izgubila svoje dijete i unuče i sad živi na nekom drugom kontinentu. Ti i Keni ste tako daleko da vas skoro nikada ne viđam. Jednostavno"—opet je glasno uzdahnula—"ne vidim kakva je svrha ovakvog života."

"Znaš, Bako," odbrusila sam prilično grubo, "možda je vrijeme da prestaneš sažaljavati samu sebe. Razumijem tvoju bol, ali ti si još uvijek na ovom svijetu, na ovoj zemaljskoj kugli i možda to po nekad ne osjećaš, ali još uvijek si mnogo potrebna, željena i voljena. Ja ne mogu ni zamisliti svoj život bez tebe, iako ne živimo zajedno. Moraš se malo trgnuti i izaći iz svog poznatog svijeta. Skoči na avion i dođi nam u Ameriku u posjetu. Nemaš pojma koliko bi nam to značilo. Znam da nikada nećeš preboljeti ono što se desilo mome tati, Heleni i njenoj obitelji, ali barem možemo zajedno o njima razgovarati i žaliti ih. Možemo se prisjećati lijepih vremena koje smo proveli s njima."

"Znam i razumijem što govoriš," rekla je, "Ali stvar je u tome što se ja nikada ne mogu prisjećati lijepih stvari, a da se ne sjetim da oni više nisu među nama i da se ne sjetim razloga zašto više nisu tu. Isto tako"—spustila je pogled dok su joj se svježe suze skotrljale iz očiju—"ne mogu zaboraviti koliko sam te preklinjala da abortiraš. Osjećam se tako krivom zbog toga. Ponekad me taj osjećaj tako nadjača. Pa, zamisli samo da si me tad poslušala, Keni sada ne bi bio živ i to me—"

"O, Bako," šapnula sam, "molim te nemoj to sebi raditi. U to vrijeme si me samo pokušavala zaštititi, i ja te potpuno razumijem zbog toga. Ti stvarno nemaš pojma koliko si nam onda pomogla. Više nego iko drugi na ovom svijetu. Otvorila si nam svoj dom, pa nismo morale živjeti u onim groznim centrima za izbjeglice. Bezbroj puta si nam pomogla na razne načine. Molim te prestani se toliko mučiti. Ti znaš da sam ti ja zbog toga davnih dana oprostila. Sad, samo treba da oprostiš samoj sebi."

Ona je samo grizla donju usnu i jecala. Pustila sam je da plače koliko je god trebala.

"Kad sam bila mlada djevojka," šmrcnula je, "bezbroj puta su mi rekli da bi svaka osoba trebala biti pametna u izabiranju onog za koga će se vjenčati i da se treba ... dobro udati; u dobru familiju i tako to. Jednog ljeta, kad sam to najmanje očekivala, upoznala sam Jakova. Moji roditelji nisu iz prva baš bili sretni zbog toga. On je bio sin ribara. Moji roditelji su oboje bili doktori i imali su velike planove u vezi mene, ali on je bio taj s kim sam morala biti.

"Sada, nakon tako puno godina, mogu vam reći da sam se dobro udala, sretno. Udala sam se za svog najboljeg prijatelja, ljubav svog života, oca mojih dvoje, prelijepe djece i osjećam se tako blagoslovljeno što sam sve one godine života podijelila baš sa njim. Kad je umro, bila sam tako tužna. Srce mi se prelomilo i mislila sam da ga nikada neću moći preboljeti. Ipak sam se nekako trgnula i oporavila od te boli. Konstanto mi je nedostajao, ali znajući da sam imala svoju djecu i unučiće me je činilo sretnom i zbog toga mi je bilo lakše živjeti. Oni su mi davali razlog da se svakog jutra dignem iz kreveta. Ali kad su mi ubili Ivana..." Zastala je, boreći se sa suzama i gutajući bolni čvor. "Znala sam da se nikada neću oporaviti. To je nešto tako neprirodno kada roditelj doživi smrt svoga djeteta. Bol je bila ne podnosiva i osjetila sam se tako sama. Iako ste vi, u to vrijeme živjele sa mnom, još uvijek sam se osjećala usamljenom. Mada ste i vi imale vlastite probleme i trebale ste me. Morala sam biti jaka za vas. Ti si upravo izašla iz najgoreg mjesta na svijetu, iz koncentracionog logora, trudna i prestravljena. Izgubila si oca..." gledala me je nježno, "Sabina je, također, propatila gubitak muža, roditelja, braće, sestara, snajki, i ja si nisam mogla dati za pravo da se raspadnem u komadiće iako mi je to bilo tako potrebno. Da sam barem imala svoga Jakova da ponese pola mojih tegoba na svojim ramenima." Zastala je, tražeći prave riječi.

"Ono što pokušavam reći je..." Uzela me je za ruku i pogledala direktno u oči. "Molim te strpi se, ima tu negdje neka poenta." Njen osmijeh je bio topao. "Selma, ono što bih ti htjela reći je da živiš svaki dan kao da ti je posljednji. Znam, znam, to je kliše, ali razmisli malo o tome, koliko istine ima u tim riječima. Nikada ne znaš kad ti je zadnji put da nekog vidiš. Kad sam ja zadnji put zagrlila svoga sina onaj dan kad smo se rastajali—da sam znala da je to bio posljednji put, možda bih ga držala malo duže, malo čvršće. Oh, Selma, poljubi svoga sina kad god imaš priliku. Reci mu da ga voliš i milijun puta na dan. Drži se svoga muža i svaki provedeni trenutak njime, govori mu koliko ga voliš, jer stvarno nikada ne znaš kad će ti to biti posljednji put. Jednostavno, nikada ne znaš."

Osjetila sam erupciju emocija u dubini duše i glasni jecaj mi se oteo. Znala sam da kad bih otvorila usta da nešto kažem, tu bi bilo glasnog plakanja i jaukanja, tako sam ubrzano odmotala sendvič sa željom da ga gurnem u grlo da ne bih bila u stanju briznuti u plač. Lijeno sam počela čopkati koricu i bacati komadiće kruha u vodu. Debela riba je doplivala i halapljivo gutala kruh sa površine. Posmatrala sam kao idiot kako se i druga riba približava, pa onda i treća.

"Dodaj mi mrežu," rekla sam užurbanim šapatom.

Majčine oči su narasle komično velike.

"Anđo, vidi," obratila se baki.

Zgrabila sam mrežu i držala je nad dvjema ribama koje su se hranile bačenim, gnjecavim komadićima sendviča. Sve što sam morala učiniti je bilo, zagnjuriti mrežu i uhvatiti ih.

"Zgrabi ih, Selma," šapnula je mama. "Hajde, šta čekaš?"

Što sam brže mogla, zagnjurila sam mrežu u vodu.

"Uhvatila sam je! Mama, gledaj! Uhvatila sam ribu," rekla sam. Ribino klizavo tijelo se uvijalo i koprcalo unutar mreže.

"Fantastično, Selma," uzviknula je baka.

"O, ne!" Moja riba se nekako uspjela prevrnuti i iskoprcati iz mreže. Poskočila sam da je ponovo uhvatim. Brod se zanjihao i nageo na jednu stranu. Bila sam nemoćna zaustaviti njegov impuls. Upala sam, pravo na glavu.

Šok hladne vode i vesta za spašavanje su me u istom času digli na površinu. Vrisnula sam od bijesa.

Izbila sam na površinu taman na vrijeme da vidim kako mama mlati, a baka je hvata po zraku. Obje su upale u isto vrijeme, a voda je prsnula prema gore.

"Oh, sranje," reče baka. "Oh, sranje, ova voda je hladna."

"Rekla si *sranje*," naglasila sam, nemoćna zaustaviti burni smijeh. Moja uvijek-pristojna, kulturna, religiozna baka je rekla tu ne pristojnu riječ na tako otvoren i iskren način. Bilo je to histerično.

"Ah, izletjelo!" Smijala se ona.

Doplivala je do čamca i spasila praznu mrežu. Majka je, također, došla do čamca. "Tako je h-h-hladno!" rekla je, smijući se. "Smrzoh se! Cijelo tijelo mi je utrnuto."

I ja sam se, također, tresla od hladnoće, ali kako sam plivala za potragom svojih izgubljenih japanaka, shvatila sam da sam ustvari uživala u budalaštini ove situacije i razumjela sam zašto je baka toliko inzistirala da ovo uradimo. Htjela je provesti barem još jedan dan s nama. Bojala se je da bi nam to mogao biti posljednji put da smo zajedno.

Kada smo stigle do smrknutog čovjeka na obali Sane, sunce je već zalazilo. Bile smo smočene i smrznute, ali smo se glasno smijale. Mišići na stomaku i strane lica su me boljeli od silnog smijanja.

Upalile smo grijanje u autu i odvezle se kući što smo brže mogle. Jedini stop što smo napravile je bilo na tržnicu da kupimo svježu ribu, koju smo planirale ispeći za večeru.

Mamina, već napravljena, krompir salata nas je čekala u frižideru. Mama je brzo očistila i počela pripremati ribu dok smo baka i ja dijelile čašu ledenog *Barolina* pokraj kamina.

Zina nam se pridružila za večeru i nakon toga smo sjele pokraj vatre, smijući se i iskopavajući komične priče iz naših sjećanja od mnogo sretnijih dana od prije rata.

DVADESET-DRUGO POGLAVLJE

Zvono moga mobitela me probudilo rano sljedećeg jutra.

"Halo?" Javila sam se pospano, i odmah sam osjetila kao da me neko polio sa kantom hladne vode kad se je žena na drugoj strani žice predstavila. Radila je za aviokompaniju koja me je stavila na red za sljedeći let za Čikago. Let je bio zakazan za naredno jutro.

Vrisnula sam od sreće. Napokon sam bila u stanju da se vratim kući, Džaniju. Žudjela sam da ga vidim i razgovaram s njim. Morala sam mu uzeti ruku u svoju i osigurati ga da će sve biti u redu. Želja da osjetim njegov nježni dodir kože je bila nepodnošljiva. Počela sam plakati, jer sam osjećala neku nadmoćnu nuždu da počnem trčati nazad u Njemačku.

Bila je tu samo još jedna stvar koju sam morala uraditi prije nego sam otišla. Morala sam posjetiti Mirelinu kuću. Našla sam adresu gospodina Pavlovića u fasciklu koji sam dobila od njegovog advokata i odvezla sam se tamo. Parkirala sam auto u blizini i odlučila otšetati do kuće. Nisam bila baš sigurna koja kuća je pripadala Mirelinim roditeljima, ali sam imala sreće, jer sam primijetila čovjeka u blizini koji je kopao u bašti pokraj svoje kuće i on mi je pokazao kud da idem kad sam upitala da li je znao gdje su Eso i Elvira živjeli.

Polako sam prošetala do izgorenih ostataka kuće koju mi je on pokazao. Iako je bilo očigledno da je kuća bila ne naseljena, trava ispred nje je bila svježe pokošena.

Po Pavlovićevim pričama, dvorište je trebalo biti ispunjeno cvijećem. Cvijećnjaka sada nije bilo. Sve je to sad prekrivala trava. Polako sam koračala, noseći najveći buket cvijeća koji sam našla u jedinoj cvjećari u tom predgrađu. Tražila sam drvo šljive nedaleko od kuće. Tu je bilo samo jedno staro drvo u neposrednoj blizini kratke ograde i shvatila sam da je to moralo biti to. Spustila sam cvijeće ispod drveta i okrećući se prema istoku, kleknula sam. Zatvorila sam oči i progunđala brzu molitvu koju sam pamtila iz Ilmihala.

"Mirela," šapnula sam bešumno dok su mi suze zamaglile pogled. Ignorišući ih, ponovo sam zatvorila oči i nastavila. "Žao mi je. Tako mi je žao zbog svega što su dušmani učinili tebi i tvojoj obitelji. Znam tačno kako si se osjećala onih zadnjih mjeseci svog života, i hoću da znaš da nisi bila sama. I ja sam bila s tobom u istom paklu; prolazeći kroz potpuno iste stvari." Glasno sam zaplakala, jer me je pomisao koja mi je prošla kroz glavu, tako mnogo prestravila. Shvatila sam da sam ovo mogla biti ja. Osoba koja je umrla ispod ovog drveta sam, tako lako, mogla biti ja. I znala sam sad zašto sam preživjela. Bilo mi je to jasno kao dan. Preživjela sam zato da bih mogla pričati o tome, da bih mogla ispričati priče ovih ljudi. Razumjela sam njihovu bol, jer sam i ja tad bila tamo.

"Mirela," ponovo sam prošaptala, "sad si slobodna. Ti i tvoja obitelj, sad slobodno možete počivati u miru jer—hoću da znaš da—nikada nećete biti zaboravljeni. Obećavam ti to. Govorit ću o vama. Pisat ću o vama. Ispričat ću vašu priču. I, naravno, molit ću se za vas. Rahmet vam duši; počivajte u miru."

Neko vrijeme sam tu sjedila, zatvarajući oči i puštajući da mi se proljetni vjetrić igra s kosom. Osjetila sam se iznenađujuće smireno.

Jureći prema Njemačkoj svojim iznajmljenim automobilom, prisjećala sam se majke i koliko je plakala kad smo se rastajale. Zagrlila me je i poljubila vjerovatno i milion puta, iznova ponavljajući da se ne brinem, da će sve biti u redu i da imam povjerenja u Boga. Kad sam napokon ušla u auto, primijetila sam kako nas Ahmet posmatra sa suprotnog dijela dvorišta i morala sam izaći i porazgovarati s majkom samo još jednom prije nego što odem.

"Mama," počela sam polako, "znam da me se to vjerovatno ne tiče, ali primijetila sam način na koji te Ahmet gleda. Mislim da je zaljubljen u tebe."

"Oh, Selma, ne budi smiješna." Odmahnula je rukom. "Samo smo dobri prijatelji, to je sve. Osim toga, znaš da nikada, ni s kim, ne bih mogla zamijeniti tvoga oca."

"Oh, ne budi toliki licemjer, Majko," Odbrusila sam. "Zašto sama ne radiš ono što propovijedaš?"

"Kako to misliš?" Upitala je, iznenađena zbog mog naglog ispada.

"Pa, Mama, uvijek meni govoriš da se riješim prošlosti, da krenem dalje i da uživam u vremenu koje mi je Bog podario i koje mi je preostalo na ovoj zemaljskoj kugli, ali ti, ni sama to ne radiš. Znam da tvog rahmetli muža niko nikada neće moći zamijeniti, ali njega već odavno nema. Već skoro dvije decenije si sama. Živiš svoj usamljeni život i pomažeš meni i Keniju. Zar ne misliš da je već vrijeme da se malo opustiš i da i ti malo prouživaš? Zar ne misliš da bi tata htio da budeš sretna? Niko nikada neće moći zamijeniti vrijeme prošlosti koje ste vas dvoje podijelili. To je zauvijek tvoje. Ali moraš krenuti dalje sa životom. Pravi nove memorije i voli ono što imaš. Prošlost ne možeš vratiti, a ko zna šta ti nosi budućnost? Nemaš drugog izbora nego da živiš u sadašnjosti. Moraš to prihvatiti i zahvaliti se Bogu za svaki novi dan, jer i sama znaš kao i ja, da ti sve, u tren oka, može biti oduzeto i uništeno."

"Oh, dušo," rekla je, "previše sam ja stara za te stvari. Ne bih znala ni gdje početi i, pravo da ti kažem, svaki put kad i pomislim na ašikovanje i zabavljanje, prestravim se. Nisam ja više za to."

"Mama, ne moraš na to misliti kao na ašikovanje i zabavljanje. Primijetila sam kako ti i Ahmet razgovarate jedno s drugim. To vam dođe tako lako i prirodno zato što uživate u društvu jedno drugog. Već ste, vjerovatno, jako dobri prijatelji. Dobro razumijete jedno drugo, jer ste oboje već bili u braku. Uzajamno se poštujete i vjerovatno imate mnogo zajedničkih osobina. Ne moraš ni u šta žuriti. Samo se, malo po malo, prepusti dubljoj vezi i nemoj da te brine ono šta drugi imaju da kažu o tome. Ja sam ti kćerka i ja odobravam. Dajem ti svoj blagoslov i to je sve što je bitno, jel' tako? A sve i da ne odobravam," nastavila sam tiho, vireći na nju kroz trepavice, "to je tvoj život i ti treba da ga živiš. Zaslužuješ svaku sreću na ovom svijetu i sigurna sam da je Bog imao neki razlog što je u tvoj život poslao Ahmeta."

"Oh, dušo," zaplakala je, uzimajući me u naručje, "kad si mi postala tako pametna i razumna?"

"Kad sam postala žena," odgovorila sam. "Mi žene razumijemo jedna drugu bez obzira na godine, rasu, ili vjeru. Sve smo mi nježne i srdačne, napravljene od šećernih začina..."

"I svega lijepog," završila je rečenicu umjesto mene i obje smo se nasmijale.

"Volim te, dušo."

"Volim i ja tebe, Majko."

"Putuj sretno. Molit ću se za Džanijev brz oporavak," rekla je dok sam se udaljavala od nje, "vidimo se na početknu novembra u Čikagu."

"Vidimo se tad," odgovorila sam, puhajući poljubac prema njoj.

Nikad prije u životu se nisam osjećala tako blisko prema svojoj majci kao što sam se tad osjećala i nečujno sam se zahvaljivala Bogu što mi je omogućio da ispravim stvari među nama.

Minute su se pretvorile u sate dok sam čekala da uđem u avion na aerodromu u Minhenu. Okretala sam stranice knjige koju sam pokušavala čitati, hvatajući samu sebe kako po hiljadu puta iznova čitam jednu te istu rečenicu. Nisam mogla smiriti svoje nemirne živce i osjetila sam kao da mi je otkucavao sat. Kao da sam dosegla kraj vremena.

"Oh, hvala bogu, još uvek ste tu," čula sam nečiji zadihani glas pokraj sebe. "Nadao sam se da ću vas uhvatiti pre nego što odete."

Podigla sam pogled, ne sigurna da li su riječi bile upućene meni.

Gospodin Simović je stajao u neposrednoj blizini mene sa ne sigurnim osmijehom na licu.

"Slušajte," počeo je brzo, ne čekajući da ga uvlažim. "Osetio sam se jako loše zbog načina na koji smo se rastali i žao mi je zbog toga. Razmišljao sam o onom što ste mi rekli i bila ste u pravu, on zaslužuje da bude kažnjen za ono što je uradio i jako mi je žao što sam vas onako iznervirao. Ponašao sam se kao ogroman kreten."

"Zastao je, dajući mi šansu da nešto kažem.

"On pati od PTSP," rekla sam tiho.

"Šta?" upitao je, zbunjen.

"Vaš klijent," odgovorila sam. "Pitali ste me da li ima išta u njegovoj priči što bi vam moglo pomoći u vezi njegovog slučaja kad apelujete i nakon razgovora s njim, moje mišljenje—moje *profesionalno* mišljenje—je to da on pati od PTSP - post traumatski stresni poremećaj. To je anksiozni poremećaj što se može pojaviti nakon što prođete kroz neku traumu, kao na primjer, borba ili izložba vojnim strahotama, sexualno ili tjelesno zlostavljanje, itd. A on je prošao kroz mnoge slične, ako ne i gore stvari. "Sigurna sam da ako ga odvedete kod bilo kojeg drugog doktora, on će mu dati istu dijagnozu. To bi vam puno pomoglo na sudu; izgovor ludila, i tako to. Znate?"

"Pa kakvi su simptomi te bolesti?" upitao je tiho.

"Najveći i najstrašniji simptom od svih je kad preživljavate ono što vam se desilo. Loša sjećanja tog traumatičnog slučaja se mogu vratiti u bilo koje vrijeme. Vi osjećate isti strah i horor koji ste osjetili u vrijeme kad vam se to ustvari dešavalo. Možete imati noćne more. Možete se čak osjećati kao da to opet proživljavate. To se zove retrospekcija. Ponekad, tu ima okidač koji vas vrati u to doba, kao na primjer, zvuk ili prizor nečeg što vas podsjeti na taj događaj, pa vam se čini kao da to sve ponovo proživljavate. U njegovom slučaju, okidač su bile njegove ispovijesti meni. Potpuno je bio vraćen u taj traumatski događaj koji mi je opisivao da je potpuno zaboravio ko sam bila ja. Zvao me je imenom druge osobe i preklinjao za oproštaj."

"Bože moj," reče on. "Hvala vam što ste mi to rekli."

"Nema problema," odgovorila sam, spuštajući pogled na knjigu koju sam se pretvarala da čitam, čekajući da ode. Čudila sam se da me je sad persirao. To prije nije činio.

"Međutim"—nakašljao se je—"promenuo sam mišljenje u vezi njegove žalbe. Razmišljao sam o onom što ste mi vi rekli kad smo bili u restoranu i u glavi sam milion puta prošao kroz sve svoje razgovore s njim i došao sam do zaključka da ste bila u pravu. Uradio sam svoj posao. Stajao sam u sudnici i branio sam ga. Uradio sam sve što sam mogao pokušavajući mu pomoći da izađe na slobodu, ali na kraju krajeva, osudili su ga na ono što je sud mislio da je bilo časno i pravo. Ko sam ja da idem protiv njih i njihove odluke, jel' tako? Dobio je ono što je zaslužio i puštam ga da odsluži svoju kaznu. Čak i on misli da je trebao dobiti mnogo goru kaznu nego što je dobio."

Pogledala sam ga. Još uvijek se nesigurno smješkao i upravo kad sam mu htjela reći da, bez obzira na to šta je odlučio da uradi u vezi Pavlovićeve žalbe, trebao bi ga odvesti doktoru koji će ga pregledati i dati mu potrebne lijekove, čula sam najavu da je bilo vrijeme za ukrcavanje u avion za Čikago.

"Gospodine Simoviću," rekla sam ustajući sa stolice i pružajući ruku prema njemu, "bilo je lijepo vidjeti vas opet."

"Hvala." Nasmiješio se je, primajući moju ruku čvrsto. "I ako se vi i vaš muž ikada opet nađete u Minhenu, molim vas nemojte se ustručavati da me pozovete i javite mi. Bilo bi mi drago pokazati vam naokolo."

"Hvala." Nasmiješila sam se iskreno. "Stvarno to cijenim. Zbogom, gospodine Simoviću."

"Zbogom, gospođo Mazur."

"Molim vas, zovite me Selma."

"Selma," rekao je tiho, smijući se široko.

DVADESET-TREĆE POGLAVLJE

Devet sati kao devet godina čekajući nervozno da se avion spusti u Čikagu. Cijelo vrijeme vožnje, nisam razmišljala ni o čem drugom nego samo o Džaniju. Vraćala sam u mislima scenu dana kad sam ga zadnji put vidjela i osjećala sam se tako krivom što smo se svađali.

Htio je da ide sa mnom. Bio je zabrinut da neću biti u stanju sama se suočiti s lošim čovjekom i sa mojom bolnom prošlošću. Inzistirao je da ide sa mnom i pravi mi društvo.

Ja, međutim, sam osjećala kao da bih to trebala uraditi sama i da bi on bio samo distrakcija. Oh, kako sam željela da je sad bio tu. Umirao je sam i to je bilo moja krivica.

Moje tadašnje obrazloženje njemu je bilo to da nisam htjela ostaviti Kenija samog kod kuće, ali oboje smo znali da je to bio samo izgovor. Beth je ponudila da povede Kenija sebi dok nas ne bi bilo, ali ja sam inzistirala da Džani ostane kod kuće. Znala sam da nikada neću moći zaboraviti pogled u njegovim očima kad sam odlazila. Boljelo ga je to što sam ga opet gurala od sebe.

Rekla sam mu da ne parkira auto kad smo stigli na aerodrom, tako da ne bi morali odugovlačili sa rastajanjem i ponovo se prepirati zbog iste stvari.

"Samo me izbaci pred vratima," odbrusila sam. "Zašto to toliko uveličavaš? Bit ću odsutna samo pet dana."

"U redu je," rekao je on. "Parkirat ću, pa ću te odvesti unutra. Bit ćeš tu još naj manje dva sata prije nego što uđeš u avion. Pravit ću ti društvo, da ti ne bude dosadno."

Uzdahnula sam. "Zašto plaćati parking i gubiti vrijeme ako ne moraš? Nisam dijete, Džani, i prestani me tretirati kao da jesam."

"Moje vrijeme s tobom, nikad nije gubitak. Osim toga, šta ako se izgubiš? Znaš i sama kakva si..." Nasmijao se je šali koju smo uvijek govorili jedno drugom kad bi se htjeli nasmijati, ali ovaj put, nisam to smatrala smiješnim, a ni njegov osmijeh nije dopirao do njegovih očiju.

"Pusti me da izađem," rekla sam iznervirano. "Neću se izgubiti. Terminal pet je najlakši za snaći se. Bit ću okej."

Znala sam šta je pogled u njegovim očima značio: razočaranje, bol, napuštenost.

"Opet me pokušavaš izbaciti iz svog života," napokon je prošaptao dok sam ja držala ruku na kvaci od vrata.

"Ne budi toliko dramatičan." Osmijehnula sam se zlobno, pokušavajući biti smiješna, ali on je uporno držao svoj tužni pogled na meni. Poznavala sam ga tako dobro. Nije morao ni progovoriti, a ja bih znala o čemu razmišlja. Problem je bio u tome, što je i on mene, također, tako dobro poznavao i kod njega mi nikada nije uspijevala ova moja mala šarada. Vidio je pravo kroz mene i znao je da sam ga pokušavala odbaciti. Ali htjela sam biti sama kad sam se ponovo susrela sa svojim demonima. Nisam htjela da bude uz mene i kupi komadiće kad se raspadnem. Nisam htjela da me vidi u stanju slabosti i torture. Selma koju je on poštovao je bila jaka i hrabra. Brinula sam se da ako je vidio koliko sam, ustvari, ranjiva i slabašna, izgubio bi ono poštovanje koje je imao prema meni.

"Džani," prošaptala sam, skidajući ruku sa kvake, "volim te i stvarno mi se sviđa to kako se stalno brineš o meni i pomažeš mi u svemu u životu, ali ovaj put me moraš pustiti da ovo uradim sama. Ne pokušavam te izbaciti iz svog života. Pa ti i jesi moj cijeli život. Ispričat ću ti sve u detalje kad se vratim. Samo..." Uzdahla sam tužno. "Molim te razumi da imam potrebu da ovo uradim sama. To stvarno nema ništa s tobom."

"To i jeste to," rekao je, spuštajući pogled, "to stvarno nema ništa sa mnom."

"Oh, Džani, žao mi je ako se osjećaš kao da—"

"U redu je, Selma," prekinuo me je naglo. "Sve mi je sad jasno. Ako misliš ići, idi sad, jer ljudi sviraju iza nas. Moram pomaknuti auto."

"Dobro," rekla sam sa olakšanjem što je napokon razumio. "Volim te." Nježno sam mu dodirnula usne sa svojima i otišla.

Tako sam sad žalila što sam ga na takav način ostavila. Bila sam toliko glupa što sam mislila da ga nisam trebala. Trebala sam ga sa svim svojim bićem. Srce mi je plakalo za njim, a ruke su me boljele što ga sada nisam mogla s njima držati; pogotovo sada kad sam mu bila najviše potrebna. *Molim te, Bože*, preklinjala sam u sebi, *molim te nemoj mi ga sad oduzeti*.

Taksi me je odvezao pravo u bolnicu. Odjednom sam se osjećala kao da je vrijeme isteklo. Kad sam se ranije čula s Kenijem i Beth, rekli su mi da još uvijek nije bilo nikakve promjene. Džani je i dalje bio u komi i doktori nisu bili sigurni koliko dugo će biti u tom beživotnom stanju. Nisu čak znali ni hoće li se uopšte ikada više i probuditi. Govorili su da, ako ovako ostane još samo malo duže, moždane ćelije će polako početi izumirati.

Miris ustajalog zraka i sredstva za dezinfekciju su mi ispunili pluća kad sam ušla u malu bolničku sobu. Keni je spavao u stolici pokraj prozora dok je Džanijevo beživotno tijelo bilo priključeno na razno razne mašine. Jedna od njih je za njega disala. Pravila je bučne zvuke dok je zrak ulazio i izlazio iz Džanijevih pluća. Druga mašina je bibikala ponavljajućim tonom, označavajući da mu je srce još uvijek kucalo. Zaplakala sam na glas, trčeći prema njemu. Bacila sam se preko njegovog ne reagujećeg tijela, galameći na njega i tresući ga lagano, cijelo vrijeme pazeći da mu ne ne bih izvukla infuziju iz ruke.

"Džani, probudi se!" naredila sam kroz plač, "Molim te, Džani, probudi se! Probudi se! Stigla sam kući. Na sigurnom sam. Džani, trebam te. Trebam te. Molim te otvori oči i pogledaj me. Probudi se! Probudi se!"

"Mama," zovnuo je Keni tiho. "Mama, prestani. Ne može te čuti. Vrijeđaš ga, to ga boli! Prestani!"

Nisam shvatala kako sam ga jako pritiskala i izbezumljeno tresla, sve dok Keni nije omotao svoje ruke oko mene da bi me natjerao da stanem.

"Oh, Keni," plakala sam na grudima svoga sina. "Nisam trebala otići. Šta ću ja ako on...?" Nisam mogla završiti rečenicu. Nisam mogla naglas izustiti tu riječ.

"U redu je," šapnuo je Keni. "Sve će biti okej, vidjet ćeš."

"Ali šta ako ne bude? Šta ako se nikada ne probudi?" Jadikovala sam.

"Nemoj tako razmišljati. Probudit će se. Ne smiješ gubiti nadu."

"Ali šta ako se ne probudi? Ostat ću sama. Trebam ga. Trebam ga tako mnogo." Plakala sam glasno.

"Nećeš biti sama," šapnuo je Keni. "Imaš mene. Uvijek ćeš imati mene."

"Oh." Suze su mi pekle oči, ali ovog puta su bile tople. "Moj slatki, dobri dječak. Kad si mi postao tako velik i snažan? Moja beba."

Prislonila sam obraz uz Kenijeve grudi i tiho plakala. Nisam mogla ni pogledati u Džanija. Nisam ga htjela vidjeti u ovakvom stanju.

Nakon, što se činilo kao vječnost, napokon sam pronašla dovoljno snage da se odvojim od Kenija. Sjedajući u stolicu pokraj Džanijevog kreveta, upitala sam za čovjeka koji je za ovo bio odgovoran.

"Bio je to neki pijanac," objasnio je Keni. "On se udario u glavu i prebio je ruku u sudaru, ali osim toga, u redu je. Odmah su ga uhapsili, naravno, ali to nama ne pomaže baš puno, jel' tako?" Šapnuo je Keni, pogledajući prema Džaniju.

"Selma, stigla si," čula sam Bethin glas koji je dolazio od vrata. Ušla je zajedno sa doktorom Vajtom, koji je već godinama bio, ne samo naš doktor nego i Džanijev prijatelj.

Ustala sam sa stolice da bih ih primila u zagrljaj i nisam mogla, a da ne zaplačem kad su omotali svoje ruke oko mene. Bila sam tako zahvalna što su bili uz Kenija kad ja nisam mogla biti. Nisam mogla ni zamisliti kako usamljeno se morao osjećati.

Oko pola sata kasnije, poslala sam Kenija i Beth da idu kući. Ona je bila kao član porodice otkako sam ja otišla; brinula se o Keniju, starajući se o tome da jede i spava. Znala sam da se morala vratiti svojoj kući, svom vlastitom mužu i djetetu. Otišla je, ali je obećala da će se vratiti sljedećeg dana.

Ni Keni nije bio baš spreman za otići, ali sam mu rekla da sam trebala malo vremena nasamo sa Džanijem. Klimnuo je glavom i obećao da će mi donijeti večeru tako da ne bih morala jesti onu odvratnu, bolničku hranu. Kao da bih i mogla jesti...

Nakon što su oni otišli, doktor Vajt me je upitao kako sam se osjećala.

"Kao što se može očekivati." Pokušala sam se nasmiješiti. "Najgore je bilo to što se nisam mogla vratiti što sam brže mogla. Bila sam nasukana tamo, dok je Džani ovdje..." Jecaj mi se oteo u pola rečenice.

"Beth mi je ispričala zašto si otišla," rekao je on, "Jesi li u redu?"

"Pa," šapnula sam, "bojim se reći da sam nekoliko puta pala s vagona. Morala sam zaroniti u svoju zalihu Prozaka koju sam nosila sa sobom samo za hitnu pomoć. Neke bolne uspomene su izašle na površinu dok sam bila tamo. Srećom da sam ga u to vrijeme imala uz sebe."

"Žao mi je," rekao je nježno. "Kako se sad osjećaš? Iskreno rečeno, izgledaš kao da si upravo izašla iz pakla. Jako si blijeda, i iskreno, izgledaš kao da ćeš se svakog trenutka srušiti. Možda bismo te trebali pregledati, samo da budemo sigurni da si—"

"Ne," prekinula sam ga, odmahujući rukom. "Hvala ti, ali u redu sam. Bit ću okej. Blijeda sam samo zato što sam provela proteklih devet sati u avionu, plus skoro nikako nisam spavala u zadnjih sedmicu dana."

"Ipak, bilo bi mi mnogo lakše ako bi mogli biti sigurni," inzistirao je. "Zašto ne navratiš kraj mog ureda, u bilo koje vrijeme, pa da uradimo brzi pregled? Ne sikiraj se u vezi termina."

"Dobro, hvala," rekla sam raspuštajući ga ne zainteresovano. "Pokušat ću to uraditi."

"Znaš gdje mi je ordinacija. Dođi kad god možeš." Nasmiješio se je, koračajući prema vratima.

"Hvala." Nasmiješila sam se učtivo dok je izlazio.

Ostala sam sama s Džanijem i osjetila sam se tako izgubljeno. Nisam imala pojma šta da radim. Polako sam sjela na stolicu pokraj njegovog kreveta. Uzela sam mu ruku u svoju i dok su mi se suze ponovo počele izlijevati iz očiju, digla sam je da bih je naslonila na svoj obraz.

"Volim te, Džani," šapnula sam dok mi se srce cijepalo.

Nekoliko trenutaka kasnije, medicinska sestra je ušla da bi promijenila kesice Džanijeve infuzije.

"Zdravo," rekla je. "Vi mora da ste mu supruga."

"Da, zdravo."

Promijenila je kesice i provjerila mu pritisak tlaka ne progovarajući. Kad je izlazila, zaustavila se kod vrata. "Vaš sin je cijelo vrijeme bio s njim. Nikada nije odlazio i svaku noć je ovdje spavao. Mladić je veoma kulturan i učtiv. Mora da ste jako ponosni na njega."

"Da, veoma. Hvala."

Klimnula je i dok je izlazila, okrenula se da me pogleda još jedanput,

"Znate, nisam sigurna da li je to istina ili ne, ali kažu da razgovor pomaže. Možda će biti u stanju čuti vaš glas i naći svoj put nazad prema vama."

Pogledala sam u Džanija i odlučila to pokušati. Čula sam sestricu kako se udaljava. Ponovo sam mu uzela ruku u svoju i počela mu pričati o tome kako sam se srela s Danom i Damirom. Ispričala sam mu sve o majčinom restoranu i o Ahmetu. Govorila sam, činilo se, satima sve dok mi se grlo nije osušilo i dok mi nije nestalo snage da govorim.

Zaspala sam na stolici, povijena preko naslonjača za ruke na Džanijevom krevetu. Njegova ruka je i dalje bila u mojoj, pritisnuta uz moj obraz. Kad sam otvorila oči, vidjela sam Kenija kako sjedi i zuri kroz prozor, slušajući muziku na svom iPodu.

Ustala sam iz stolice da odem u w-c i odjednom sam osjetila vrtoglavicu.

"Mama?" Viknuo je Keni, u tren oka stižući do mene i hvatajući me za ruku.

"Jesi li dobro? Možda bi trebala ponovo sjesti."

"Ne osjećam se baš dobro," rekla sam i krenula prema vratima wc-a, ali kako sam pokušala koračati, cijela soba se zavrtjela i sljedeća stvar koje se sjećam je kakao ležim na naslonjaču stolice pokraj prozora, dok su se dvije medicinske sestre i Keni nepotrebno brinuli i komješali oko mene.

"Šta se desilo?" Upitala sam, plašeći se izraza u njihovim očima.

"Onesvijestila ste se," rekla je jedna od njih.

"Sad sam u redu," šapnula sam, željeći da se odmaknu od mene i da mi daju malo mjesta. "Samo mi je potrebno malo odmora. To je sve. Bit ću okej."

Obje su bile nerade za otići, ali sam ih uvjerila da sam bila u redu i da ću uzeti ponudu doktora Vajta i otići na pregled. Odlučila sam otići sljedećeg dana. Zatvorila sam oči ignorišući Kenijeve molbe da pokušam nešto jesti.

DVADESET-ČETVRTO POGLAVLJE

Sljedećeg dana sam se brzo istuširala u Džanijevoj bolničkoj sobi i odlučila se otšetati do ordinacije doktora Vajta odmah poslije doručka. Keni je inzistirao da oboje odemo do kafeterije u prizemlju i da nešto pojedemo. Ali, iskreno rečeno, sve i svi su mi išli na živce. Sve što sam htjela je bilo to da me svi ostave na miru, tako da bih mogla sjediti uz Džanija i moliti se sve dok mi ga Bog ponovo ne bi vratio. Nisam htjela jesti ili gubiti više ni minutu ni našto drugo nego samo na njega. Međutim, malo me je uplašilo to što sam se onesvijestila, tako da sam morala otići da se uvjerim da nisam načinila neku ogromnu štetu svome zdravlju sa svim onim pretjeranim stresovima koje sam na sebe stavljala.

"Selma, došla si!" Nasmiješio se je doktor Vajt ulazeći u malu sobu gdje sam ga čekala. Već sam bila obučena u bolnučku spavačicu, spremna za pregled.

"Da." Nasmiješila sam se. "Jučer sam se onesvijestila. Sigurna sam da je to samo zbog stresa, ali neće ništa naškoditi da provjerimo, jel' tako?"

"Naravno." Uzvratio je osmijeh.

Nismo mnogo razgovarali. Htjela sam otići i vratiti se Džaniju što je bilo moguće brže. Mogao bi se probuditi svakog trenutka i bojala sam se da ako se probudio, ja ne bih bila tu.

Nakon pregleda, doktor Vajt je obećao da će mi javiti kakvi su rezultati istog trenutka kad bude imao sve činjenice u svojim rukama. Razmijenili smo nekoliko kulturnih riječi i ja sam otišla.

Džanijeva soba se činila tako jednostavna i mračna. Užurbano sam razmaknula sve paravane i zavjese na prozorima da bih unutra upustila malo sunčanog svjetla. Upalila sam sve i jedno svjetlo u sobi. Priželjkivala sam otvoriti prozore i upustiti malo proljetnog zraka da dam Džaniju razglog da jače pokuša da nađe put nazad prema meni.

Zatvarajući oči, tiho sam se molila.

Kao u odgovor na moje duševne molitve, uporni bip koji je označavao Džanijeve otkucaje srca je trunić ubrzao i onda sam osjetila kako me njegova ruka dodiruje po kosi. Nada mi je poskočila kroz prsa kad sam podigla glavu i vidjela dva maglovita oka kako se otvaraju i gledaju me.

"Džani? Oh, Džani, mislila sam da ću te izgubiti," cvilila sam. "Ali ti si se probudio, budan si! Moram, moram, trebala bih nekoga pozvati."

"Selma," šapnuo je, "nemoj. Dopusti samo da te gledam."

"Oh, Džani, tako sam se plašila. Tako sam se plašila." Glas mi se prelomio dok je njegova ruka posegla prema meni i dirnula me u lice. "Hvala Bogu što mi te je vratio."

Mali osmijeh se pojavio na njegovim punim usnama.

"Ne idem ja još nikud. Nećeš me se tek tako lako moći oterasiti."

Gledala sam u njegove prelijepe oči, one tople, plave oče koje su se činile da s njegovim raspoloženjem mijenjaju boju. Jednu minutu, bile bi svijetlo-plave, a sljedeću, malo tamnija nijansa plave boje. Kad bi bile svijetle, znala bih da je bio umoran. Većinu vremena, bile su duboko plave, kao okean, i znala sam da se osjećao smireno i da je bio u dobrom raspoloženju. Sada, bile su najsavršenije plave boje koju sam ikada vidjela. Nisu bile svijetle kao nebo, ali nisu bile ni tamne kao more. Bile su tako perfektne. Tako dobre. Tako ... Džanijeve.

Plakala sam od sreće, ljubeći mu ruku, pa lice. Njegove nemoćne ruke su se omotale oko mene u labavom zagrljaju dok je strpljivo čekao da mi se emocije malo smire.

"Izvinjavam se, Selma," čula sam glas doktora Vajta iza sebe i iznenađeno se okrenula.

"Da?" prošaptala sam, brišući uplakano lice. Zračila sam od sreće, odmičući se od Džanija.

Doktor Vajt se nasmiješio. "Džani, budan si."

Prišao je bliže kao da je htio da se uvjeri da je Džani stvarno bio budan.

"Da, Selma je vrištala dovoljno glasno da probudi i mrtve," našalio se je Džani, gledajući u mene s očima punim ljubavi.

"Pa, dobro došao nazad!" Rekao je doktor Vajt. "Samo budi siguran da nas više nikada tako ne uplašiš, okej?"

"Pokušat ću," odgovorio je Džani, gledajući u mene.

Zatim, doktor Vajt je prišao Džaniju i stavio dva prsta na njegov ručni zglob, uzimajući minutu da gleda u svoj sat. Onda je izvukao malu baterijicu iz džepa i naredio Džaniju da svjetlo baterije slijedi samo sa očima dok ga je on pokretao lijevo pa desno.

"Selma, htio bih s tobom o nečem porazgovarati, ali nasamo." Reče on ležerno. Zadržao je pogled na Džaniju, ne zastajući u svojim pregledima. Ton njegovog glasa je bio pomalo uznemiravajući, ali izraz lica mu je izgledao kao da je bio zadivljen, zbog čega sam se osjetila nešto zbunjeno.

"Mogu li imati trenutak tvog vremena, molim, kad završim s Džanijem, naravno?"

Nije bilo nikakve šanse da bih ja napustila Džanija, čak ni na trenutak. Bez i jednog pokušaja da izađem iz sobe, polako sam rekla, "Naravno."

Još uvijek sam bila zbunjena zbog izraza njegovog lica. Nagađala sam da je možda bio zadivljen zbog Džanijevog oporavka, ali da je, iz nekog razloga, bio zabrinut za mene. Srce mi je zastalo kad sam se sjetila da sam pala u nesvijest. Razmišljala sam o tome kako umorno i nejačko sam se u zadnje vrijeme osjećala.

"Doktore Vajt"—pročistila sam grlo nervozno—"šta god da je, možeš mi to ovdje reći."

"Radi se o tvom pregledu."

"O mom pregledu? Ali tek smo ga danas uradili. Kako je moguće da ste ovako brzo dobili sve nalaze?"

"Pa, za ovaj specifični test, potrebno je samo nekoliko trenutaka," odgovorio je on, gledajući prema Džaniju.

"Šta je? Reci mi," upitala sam uspaničeno.

"Pa, gospodine i gospođo Mazur ... ah ... trudni ste."

"Šta? Stvarno?" Prošaptala sam, ne sigurna da li sam ga dobro čula. Džani i ja smo još od vjenčanja pokušavali zatrudniti, ali bez uspjeha. Na kraju smo odustali od pokušavanja i pomirili se sa sudbinom da nam se to nikada neće ni dogoditi. Izgubili smo bili svu nadu da ćemo ikada moći imati bebu i prestali smo brojati dane prije i poslije moje menstruacije. Radili smo to u nadi da bi spojili dane moje ovulacije sa danima kad bi vodili ljubav. Pokušali smo jesti zdravu hranu. Čak smo pokušali i nekoliko praznovjenih stvari iz starih priča za svaki slučaj, kao na primjer stojanje na glavi nakon vođenja ljubavi. Ali ništa nam nije uspijevalo. Do sad. Dok se nismo prestali nadati. *Bog stvarno radi na čudan način.* Razmišljala sam zadivljeno.

"Čestitam." Doktor Vajt se nakezio, gledajući u Džanija, čiji ubrzani otkucaj srca je natjerao mašinu na koju je bio priključan da žestoko zabibiće, označavajući njegovo uzbuđenje.

"Jesi li siguran?" Upitao je Džani konačno.

"Da, prilično sam siguran. Nakon što si otišla"—doktor Vajt je pogledao u mene—"uradio sam brzi test za trudnoću i bio je pozitivan. Morao sam ti to odmah saopštiti. Morat ćeš se vratiti nazad u ured da uradimo još nekoliko analiza, ali ja sam devedeset-devet, zarez, devet procenata siguran da ćete imati bebu."

Klimnula sam glavom kezeći se sretno.

"Hvala doktore." Brzo sam pronašla svoj glas, "stvarno cijenim to što si došao ovamo da nam to saopštiš. Ovo je stvarno najbolja vijest i došla je u perfektnom trenutku." Pogledala sam u Džanija čije su oči bile pune suza i od toga mi je zastao dah.

Bilo je to tada, dok sam gledala u njega, da sam čula stabilni signal mašine pokraj njega. Oči su mu se zatvorile i izgledao je kao da je jednostavno zaspao.

Onda, sve odjednom, nekoliko medicinskih sestara se niotkud pojavilo, govorile su nešto u vezi kodiranja. Grudi su mi se stegnule od panike i bola. "Šta se desilo?" Vrisnula sam.

Jedna od medicinskih sestara me je zgrabila i počela vući prema vratima. "Čekaj!" plakala sam. "Šta se dešava? Šta nije u redu s Džanijem? Čekaj!"

"Molim vas," obratila mi se ona čvrsto, "morate izaći odavde. Sada!"

Kao negdje iz daljine, čula sam nekog kako zove pomoć. Doktor Vajt je sada bio iznad Džanija, užurbano pritiskajući na njegova prsa. Izgledao je uspaničeno.

"Ne!" Vrištala sam, pokušavajući se oterasiti sestrice. Neko joj se drugi pridružio i praktično su me iznijeli iz sobe.

"Šta se dešava, šta se dešava?" Uporno sam izbezumljeno ponavljala. "Oh, Bože. Ovo se ne dešava. Oh, molim te, Bože, probudi ga."

Osjećala sam se kao da sam doživljavala neku vrstu van tjelesnog iskustva. Bila sam kao u magli, ponavljajući jedno te isto pitanje: "Šta se dešava? Šta se dešava?"

Napokon sam prekrila lice s rukama i pala na pod. Jecala sam i preklinjala Boga da ga probudi. Nisam imala pojma da li su me ostavili samu ili sam bila okružena ljudima koji su znatiželjno buljili u mene. Nije me to bilo ni briga. U tom trenutku, ništa mi više nije bilo važno. Ništa osim njega.

Neko vrijeme kasnije—i nisam znala koliko dugo sam ležala na tom podu—neko me je polako potresao. "Gospođo Mazur," reče neki glas, "on je sada u redu."

Podigla sam pogled i vidjela onu istu medicinsku sestru koja me je izbacila iz sobe.

"On će sada biti u redu," šapnula je, ali njen slabi osmijeh mi je govorio da ni ona nije bila potpuno sigurna u to.

Polako sam ustala sa poda, zureći u nju u nevjerici. Klimnula je glavom mojoj zbunjenoj faci. "Bit će u redu. Imao je sreće što je doktor Vajt bio tu kad se to desilo."

Polako sam ušla u sobu i prvo što sam čula je bilo stabilno bibikanje mašine koja je označavala da mu je srce kucalo. Izdahnula sam u olakšanju.

"Sada je okej," prošaptao je doktor Vajt kad me je vidio da ulazim u sobu.

"Šta se desilo?" Upitala sam. "Jel' opet u komi?"

"Nije. Spava. Nisam baš siguran šta se desilo. Moramo izvršiti još neke analize."

Samo sam klimnula glavom. Lice mi je bilo prekriveno suzama i osjetila sam mučninu u stomaku.

"Dat ću vam minutu," reče doktor Vajt, ispričavajući se i izlazeći iz sobe.

Sjela sam na krevet pokraj Džanija.

"Nemoj više nikada da mi to uradiš," zahtijevala sam, cvileći i tresući se. "Čuješ li me? Nemoj više nikada da me na ovakav način ostaviš!"

Plakala sam ne kontrolisano, ljubeći mu lice i kosu. Nisam se mogla suočiti s njegovom smrću. Ne sada, nakon svega kroz što smo prošli.

"Selma," čula sam šapat njegovog hrapavog glasa.

Glava mi se trgnula prema gore, oči su mi tražile njegove. *Molim te, Bože, nedaj da ovo bude halucinacija—okrutna igra koju moj razum igra sa mnom*, mislila sam u sebi dok mi je srce poskočilo u nadi.

Oči su mu još uvijek bile zatvorene, ali je njegova ruka tražila moju.

"Molim, Džani?" Promrljala sam, previše prestravljena i da dišem.

"Slušaj," reče on, "volim te."

Prišla sam bliže njegovom anđeoskom licu, stavljajući njegovu ruku preko svog obraza i upijajući ljepotu njegovog nježnog glasa.

"Volim te više nego sve drugo na ovom svijetu kad se sastavi," šapnuo je dok su mu se oči pospano otvorile. "Nemoj to nikada zaboraviti, okej?"

Klimnula sam, ne sposobna išta da kažem. Gledajući u njegove oči, shvatila sam da apsolutno ništa na ovom svijetu nije trajno. Život ide dalje; plovi kao rijeka i prije nego što to i shvatimo, prošao je. Nove generacije zamijene one koje su nekad bile ovdje, donoseći sa sobom vlastite probleme i drame. Ništa nije vječno, ni ljudi, niti njihovi domovi, koji bi tako lako mogli biti srušeni i uništeni, ni novac. Prijatelji se odsele i postanu smjenjeni s drugima. Čak i mržnja postane umarajuća i najzad i ona polako utihne.

Ali gledajući u one duboke, plave oči jedinog čovjeka kojeg sam ikada voljela, razumjela sam da jedina definitivno stalna i beskonačna stvar je ljubav. Naša ljubav je živjela i preživjela genocid, uvredu i bol. Preživjela je mučenje i gubitak. Kad je sve drugo polako otplovilo u ovoj rijeci zvanoj život, ljubav je ostala jaka, pomažući i dajući nam snagu da idemo dalje.

Odsutno sam stavila ruku preko svog—još uvijek ravnog—stomaka.

Kao da mi je pročitao misli, Džani je položio svoju veliku ruku preko moje, osmjehnuvši se toplo.

Beba koja je sad rasla unutar mene je bila proizvod te prelijepe ljubavi.

"Neću to nikada zaboraviti, Džani," prošaptala sam više sebi nego njemu. "Nikada to neću zaboraviti."

Ruke su mu se omotale oko mene i dok su mi se slike mog života vrtjele kroz glavu, osjetila sam se smireno. Konačno sam se osjetila kao da sam upravo tamo gdje sam i trebala biti.

PIŠČEVA PORUKA

Skoro četverogodišnji rat u Bosni je pokrenut kada je vlada kojom su dominirali slavonski Muslimani i Hrvati proglasili nezavisnost od Jugoslavije 1992-ge godine.

Rat je završio kasne 1995-te sa otprilike 250,000 mrtvih i oko 1.8 miliona prognanih.

Paravojne jedinice i armija bosanskih Srba su protjerali ne-Srbe, uništavajući njihove domove i odvajajući članove porodica jedne od drugih. U isto vrijeme, na hiljade ljudi su prognali, zatvarajući ih u koncentracione logore gdje su ih mučili i kasnije pogubili.

Dragi Prijatelju,

Hvala na čitanju ove knjige.

Kad sam počela pisati svoju prvu novelu, *Sjet me se*, htjela sam napisati najbolju ljubavnu priču na svijetu. Nisam planirala pisati o Bosni i njenom ratu (genocidu), ali svaki put kad bih u glavi smislila radnju, do onog vremena kad bih je istipkala i nazad sebi pročitala, izašla bi potpuno drugačije nego što sam to predhodno planirala. Mislim da je moje srce htjelo ispričati svoju vlastitu priču i vratiti neke ljude nazad u život.

Rođena sam u Prijedoru u Bosni i Hercegovini, 1976-te godine. Kad je rat počeo, bilo mi je petnaest godina. Pet dana prije mog šesnaestog rođendana, našla sam se u konvoju, natovarena na kamion kao stoka. Na pola sam sjedila u majčinom krilu, jer je kamion bio krcat. Sjećam se da kad su nas prekrili ceradom, u sebi sam cinično pomislila da je razlog što su nas prekrili ceradom morao biti taj što nisu željeli da uživamo u okolini. Povratila sam u vrećicu s ostatkom naših stvari zato što je strah koji sam tad osjećala bio mnogo jači od staha koji sam ikada prije osjetila u životu.

Jednostavno rečeno, nema riječi koje mogu opisati taj strah. Apsolutno se ništa ne može porediti s njim - ni strah od granata koje su letjele iznad kuće mojih nene i dide dok smo se krili u njihovom podrumu u Hambarinama, ni strah od granata koje su padale na Kurevo brdo i šumu gdje smo proveli noć pod zvijezdama, zasigurno ne ni strah kada smo prolazile kroz Hambarine zadnji put kad smo mama i ja vidjele kuću njenog djetinjstva koja je tad gorjela.

Ovaj strah je bio mnogo gori, nepodnošljiviji. Samo pokušajte zamisliti sebe kako nemoćno sjedite na podu kamiona i čekate da vojnik uperi pištolj u vašu glavu i izvede vas na klanje kao životinju. Ne mogu vam ni reći šta mi se sve vrtjelo po glavi dok sam bila u tom kamionu. Misli su mi bile raštrkane. Uporno sam se molila. U sebi sam dozivala Boga i preklinjala ga da nas spasi. I jeste. Spasio je neke od nas, dok su drugi—oko 250 njih— izvedeni i masakrirani upravu tad, tog 21-og avgusta 1992-ge godine, na mjestu zvanom Koričanske Stijene na planini Vlašić.

Zašto?

Zato što nisu bili Srbi.

Ja iskreno vjerujem da sam ja preživjela samo iz jednog razloga, a to je da ispričam našu priču, da dam glas onima koji ga više nemaju. Tamo sam bila kao svjedok. Kao preživjela osoba, dužnost mi je da pričam o onom što se desilo u Prijedoru 1992-ge godine.

Kad je moja prva knjiga izašla u prodaju, potpuni stranci su mi prilazili i pričali o svojim sjećanjima i tegobama koje su preživjeli u ratu i s kojima sad moraju živjeti. Ispočetka sam bila iznenađena što su mi se oni tako lako povjeravali. Nakon svega, nisam im bila ništa više od stranca. Ali onda sam shvatila da me oni više nisu smatrali strancem zato što su pročitali moju knjigu koja im je došla kao inspiracija. Htjeli su podijeliti sa mnom isto kao što sam i ja podijelila s njima.

Jednog dana kad sam išla u posjetu svom rodnom gradu, Prijedoru u Bosni, oko dvadesetak godina poslije rata, moj otac i ja smo susreli jednog njegovog starog prijatelja, Srbina, koji se 1992-ge godine pridružio srpskoj vojsci. Bio je poslan na ratište svud po Bosni i Hrvatskoj. Prije rata, taj čovjek je bio nastavnik.

Uz kafu, malo po malo, ispričao nam je sve o svojim sjećanjima iz rata. Njegova iskrenost me je bila zapanjila. Kazao nam je da se osjećao tako krivim zbog svega što se dogodilo, ali po njegovom, on nije imao izbora nego da se prijavi u vojsku; bilo je to ili vojska, ili smrt. Njegova noćna mora je počela jednog dana 1992-ge godine kad mu je komandir naredio da ubije jednog od njegovih starih učenika - bosanskog Muslimana. To mu je bilo nešto ne zamislivo. Pokušao je sve moguće što je mogao smisliti da se iz tog izvuče, ali na kraju, ipak je to morao učiniti.

On kaže da je na razne načine pokušavao da se izvuče iz vojske; pravio se kao da je bio budala, mentalni pacijent, sve što je mogao smisliti, ali ništa mu nije uspijevalo. I sada, dvije decenije kasnije, prisiljen je da živi sa svojim sjećanjima i noćnim morama.

Njegova priznanja su me tako mnogo potresla. Nisam mogla ni spavati, ni jesti. Bila sam, bukvalno, bolesna cijeli mjesec dok sam bila tamo. Još uvijek nisam sigurna zašto je on odlučio da se ispovijedi baš nama, ali mi je to dalo ideju da napišem ovu knjigu. Pošto ja vjerujem da sam preživjela horore rata zato da bih dala onima koji su izgubili svoj glas šansu da kroz mene ispričaju svoje priče, mislila sam, zašto ne skupiti sve te priče i staviti ih u novelu koju je lako pročitati i razumjeti. Možda će jednoga dana naše djece djeca pročitati priču o Bosni i o tome kako je uništena. Možda će oni biti ti koji će napokon razumjeti i dobiti odgov na pitanje koje se ja pitam već više od dvije decenije: Zašto?

Nastavite čitati primjerak iz

Sjeti me se

Selmina priča…

PRVO POGLAVLJE

Rođena sam u gradu po imenu Prijedor na sjeveru Bosne i Hercegovine i odgajena prema učenjima Maršala Josipa Broza Tita i komunističke partije. U prvom razredu osnovne škole sam postala Titov pionir i ponosno sam nosila tamnoplavu kapu sa sjajnom crvenom zvijezdom na čelu, nadajući se da ću jednoga dana odrasti i braniti svoju zemlju kao što su to činili partizani u pričama i pjesmama o kojima sam učila u školi. Bilo je to u vrijeme kad je Bosna još uvijek bila dio Jugoslavije i kad je crvena bila naša boja. Moji roditelji su živjeli prema komunističkim pravilima i rado su ignorisali svoje religije. Tako im je i odgovaralo, budući da su rođeni različitih vjera; mama kao muslimanka, a tata kao katolik.

Moj otac, Ivan je bio učitelj i mnogo je volio svoj posao, a mama, Sabina je radila kao uredski pomoćnik u istoj školi u kojoj je moj otac radio, međutim, njena prava strast je bila kuhanje. Naslijedila sam maminu plavu kosu i plave oči, a očev osmijeh i smisao za humor.

Djetinstvo mi je bilo lijepo, uprkos tome što nisam imala braće i sestara s kojima bih se mogla igrati. Najdraži su mi prijatelji bili moj pas, Roksi i rodica Helena, koja je bila oko pet godina starija od mene. Helena je bila vrlo društvena, hrabra i bezbrižna. Njena duga, kovrčava kosa je bila indigo-crna, a njene tamne oči su predstavljale veliki kontrast usporedu s njenom blijedom kožom.

Kad joj je bilo oko sedamnaest godina, a meni dvanaest, Helena je zatrudnjela. Majka ju je prisilila da se uda za oca tog djeteta, Samira, koji je već imao dvoje male djece iz prethodnog braka. Samir je živio sa svojim roditeljima i neudatom, starijom sestrom. Isprva, Helena je mrzila brak, ali se kasnije to pokazalo kao pravi izbor za nju.

Moj prvi susret sa smrću je bio u sedmom razredu kad mi je prijateljica iz škole, Suzana, iznenada umrla. Bilo je to strašno iskustvo i zbog njene smrti sam imala noćne more tokom cijelog života. Nadala sam se i molila da više nikada ne bih doživjela gubitak voljene osobe kao tada, ali kasnije sam otkrila da je smrt postala veliki dio mog života, a nagli i brutalni gubitak najmilijih je postao svakodnevnica.

Kad sam bila u sedmom razredu, mamina se želja konačno ispunila i ona je krenula u školu kuharstva. To je utjecalo na moj život više nego što je znala. Nije je bilo po tri, četiri dana u sedmici. Unajmila je stan blizu škole u Banja Luci, oko sat vremena vožnje od kuće. Moj tata je radio dva posla kako bismo mogli priuštiti mamino školovanje. Vozio je starog Jugu, jedino auto koje smo imali. Majka je mrzila vožnju autobusom, tako da se činilo logično da unajmi stan u blizini škole.

Meni je bilo lijepo kad smo tata i ja ostajali sami. Za doručak bih nam često napravila palačinke s Nutellom, a za večeru pogaču; domaći kruh koji je on volio. Ponekad bi nam u goste došli komšija Radovan i njegov sin Damir, koji mi je još od prvog razreda bio i školski prijatelj. Zajedno smo igrali remija. Ponekad bi zajedno išli van i igrali badmintona. Tata i ja smo obično pobjeđivali. Bili smo super tim.

U posljednje vrijeme, međutim, on je uglavnom zabrinuto gledao televziju i pušio cigaretu za cigaretom. Samo su prikazivali politiku i priče o predviđenom ratu. Slovenija se željela odvojiti od Jugoslavije, a srbijanski čelnici su govorili da to neće moći proći bez rata. Ljudi su bili zabrinuti za svoje familije. Iako smo svi osjećali da je dolazio, nismo htjeli vjerovati da bi do rata ipak došlo.

Ja nisam razmišljala baš puno o tome. Moj život je još uvijek bio prilično normalan, pun tinejdžerskih drama. Sad sam bila u osmom razredu, što je značilo polazak u srednju školu za manje od godinu dana. Tata je rekao da sam mogla izabrati koju god srednju školu sam htjela samo ako sam nastavila s dobrim ocjenama. Srednje škole su bile odvojene po smjerovima. Morala sam odabrati jedan smijer i držati ga se tokom četiri godine srednje, a nakon toga, fakultet.

Dana mi je bila najbolja školska prijateljica. Njene osobine su bile potpuno suprotne od mojih. Bila je otvorena i društvena i voljela je pričati. Sa njom mi nikad nije bilo dosadno. Većinom nisam morala ni govoriti, čak nisam morala baš ni slušati. Samo bih morala voditi računa o tome da u pravo vrijeme kažem: "Da. Aha. Tako je..." I ona bi bila sretna.

"Selma, moraš se malo našminkati. Hajde, pokazat ću ti kako," rekla je Dana uzbuđeno dok smo se spremale da idemo na naš prvi koncert. U to vrijeme, Lepa Brena mi je bila idol. Tata mi je kupio dvije ulaznice kako bih je mogla ići vidjeti. Dana je oduševljeno prihvatila poziv da ide sa mnom. Kad smo bile mlađe, naša omiljena igra je bila maštanje da je Lepa Brena bila naša prava majka, ali nas je morala dati na usvajanje po rođenju, jer je bila previše mlada da bi se mogla brinuti o djeci, ali sada, bila je tu i željela nas je nazad.

"Dobro, dobro," rekla sam, popuštajući dobrovoljno," ali ne previše. Tata će poludjeti kad vidi da sam našminkana! Njegovo pravilo je: 'nema šminke dok ne završiš srednju školu, mlada damo!'" Imitirala sam očev duboki glas, kikoćući se.

Obukla sam svoje nove *Leviske 501* koje mi je mama kupila u Banja Luci i crni džemper. Dana je obukla kožnu, mini suknju koju je ukrala od svoje majke i majicu na tregere. Njena duga, ravna, tamna kosa, sad je bila svezana u niski rep. Nosila je velike, crne naušnice koje su bile ukrašene malim, lažnim dijamantima. Dosezale su joj gotovo do ramena.

"Dano, izgledaš kao da ti je barem ... sedamnaest godina!" Kriknula sam, dirajući mekanu kožu njene suknje.

"Da, znam. Mama mi je posudila suknju, ali tata me je natjerao da obučem ovu ružnu jaknu da se bar malo pokrijem. Možda sam je trebala ostaviti ovdje, ha, šta ti misliš?" rekla je Dana, brišući crveni ruž sa zuba.

"Ma ni govora," zarežao je tatin glas iza mene. Februar je! Sad se oblače zimski kaputi."

Nas dvije smo se samo zakikotale i izašle van. Dana je zamahnula jaknom, vješajući je preko ramena.

Vožnja je bila kratka. Sačekale smo da tata ode prije no što smo ušle unutra. Nisam htjela da me neko vidi da ulazim s ocem. Ustvari, samo sam se tako pretvarala pred Danom. Meni, zapravo, nije smetalo kad bi on bio s nama da nas štiti. Bila sam, ne samo stidljiva, nego i strašljiva. Bojala sam se svega i svakoga.

Pronašle smo sjedišta. Dana je bila ugodno iznenađena kad je vidjela da su petorica JNA-vojnika sjedila iza nas. Ja sam se, pak, osjećala nelagodno. To je vjerovatno bilo neko šesto čulo koje me je upozoravalo na horor koji me je čekao u neposrednoj budućnosti.

Tokom koncerta, osjetila sam da mi je neko nježno uštinuo desnu stranu struka. Onda sam osjetila nečiju ruku na dnu leđa. Isprva sam to ignorisala, ali kad mi je stisnuo stražnjicu, okrenula sam se i istovremeno ošamarila jednog od vojnika koji je stajao iza mene, kajući se istog trenutka. On me zgrabio za kosu i počeo vući prema vratima. Moje vrištanje je bilo utopljeno u glasnoj muzici i činilo mi se da nikog nije bilo briga za mnom. Krajičkom oka sam vidjela Danu kako se gura kroz gužvu kako bi mogla doći do nas. Ja sam se očajnički pokušavala osloboditi, udarajući ga po rukama, ali nisam uspijevala. I onda sam odjednom bila slobodna. Počela sam trčati prema izlazu, ali sam naglo zastala, primjećujući razlog zbog kojeg sam bila slobodna. Bio je to Džani Mazur. Momak u kojeg sam bila zaljubljena otkako sam saznala razliku između dječaka i djevojčica.

On je bio tako ... savršen. Visine oko 180 centimetara, njegove plave oči su izgledale poput dubokog mora. Njegova plava kosa se činila svijetlijom ljeti, a tamnijom zimi. Džanijev lijepi osmijeh je otkrivao niz bijelih, njegovanih zuba. Malo je ličio na australijskog pjevača Đejsona Donovana na slici sa njegovog poznatog albuma, 'Sealed with a kiss', čiji poster je visio na mom zidu samo zato što me podsjećao na Džanija. Džani je bio san ... moj san.

Ali nikada nisam mogla skupiti dovoljno hrabrosti da bih mu se obratila. Svaki put kad bih ga vidjela, istopila bih se, otvorenih usta i sa leptirićima u stomaku. Čak nisam mogala ni pogled zadržati na njemu ako bih primijetila da je gledao u mom pravcu. Želudac bi mi se prevrnuo od čega bih potpuno zanijemila.

"Zašto i bih? On vjerovatno misli da sam malo dijete," požalila sam se Dani jednog dana. "Osim toga, čak i da ne misli tako, vidi njega, a vidi mene. Mi smo poput neba i zemlje. On je tako savršen, a ja sam..." uzdahnula sam očajnički, "ja sam ja—tako obična i dosadna, fuj! On može imati koju god djevojku da poželi."

Džani je sada galamio na vojnika koji me je zgrabio. Jedna ruka mu je ležala na momkovom vratu, a druga je upirala prstom u njega, dok je bujica prijetnji i primitivnih uvreda izlazila iz njegovih usta. Čak i bijesan, izgledao je prekrasno.

Svi instinkti su mi govorili da odem, ali ja sam samo stajala, zureći u Džanijevo lice: njegova vedra, blijeda koža se činila bijelom pod prigušenim svjetlima, a ravni nos i brada su mu izgledali šiljato od uzrujanosti. Vidjela sam debelu žilu na lijevoj strani njegovog vrata, što je ukazivalo na to da je vikao. Jedino na šta sam mogla misliti u tom trenutku je bilo to koliko sam ga htjela zagrliti i pokazati mu svoju zahvalnost. Bilo je to poput bajke: princeza u opasnosti, a njen princ se pojavi niotkud da 'spasi stvar'. Samo, ovo nije bila bajka. Ovdje nije bilo "živjeli su sretno dovijeka" završetka. Ovo je bila brutalna realnost koja je donosila rat i neprijateljstvo.

Dana je napokon stigla do mene, hvatajući me pod ruku. Primijetila sam da su se preostala četiri vojnika brzo približavala Džaniju i mom napadaču.

Uspaničila sam kad sam shvatila da je jedan od njih posegnuo za pištoljem. Očajnički sam pokušavala signalizirati dvojici policajaca u blizini, koji su izgledali nesvjesni onog što se dešavalo. Izgledali su potpuno opčinjeni Brenom. Srećom, neko ih je drugi zovnuo i oni su prekinuli svađu.

Još jednom sam pogledala u Džanija i otišla. Za mnom je krenula i Dana.

"O, moj Bože! Ovo je najuzbudljivija noć u mom životu!" Uskliknula je Dana, smijući se glasno.

"Šta?" Bila sam šokirana. "Uzbudljiva? Skoro smo umrle! Bože, mogle smo biti silovane ili pobijene!"

"Ali nismo bile ni silovane ni pobijene! Bože, Selma, zašto uvijek moraš misliti na ono najgore?" Odbrusila je, iznenađujući me.

Njen mi je smisao za humor o svemu u životu obično godio, ali večeras me njena nemarnost potpuno prestravila. Samo sam htjela otići kući i sakriti se. Krenula sam, kad sam začula da neko doziva moje ime. Znala sam taj glas. Sanjala sam ga čak i budna. Prepoznala bih ga i odgovorila bih mu bilo gdje, bilo kada. Ali osjećaji boli i srama su potpuno prevladali. *Molim te, Bože, daj da to nije on ... samo ne večeras*, tiho sam se molila. Glupa maskara koju mi je Dana stavila na trepavice mi je tekla niz lice i kosa mi je bila potpuno raščupana. Izgledala sam poput klauna i nisam htjela da me Džani takvu vidi.

"Selma, jesi li dobro?" Lijepi, melodični glas je upitao, približavajući se. Sva ljutnja je sada bila nestala iz njega. Govorio je nježno, kao da se obraćao preplašenom djetetu koje je trebalo smiriti i uvjeriti da ispod kreveta nije bilo nikakvih čudovišta i da su sve opasnosti već prošle. Zbog toga sam ga još i više obožavala, pa mi je bilo teže sabrati se i razgovarati s njim.

Primijetila sam da se Danino zapanjeno lice smiješilo s odobrenjem i shvatila sam koliko je bila naivna i plitka. Pitala sam se kako to nikad prije nisam primijetila. Očajnički sam htjela nestati.

Ne samo da će misliti da sam dijete, nego da sam i glupa, pomislih tužno.

"Da. Dobro sam. Hvala." Odgovorila sam bez osmijeha, izbjegavajući njegov pogled.

"Am ... hvala ti što si mi pomogao. Ne znam ni sama šta bih učinila da ... da mi nisi prišao u pomoć." Rekla sam, i dalje gledajući prema dole.

"Ma, nije to ništa," odgovorio je brzo, "svako bi na mom mjestu učinio isto."

Ali to nije bio "svako". Bio si to ti, moj anđeo čuvar sa velikim srcem, razmišljala sam, dok mi se srce topilo.

"Zovem se Džani." Rekao je držeći ruke u džepovima.

"Zašto imaš strano ime?" Upitala je Dana, malo previše uzbuđeno.

"Pa, kad sam se rodio," počeo je govoriti, gledajući u mene, "moja mama je htjela da mi da ime Džani. Bila je pomalo zaljubljena u Džona Vejna," nasmijao se je, "ali moj tata je mislio da je to ime bilo previše neuobičajeno. Njemu se sviđalo ime Alen. Ali mama nije htjela ni čuti, pa me prozvala Džani i svima je govorila da se tako zovem. Vremenom se i otac privikao i zavolio to ime." Kad se opet nasmiješio, primijetila sam da je imao rupicu samo na jednom obrazu. Pogled mu nije silazio s mog lica.

"Hm ... pa, laku noć i hvala još jednom," rekla sam i okrenula se, planirajući da odem.

On me je onda iznenada uhvatio za ruku i rekao: "Selma, čekaj. Htio sam te pitati da odemo malo prošetati. Još je rano, a noć je tako lijepa."

"Ne, žao mi je." Oborila sam pogled stidljivo. "Mislim da sam imala previše problema za jednu noć. Stvarno moram kući."

"I meni se baš šeta. Iću ja s tobom, ako se Selmi ne ide." Danin prijedlog me je šokirao.

Svjesna je koliko mi se on sviđa ... Kad smo same, samo o njemu govorim ... Pomislila sam tužno. *Kako mi može to uraditi? Da je bilo ko drugi, bilo bi okej, ali Džani ... Džani je nešto posebno. Ah, nema veze ... Možda bi mu se ona više i svidjela. Puno je zabavnija od mene ...* nisam mogla prikriti razočaranje na svom licu. *Večeras nije moja noć.* Uzdahnula sam. Pustio je moju ruku i, potpuno ignorišući Danin prijedlog, rekao je: "Pa dobro. Razumijem te potpuno. Onda neki drugi put. Važi?"

"Važi." Nisam uspjela suzdržati osmijeh. Bila sam sretna što ju je odbio.

Te noći sam imala prvu strašnu noćnu moru. U mom snu, Suzana je pokušavala da me udavi. Probudila sam se s objema rukama oko vrata, boreći se za dah.

SANELA RAMIĆ JURICH

je autorica i motivaciona govornica. Ona živi u Čikagu sa suprugom Toddom Jurićem i njihova dva sina, Denijem i Devinom.

Za više informacija, posjetite Sanelinu web-stranicu na:
www.sanelajurich.com